KB114127

올 스탯 슬레이어
슬레이어

올 스탯 슬레이어 9

비츄 장편소설

초판 1쇄 찍은 날 § 2016년 3월 8일
초판 1쇄 펴낸 날 § 2016년 3월 15일

지은이 § 비츄
펴낸이 § 서경석

편집책임 § 김현미

펴낸곳 § 도서출판 청어람
등록번호 § 제387-1999-000006호
등록일자 § 1999. 5. 31
어람번호 § 제1-2371호

주소 § 경기도 부천시 원미구 부일로 483번길 40 서경B/D 3F (우) 14640
전화 § 032-656-4452 팩스 § 032-656-4453
http://www.chungeoram.com
E-mail § chungeorambook@daum.net

ⓒ 비츄, 2015

ISBN 979-11-04-90678-7 04810
ISBN 979-11-04-90378-6 (세트)

※ 파본은 구입하신 서점에서 교환하여 드립니다.
※ 저자와 협의하여 인지를 붙이지 않습니다.
※ 이 책은 도서출판 청어람과 저작자의 계약에 의해 출판된 것이므로,
   무단 전재 및 유포·공유를 금합니다.

올 스탯 슬레이어 ⟨9⟩

FUSION FANTASTIC STORY

비츄 장편소설

도서출판

청어람

CONTENTS

올 스탯
슬레이어

CHAPTER 1

"보, 보여요! 저기, 저기요!"

의정부, 블랙 나이트 왕국이라는 다소 이상한 이름을 가진 안전 구역이기는 했지만 많은 피해와 동시에 또 많은 사람이 이곳으로의 피난에 성공했다.

"이, 이제 살았어요. 살았다고요!"

살았다. 블랙 나이트 왕국이든 한국 유니온의 안전 구역이든 상관없었다. 그들에겐 몬스터의 공격을 피할 수 있는 곳이면 됐다. 그러나 기쁨도 잠시였다.

"이봐, 어딜 나가는 거야?"

"제, 젠장."

누군가 도망치기 시작했다.

블랙 나이트 왕국은 지상낙원이라는 소문이 있었다. 그러나 그 소문은 날조된 소문이었다.

들어가는 피난민은 있는데 나오는 피난민은 없었다. 정확히 말하자면 나올 수 없었다. 외부와 연결되는 길목들 대다수가 인위적으로 막혔고, 외부와 통하는 커다란 길은 블랙 나이트 혹은 블랙 나이트에 포섭된 사람들이 철통같은 경계를 펼치고 있었기 때문이다.

남자는 뛰었으나 역부족이었다.

블랙 나이트 왕국은 지상낙원이 아닌 블랙 나이트들의 세상이었다. 그들은 권력을 가졌고 힘을 가지고 있었다. 그들은 마치 과거의 북한처럼 일반인들을 대했다.

일반인들을 폭행, 강간하기 일쑤였고 조금만 마음에 들지 않으면 그 자리에서 죽여 버렸다. 이곳은 그들만의 세상이었다.

"어딜 그렇게 도망치시나? 엉? 너희들은 아무도 밖으로 못 나간다는 폐하의 어명 몰라?"

'미친 새끼들. 폐하는 무슨.'

남자는 순간 욕을 할 뻔했다가도 이내 공포감 때문에 온몸을 바들바들 떨었다. 이들은 미쳤다. 세상이 미치니 사람들이 미쳐 간다는 생각밖에는 안 들었다.

"폐하의 어명을 무시한 죄가 크다. 너는 즉결 처분."

블랙 나이트라 짐작되는 남자가 도망치려던 남자의 배에 손을 찔러 넣었다.

블랙 나이트는 기본적으로 물리 모드 사용이 가능했고 남자는 푹! 하고 배 속을 헤집는 이물감을 느꼈다. 이루 말할 수 없는 고통이 밀려들었다.

남자는 비명을 질렀다. 블랙 나이트는 그 비명이 즐거운 듯 낄낄대고 웃었다.

"그러니까 말을 잘 들어야지. 하등한 새끼야."

남자의 배 속에 꽂아 넣은 손에 힘을 줬다. 뚫린 배 사이로 남자의 장기라 짐작되는 무언가가 줄줄 흘러 나왔다.

블랙 나이트는 그것을 들어 올렸다. 창자인 듯한 그것에서는 뜨거운 피가 뚝뚝 흘러 내렸고 남자는 자신의 내장을 보면서 절명했다.

블랙 나이트는 한참이나 깔깔대고 웃다가 이내 흥미를 잃은 듯 내장을 아무렇게나 던져 버리고 남자를 발로 찼다.

"하등한 새끼. 감히 우리의 명령을 무시하다니. 그러니까 죽는 거야, 등신 새끼야."

그는 뿌듯했다. 뿌듯한 알림음도 들려왔다.

[레벨이 증가했습니다.]

기분이 좋아졌다. 이 세상은 이제 힘이 지배하는 세상이다.

그는 모든 것을 힘이 결정하는 이런 무법 지대가 좋았다. 마음에 안 드는 놈이 있으면 이렇게 죽여 버리면 그만이었다. 예전보다 훨씬 살기 좋아졌다. 예쁜 여자를 발견하면 마음대로 취할 수도 있고 말이다. 그는 굉장히 즐거운 듯 킥킥대고 웃었다.

한편, 블랙 나이트 왕국의 간부들은 뭔가 이상함을 알아차렸다. 우창현이 돌아올 시간이 지났는 데도 도무지 돌아오지 않고 있었다.

"아무래도 일이 잘못된 것 같네요."

"그렇습니다."

"카피 능력이 있는데 도대체 왜……."

블랙 나이트 왕국의 간부진은 결국 무슨 일이 생겼다고 판단하고 블랙 나이트 전원을 소집했다.

의정부에 모인 블랙 나이트의 숫자는 약 4,000여 명. 지금도 계속해서 늘어나고는 있는데 일단은 4,000명가량 됐다.

"혹시 모르니 준비를 해야겠습니다."

"쓰레기들은 몇 명이나 되죠?"

쓰레기들, 비 슬레이어들을 일컫는 말이다. 그들은 이 세계에 아무 보탬이 되지 않았다.

다만 제물로 던져져서 안전 코어를 획득하게 해주는 희생마, 딱 그 정도의 용도밖에는 안 됐다. 그나마 예쁜 여자들은 성욕을 해소하는데 좋기는 한데, 그것도 아니면 그냥 쓰레기들이었다.

"파악한 바에 의하면 60만 명 정도 되는 것 같습니다. 실시간으로 계속해서 쓰레기들이 유입되고 있습니다."

"좋습니다. 어차피 제물의 수가 그렇게 많을 필요는 없겠죠."

블랙 나이트들에게 일반인들을 죽이라는 명령이 떨어졌다.

블랙 나이트의 경우, 일반인들을 죽이게 되면 큰 경험치와 특수한 스킬을 얻을 수 있었다.

블랙 나이트들은 손쉬운 사냥감들은 마구잡이로 사냥해 쉽게 쉽게 레벨 업을 할 수 있다고 생각하니 신이 났다.

방금 전, 한 여자를 토막 내 죽인 블랙 나이트가 물었다.

"그런데 도대체 왜 이렇게 하는 거야?"

"글쎄. 소문에 의하면 한국 유니온이 우리를 치려고 하나 봐."

"에게? 겨우 그것 때문에?"

"그래서 우리 레벨 업 시키려고 그러는 것 같은데."

"카피가 있는데 무슨 상관이야? 싸우다 보면 몸이 접촉할 거고 그러면 카피해서 싸우면 장땡인데. 게다가 한국 유니온 놈들은 쓰레기들을 방패로 내세울 생각도 못 할 거 아냐."

아무리 봐도 이쪽에 유리한 싸움이다. 이쪽은 블랙 나이트들과 일반인들을 섞어서 내보내면 그만이다. 그렇게 숫자를 맞추고 카피를 한 뒤 한국 유니온 놈들을 죽이면 된다.

"더군다나 만약에라도 플래티넘 슬레이어의 능력치를 카피할 수만 있으면……."

"그렇게만 되면 진짜 대박이지."

*　　　　*　　　　*

저녁 8시.

현석이 걸음을 옮겼다. 뭔가 이상했다. 곳곳에서 연기가 피어오르고 고기 익는 냄새와 더불어 악취가 느껴졌다.

정확하게 표현하기는 힘들었는데 죽음의 냄새라고 이름 붙이면 딱이지 않을까 싶었다.

피난민 틈에 섞여 들어온 현석은 계속해서 걸음을 옮겼다.

"야, 거기. 거기, 너 쓰레기. 내 말 안 들려?"

누군가 작은 돌을 집어 현석에게 던졌다. 거만한 눈으로 내리깔아보면서 말하는 것이 아무래도 블랙 나이트 같았다.

"……."

"어쭈? 뭐냐 너? 감히 블랙 나이트를 똑바로 쳐다봐?"

가끔 이런 놈들이 있다. 특히 젊은 남자들 중에 이렇게 상황 파악을 제대로 못 하는 놈들이 많았다.

현재 이곳은 정보가 철저히 통제되고 있는 상황이기에 피난민들은 아직 이곳의 상황을 잘 모른다.

그렇기에 본보기가 한 명쯤은 필요하다고 생각한 남자가 현석에게 가까이 다가갔다.

"블랙 나이트 왕국에 온 것을 환영한다. 이것은 인사다."

그리고 손날로 건방진 쓰레기의 목을 쳤다. 그럼 이제 이 쓰레기의 목은 댕강 잘려 나가고 이 피난민들의 군기를 확실히 잡을 수 있을 거다. 그건 익숙한 일이고 당연한 일이었다.

'어라……?'

일어나야 할 일이 일어나지 않자 당황한 그는 다시 전력을 다해 쓰레기의 목을 쳤다. 피난민들은 도대체 뭔가 하고 멀뚱멀뚱 블랙 나이트를 쳐다봤다.

현석은 확신했다.

'일반인이었으면 죽었을 텐데.'

이들은 정말로 일반인들의 목숨을 가볍게 생각하고 있었다.

현석이 말했다.

"여러분은 지금 당장 발길을 돌려서 서울로 향하세요. 가다 보면 도움을 줄 수 있는 슬레이어들이 있을 겁니다. 이곳은 이미 사람들의 도시가 아닙니다."

뭔가 심상치 않음을 느꼈는지 블랙 나이트가 호각을 불었다.

"너, 슬레이어냐?"

"……."

피난민들은 아직도 상황을 파악하지 못했다. 그럴 만도 했다. 이들에게 있어서 안전 구역은 유일한 희망이나 다름없었을 테니까. 그 희망을 버리고 다른 곳으로 가라는데 망설이지 않는다는 건 말이 안 된다.

저만치 멀리서 호각 소리를 들은 블랙 나이트 2명이 달려오고 있었다.

"저는 플래티넘 슬레이어입니다. 한국 유니온은 이들의 악행을 더 이상 좌시할 수 없습니다. 그래서 제가 왔습니다."

말이 끝남과 동시에 윈드 커터 수천 발을 뿌렸다. 피난민들에게 확신을 주기 위해서다.

윈드 커터는 플래티넘 슬레이어를 대표하는 스킬처럼 생각되고 있는 상태다. 사실상 그것보다 상위 급 마법을 사용할 일이 별로 없어서 윈드 커터를 많이 사용한 것이긴 하지만 이토록 수천 발을 동시에 사용할 수 있는 슬레이어는 플래티넘 슬레이어밖에 없다. 적어도 대중은 그렇게 알고 있었다.

"저, 저게 윈드 커터……?"

대중은 플래티넘 슬레이어의 실체에 대해 모른다. 그러나 지금 이 상황은 정말인 것 같다는 기분이 들었다.

"저, 정말 플래티넘 슬레이어이신가요?"

"서, 서, 설마 진짜 플래티넘 슬레이어?"

수천 발의 윈드 커터 중 일부가 블랙 나이트 세 명을 그대로 죽여 버렸다.

잔인한 장면이 펼쳐질까 싶어 일부러 물리 모드를 가동하지 않았기에 H/P가 소진된 블랙 나이트는 그 자리에서 사라졌다.

플래티넘 슬레이어.

겨우 8글자의 이름이지만 이 세상에 이 이름보다 강력한 이름은 없었다. 단순히 살신성인의 슈퍼히어로로에서 벗어나 이제는 세계를 구원할, 아니, 한국을 구원할 구원자라고까지 칭해지고 있었다. 그 글자에 무슨 마법이라도 걸려 있는 듯, 사람들은 현석의 말을 듣고 한국 유니온의 안전 구역으로 이동하기 시작했다.

피난민 중 한 명이 뭔가에 홀린 듯 중얼거렸다.

"프, 플래티넘 슬레이어! 플래티넘 슬레이어……!"

이유 모를 벅찬 감동이 밀려들었다. 그냥 플래티넘 슬레이어라고 밝힌 사람을 보자 괜스레 전율이 일었다.

"프, 플래티넘 슬레이어다!"

세계를 구원해 줄 구원자를 바라보는 눈빛으로 현석을 쳐다봤다. 나이가 굉장히 많아 보이는 할머니 하나의 눈에는 눈물까지 맺히기 시작했다.

"저, 정말로… 정말로 플래티넘 슬레이어이십니까? 정말로… 정말로 그 플래티넘 슬레이어십니까?"

하지만 현석은 이미 그 자리에 없었다. 언제 사라졌는지 알 수조차 없었다. 그에 사람들은 플래티넘 슬레이어라는 걸 믿기 시작했다. 수천 발의 윈드 커터, 거기에 갑자기 사라지는 신기까지.

그리고 그때 목소리가 들려왔다.

"자자, 그만 감동하시고 이쪽으로 오세요."

익숙한 얼굴이 보였다. 이미 얼굴이 굉장히 많이 알려져 있는 하종원이었다. 대한민국에서 가장 유명한 슬레이어 중 한 명인 전격의 워리어 하종원, 그를 누군가가 알아봤다.

"하, 하종원이다!"

하종원이 어깨를 으쓱했다.

"아까 저 사람 진짜 플래티넘 슬레이어 맞아요. 그니까 감동은 나중에 하시고 일단은 피하죠. 블랙 나이트 놈들한테 걸리면 피곤해지거든요."

전쟁은 이미 블랙 나이트 왕국 안으로 진입한 현석이 치르고 왕국 밖에서 피난민들을 한국 유니온 쪽으로 돌리는 건 인하 길드를 비롯한 다른 길드원들이 맡았다.

현석의 몸이 빠르게 움직였다. 작은 인형 형태의 모습으로 현석의 어깨에 앉아 현석의 귀를 꽉 붙잡은—안 잡아도 날아가거나 하지는 않지만—활이 외쳤다. 현석이 옆에 있는데도 흥분을 감추지 못하고 욕을 하고 말았다.

"저, 저, 저 나쁜 새끼들! 천벌 받을 새끼들! 야! 너희! 그만두지 못해!"

그랬다가 활은 정신을 차렸다. 순간 너무 화가 나서 마구 소리를 질렀는데 아무래도 주인님이 싫어할 것 같다. 주인님은 조신한 계집을 좋아한다고 했으니까.

"주, 주인님. 그게 그러니까요……."

현석이 걸음을 옮겼다.

'이크, 주인님도 진짜 화났다.'

활은 아무 말도 안 했다. 그리고 다행이라고 생각했다. 주인님이 화가 많이 난 덕분에 자신의 욕을 못 들었다고 맘 편하게 생각했다.

현석의 눈에 끔찍한 장면이 보였다. 일반인이라 짐작되는 수백 명의 사람이 무릎을 꿇은 상태로 일렬로 앉아 있었다. 그들에게선 반항의 기색도 찾아볼 수 없었다.

그리고 블랙 나이트라 짐작되는 남자 하나가 앞에서부터 차례대로 한 명 한 명 머리를 발로 터뜨려 죽이고 있었다. 전투 필드를 펼치고 있는 것으로 보아 블랙 나이트의 숫자는 총 5명. 그들은 뭐가 그렇게 즐거운지 낄낄대고 웃고 있었다.

"이야~ 또 레벨 업했어. 좋은데?"

"너만 레벨 업하냐? 이번엔 내 차례야."

그때, 콰과광! 거대한 폭발음이 들렸다.

"뭐, 뭐야?"

그는 당황해 황급히 주위를 둘러보고는 기겁했다. 자신의 차례라고 말했던 동료 한 명의 머리가 박살 나 있었다. 정확히 말하자면 머리가 폭발했다. 정신을 차려보니 동료의 몸에서 피가 분수처럼 터져 나오고 있었다.

그리고 누군가를 발견했다.

"너, 넌 뭐냐!"

＊　　　　　＊　　　　　＊

현석은 호흡을 가다듬었다. 어떻게 사람으로 태어나 저런 일을 벌일 수 있는 건지 모르겠다. 아무리 세상이 미쳤다지만 사람까지 저렇게 미칠 수 있는 건가 싶었다.

사람이 사람을, 저토록 잔인하게 죽이면서 레벨 업을 했다고 좋아하는 모습은 과연 사람이 맞나 싶었다. 순간적으로 너무 분노해 힘 조절을 제대로 하지 못하고 블랙 나이트의 머리통 하나를 박살 내버렸다.

"너, 넌 뭐냐!"

현석은 대꾸할 시간조차도 아깝게 느껴졌다. 대화를 섞을 필요성도 모르겠다. 그 상태로 남자의 안면에 주먹을 꽂아 넣었다. 일단 물리 모드를 비활성화시켰다. 이들에겐 고통 없는 죽음마저도 사치스럽겠지만, 여기 꿇어 엎드려 있는 일반인들은 무슨 죄란 말인가.

바로 다음 차례, 죽을 차례를 기다리고 있던 14세 소녀 홍소윤은 바들바들 떨었다. 모든 걸 다 포기했다고 생각했는데 막상 죽을 차례가 오자 너무 무서웠다. 이런 지옥에서 살아가느니 그냥 죽는 게 낫다고 생각했었는데 그게 아니었다. 마지막 순간이 오자 살고 싶어졌다.

'죽고 싶지 않아.'

죽고 싶지 않은데 반항할 힘이 없었다. 차라리 예쁘게 태어났다면 살았을 수도 있다. 예쁜 여자는 죽이지 않고 노리개로 쓰고 있었으니까.

'나, 살고 싶어요……'

몸이 사시나무 떨리듯 떨려왔다. 죽음은 피할 수 없다. 너무 무서워서 눈을 꾹 감고 있었는데, 꽈지직! 꽈지직! 하고 머리가 터지는, 소름끼치는 소리가 계속해서 들려왔다.

'누가 좀… 도와주세요.'

너무 무섭고 두려워서 그 외에는 아무 소리도 들리지 않았다. 눈도 뜰 수 없었다. 바로 옆에서 콰지직 소리가 들려왔다. 자신을 죽이려 하던 블랙 나이트가 죽었지만 소윤은 그렇게 된 줄도 몰랐다.

그렇게 얼마의 시간이 지났을까.

목소리가 들려왔다.

"괜찮아, 괜찮으니까 일어서 봐."

누군가 자신의 등을 토닥거리는 게 느껴졌다. 홍소윤은 저도 모르게 무릎을 꾼 상태로 싹싹 빌었다.

"제발 살려주세요. 제발요. 뭐든지 다 할게요. 진짜 다 할 수 있어요. 살려만 주세요. 제발요."

뭔가 어려운 단어나 멋진 말 같은 건 나오지 않았다. 그냥 살려달라고 빌었다.

현석은 입술을 깨물었다. 척 봐도 10대 초중반의 어린아이의 입에서 이런 말이 나온다는 게 너무 끔찍했다. 학교에서 깔깔대며 수다를 떨고 있어야 할 어린아이 아닌가. 새삼스레 블랙 나이트에 대한 분노가 치밀어 올랐다.

'개새끼들.'

현석이 그녀를 일으켜 세웠다.

"괜찮아."

소윤은 패닉 상태에 빠진 것처럼 보였다.

아이는 현석의 바짓가랑이를 붙잡고 엉엉 울면서 살려달라고 빌었다.

현석이 말했다.

"저는 플래티넘 슬레이어입니다."

폴리모프를 사용했기 때문에 자신의 본래 얼굴은 아니다. 그러나 지금은 얼굴이 중요한 건 아니었다. 현석의 다리에 매달려 엉엉 울던 소윤은 그제야 고개를 들었다.

이미 아까 '플래티넘 슬레이어'라는 이름이 가진 힘을 경험해 봤다. 스스로 인지하지 못했는데, 플래티넘 슬레이어라는 이름이 갖는 힘은 생각보다 훨씬 더 강력했다.

적어도 상황을 수습하는 데에 있어선 엄청난 능력을 발휘했다.

"일어나. 아무도 너 안 죽여. 내가 못 죽이게 할게. 그니까 정신 차려."

현석과 함께 지원을 나온 곽기현이 필사적으로 외쳤다. 단 한 명의 사람이라도 더 구출하겠다는 듯 말이다.

"다른 블랙 나이트한테 걸리지 않도록 빠르게 이동해야 합니다. 이쪽으로 오세요!"

                    *   *   *

블랙 나이트 왕국에 사이렌이 울려 퍼지기 시작했다.

위이이이이잉—!

요란한 사이렌 소리가 계속해서 울려 퍼졌다.

이곳은 안전 구역이다. 몬스터가 나타났을 리가 없다. 곳곳에서 학살을 자행하던 블랙 나이트들은 한동안 고개를 갸웃하다가 상황을 파악했다.

"전체 소집령 떨어졌어."

"또? 왜?"

"몰라. 한국 유니온 놈들이 쳐들어왔다는 것 같은데."

"전원 소집이래?"

"어, 한 명도 빠짐없이 전……."

"왜 말을 하다 말아?"

블랙 나이트 한 명은 두 눈을 끔뻑거렸다. 방금까지 옆에 있던 동료가 갑자기 없어져 버렸다.

"도대체 무……."

그도 말을 잇지 못했다.

블랙 나이트 7명을 순식간에 죽여 버린 현석이 빠르게 몸을 움직였다. 일반인들은 그의 움직임을 파악할 수조차 없을 만큼 빨랐고 또 은밀했다.

블랙 나이트들은 순식간에 H/P가 0이 되어 없어져 버렸다.

'전체 소집령이라고?'

잘 됐다.

'한곳에 모이면 훨씬 더 처리하기 편하겠어.'

*　　　　　*　　　　　*

현석이 블랙 나이트들의 집결지에 들어왔다.

블랙 나이트의 숫자는 4,000여 명쯤 된다고 짐작하고 있다.

인원이 많기에 서로의 얼굴을 모르는 경우가 많이 있었다. 플래티넘 슬레이어가 무리 속에 숨어들어 있을 거라고는 아무도 상상하지 못했다.

상황을 모르는 그들은 모두 불평불만을 말했다. 재미 좋았었는데 갑자기 전체 소집령을 내렸다면서 투덜거렸다.

원래 블랙 나이트의 왕이었던 우창현은 이미 죽었다. 아직 확실한 건 아니지만 간부진들도 그걸 어느 정도 인정하고 있는 분위기였다.

블랙 나이트 왕국의 2인자라 할 수 있는 윤지형이 단상 앞에 섰다. 대부분의 블랙 나이트가 모였다고 판단했는지 마이크에 대고 입을 열었다.

"귀족 여러분을 이렇게 불러 모은 까닭은……."

일부러 블랙 나이트들을 이렇게 불러 모았다.

지금 침입한 사람이 플래티넘 슬레이어일 가능성이 매우 높았다. 플래티넘 슬레이어는 매우 강하기에 흩어져 있으면 상대하기 힘들 거라고 생각했다.

블랙 나이트들은 계속해서 투덜거렸다.

"아니. 제까짓 게 강하면 얼마나 강하다고."

"카피하면 그만이잖아? 근접이 안 되면 원거리 카피라도 하면 되고."

"그러니까 내 말이. 도대체 왕께선 어디 가신 거야?"

간부진들은 우창현의 죽음을 기정사실화했지만 일반 귀족―그들은 스스로를 귀족이라 불렀다―들은 우창현이 한국 유니온을 찾아갔었다는 사실조차도 잘 몰랐다.

"현재 침입한 슬레이어는 플래티넘 슬레이어라 짐작됩니다."

그 말이 윤지형 입에서 직접 나왔다.

블랙 나이트들은 동요했다. 플래티넘 슬레이어를 카피할 수 있는 기회가 생겼다는 사실에 다들 들떴다.

"젠장, 난 아직 원거리 카피 못 익혔는데."

특히 원거리 카피 익힌 블랙 나이트들은 함박웃음을 지었다. 시간이 조금 더 흘렀다. 윤지형이 말을 더 이으려 할 때, 그의 뒤에서 누군가가 물었다.

"블랙 나이트. 이제 전부 모인 겁니까?"

순간, 윤지형은 뭔가 싸늘한 느낌을 받았다. 이유는 모르겠는데 몸이 덜덜 떨려왔다.

"누, 누구냐?"

CHAPTER 2

현석이 다시 물었다.

"다 모였냐고 물었잖아. 쓰레기 새끼야."

윤지형은 필사적으로 '카피'를 사용했다. 어쨌든 접촉하고 있
는 상황이고 그러면 상대와 힘이 같아질 테니 금방 풀려날 수
있을 거라고 생각했다.

그런데 아니었다. 목을 움켜쥔 남자의 아귀힘은 너무나 강했
다. 그리고 그는 알 수 있었다. 지금 이 남자는 플래티넘 슬레이
어다.

플래티넘 슬레이어가 지금 블랙 나이트의 본진이라 할 수 있
는 이곳까지 혼자서 쳐들어온 것 같았다. 말도 안 되는 일인데,
그 말도 안 되는 일이 벌어졌다.

현석은 일부러 물리 모드를 사용했다. 지금 여기서 블랙 나

이트 수천 명을 학살한다 하더라도 모두 죽이는 건 아니다. 블랙 나이트는 분명히 어딘가에 또 있고 앞으로도 생겨날 거다. 그래서 일부러 물리 모드를 켰다. 일부러 잔혹하고 끔찍한 장면을 만들려는 거다.

블랙 나이트가 되면 어떻게 되는지 본보기를 보여주기 위해서, 남은 블랙 나이트들에게 경각심을 주기 위해서 말이다.

'아니, 그딴 건 아무래도 좋아.'

대외적인 명분은 그렇다. 일부러 더 잔인한 모습을 보인다는 명분. 그러나 그것과는 별개로 현석은 순수하게 분노했다. 현석의 심장이 빨리 뛰기 시작했다.

"넌 죄 없는 사람을 몇 명이나 죽였지?"

현석은 윤지형의 목을 더 꽉 조였다. 윤지형의 목울대가 위에서 아래로 꿀떡거리며 움직였다.

손바닥에 감각이 느껴짐과 동시에 윈드 커터를 썼다. 툭! 윤지형의 머리와 몸이 분리됐다. 현석은 땅바닥에 나뒹굴고 있는 윤지형의 몸을 발로 찼다.

"미, 미, 미친! 피, 피해!"

블랙 나이트들은 지금 이게 무슨 상황인가 싶었다. 미친놈 하나가 갑자기 난입하여 윤지형을 죽였다. 황당하게도 그 윤지형은 별다른 반항도 못 하고 죽었다. 이들은 여기서 눈치챘어야 했다.

"왜 카피 스킬 안 쓴 거야?"

"카피 썼어도 같은 힘을 가진 상대한테 목을 잡힌 상태였으니까 힘을 못 쓴 거겠지."

머리를 잃은 윤지형의 몸이 허공에서 빙글빙글 돌았다. 마치 쥐불놀이를 하듯 원을 그리며 도는 그의 몸에서 피가 뿜어져 나와 비처럼 쏟아져 내렸다.

"젠장, 피해."

윤지형의 몸이 땅바닥으로 떨어졌다. 아무도 그 시체를 받지 않았다.

블랙 나이트들이 원형을 그리며 비켜섰다. 작은 공터가 생겼고 윤지형의 시체는 그 공터에 떨어져 피를 줄줄 흘렸다.

현석이 마이크 앞에 섰다.

"아아."

현석의 목소리가 스피커를 타고 울려 퍼졌다. 현석이 말했다.

"모두 예상하고 있다시피 저는 플래티넘 슬레이어입니다."

그러자 일부 블랙 나이트들이 회심의 미소를 지었다. 아직 상황 파악을 못 한 것이다.

현석이 말을 이었다.

"그리고 너희를 모두 죽여 버릴 겁니다."

아까 구해줬던, 자신의 발에 매달려 무슨 짓이든 다 할 테니까 목숨만 살려달라고 빌던 꼬마애가 떠올랐다.

현석은 문득 분노가 치솟아 올랐다. 그 와중에 블랙 나이트들이 웃기 시작했다. 원거리 카피 스킬을 익힌 블랙 나이트들이었다. 그 사실을 알고 있는 다른 블랙 나이트들은 웃고 있는 블랙 나이트들을 부럽다는 듯 쳐다봤다.

*　　　　*　　　　*

시간이 흐르고 현석의 눈앞엔 지옥도가 펼쳐졌다. 시간이 흘렀다. 현석은 주위를 둘러봤다.

'내가 이랬지만… 정말…끔찍하게도 일을 벌여놨군.'

사방이 시체다. 온전한 시체는 없었다. 스스로 보기에도 끔찍했다. 피바다라는 말이 전혀 어색하지 않았다.

알림음이 들려왔다.

[명성 시스템 도입 조건 충족.]
[명성 시스템이 활성화됩니다.]

레벨 업 알림음과 더불어 완전히 처음 듣는 알림음이었다. 솔직한 말로 기분이 좋지는 않았다.

[레벨이 증가했습니다.]
[레벨이 증가했습니다.]

레벨이 증가했다는 말이 꽤나 많이 들려왔다. 정확하게 세어 보지는 못했다. 레벨 50이후부터는 레벨 업이 급격하게 어려워진다고 했다.

그런데 레벨 업이 시작된 이후 여태까지 약 50번 이상의 레벨 업 알림음을 들은 것 같았다. 어쩌면 자신의 능력치를 복사한 블랙 나이트들을 죽였기 때문에 레벨이 빠르게 올랐을 수도 있겠다는 생각이 들었다.

활이 현석 앞에 섰다. 어느새 자신감을 되찾은 활은 중학생

정도의 모습으로 현석 앞에 서서 현석을 올려다봤다.

"주인님……?"

"아, 그래."

"무슨 생각을 그렇게 하셔요?"

현석은 걸음을 옮겼다. 자신이 만들어낸 광경이지만 썩 보기 좋은 광경은 아니었다.

"활아, 명성 시스템에 대해 설명해 봐."

활이 현석에게 거래를 제시했다.

"활이의 손을 잡아주신다면 활이는 뭐든지 말씀드리겠어요."

그렇게 말하고선 자기가 덥석 현석의 손을 잡았다. 꺄! 소리를 내는 것도 잊지 않았다.

현석은 약간 물컹한 느낌을 받았다. 반쯤만 실체를 가지고 있어서 그렇다. 군이 표현하자면 젤리와 물의 중간쯤 느낌이랄까. 현석의 손을 잡은 활은 싱글벙글 웃으면서 말했다.

"명성 시스템은 주인님의 칭호 효과에 시너지 효과를 내는 시스템이라고 생각하시면 돼요."

"내 칭호?"

현석의 칭호는 현재 '대체 불가능한+1'이다. 무슨 효과를 가지고 있는지는 정확히 모른다. 다만 이 칭호 효과와 신체를 가지고 있으면 레드 돔의 특수 환경에 일정 수준 이상 저항할 수 있다는 것 정도만 안다.

"네. 주인님의 '대체 불가능한' 칭호를 증폭시켜 주는 역할이라고 보면 돼요. 주인님이 어느 정도의 명성을 가졌느냐가 증폭치를 결정해요. 그리고 한 가지 역할이 더 있는데, 그건 아직 정보공개가 안 됐어요. 죄송해요, 주인님."

방금까지도 신나 하던 활은 금세 시무룩해졌다.

"아냐, 충분해. 고마워."

현석은 활의 머리를 슥슥 쓰다듬어 줬다. 아주 잠시 자신감을 잃었던 활은 현석의 손길이 정말 좋은지 배시시 웃으며 깡총깡총 뛰었다. '주인님이 만져주는 거 너무 좋아요!'라고 말하면서 말이다.

현석은 걸음을 옮겼다.

'칭호 증폭과 더불어 한 가지 역할이라⋯⋯. 도대체 뭘까?'

*   *   *

블랙 나이트 왕국이 무너졌다. 현석 혼자서 수천 명의 블랙 나이트들을 학살했다.

그곳은 아직도 피바다다. 일부러 치우지 않았다. 혹시 남아있을 블랙 나이트들에게 충분한 경고가 되리라.

인하 길드 하우스.

민서가 현석의 방문을 두드리고 들어왔다. 평소에는 평화가 커피나 녹차를 타서 가져오는데 오늘은 민서가 왔다.

"오빠, 괜찮지⋯⋯?"

민서는 걱정스러운 듯 현석을 쳐다봤다.

"그럼, 괜찮지."

"그렇다면 다행이야."

몬스터를 죽이는 것과 사람을 죽이는 건 엄연히 다른 일이다.

블랙 나이트들이 죽어 마땅한 인간들이기는 했으나 그래도 역시 사람이다. 그리고 따지고 보면 현석도 블랙 나이트다. 민서에게 괜찮다고는 했으나 그 역시 마음이 아주 편한 건 아니었다. 밤에 잠도 자지 못했다.

자신은 불과 3년 전까지 일반인이었다. 3년 동안 몬스터를 학살했다고는 하나 사람을 이렇게 마구잡이로 죽여본 적은 처음이다. 마음이 편하다면 그게 더 이상하다.

2일이 지나고 현석이 성형을 찾았다. 성형도 민서와 똑같은 질문을 했다.

"괜찮아?"

"네, 뭐. 생각만큼 충격이 크지는 않네요. 저도 좀 무섭긴 해요. 사람을 죽이는 것에 너무 익숙해져 버리면 어떡하나하고."

"쓰레기는 쓰레기통에 버려야지. 너는 옳은 일을 한 거야. 수십만 명이 네 덕분에 목숨을 구했어."

"좀 이상하기는 해요. 블랙 나이트들이 어째서 그렇게 다들 미쳐 있는 건지. 뭔가 그 클래스가 정신에 어떤 작용을 하는 건 아닐까 싶기도 하고."

그때 노크 소리가 들려왔다. 플래티넘 슬레이어 전담팀의 팀원 이은솔이었다.

매일 업무에 치이던 그녀는 요즘 좀 편해졌다. 현석에게 쏟아지던 팬레터와 격려의 메세지들이 이젠 많이 없어졌으니까 말이다.

그런데 어제는 한 꼬마애가 유니온까지 찾아와서 꼭 전해달라며 난동을 부렸단다.

"플래티넘 슬레이어께 꼭 전해달래요. 의정부에서 목숨을 구한 홍소윤이라는 꼬맹이래요."

"아… 고마워요."

기억이 난다.

'살려달라고 엉엉 울던 그 여자애. 무사히 여기까지 왔구나.'

현석은 저도 모르게 웃었다. 피난민들 중 일부는 분명 오다가 죽었을 거다. 몬스터를 만났을 수도 있고 살아남은 블랙 나이트에게 죽었을 수도 있다. 하지만 여기까지 무사히 왔단다.

'다행이다.'

예전 같은 삶을 살 수 있을지는 모르겠다. 예전처럼 어린아이들이 뛰노는 학교가 운영될지도 알 수 없었다.

플래티넘 슬레이어께.

글씨는 제법 잘 썼다. 마치 컴퓨터로 새긴 것 마냥 또박또박 예쁜 글씨로 쓰인·편지를 읽고 있노라니 저도 모르게 흐뭇한 미소가 입에 걸렸다.

내용은 별거 없었다. 정말 감사하다고 목숨을 구해주신 은혜 절대로 잊지 않겠다는 편지였는데, 편지를 쓰다가 또 울어버린 것 같았다. 군데군데 눈물 자국이 남아 있었다.

편지를 다 읽고 나자 이 레드 돔을 어떻게든 없애 버려야 한다는 사명감 아닌 사명감이 밀려들어 왔다.

'이 레드 돔부터 당장 어떻게 해야 하는데.'

성형이 피식 웃었다.

"현석아, 너 정말 많이 변한 것 알아?"

"그래요?"

정말 많이 변했다. 예전같았으면 지금의 이 현재에 만족하며 살았을 거다.

현석은 지금도 부족한 게 없다. 안전 구역도 있겠다, 생필품은 아이템으로 드롭되겠다, 지켜야 할 사람들도 안전하겠다. 현석에게는 레드 돔을 없애야 할 이유가 전혀 없었다. 합리적으로 따진다면 말이다. 하지만 편지를 받고 나니 생각이 바뀌었다.

'이 기분… 나쁘지 않다.'

알림음이 계속 들려왔다.

[(+) 명성이 상승했습니다.]

[(−) 명성이 상승했습니다.]

(+) 명성 상승, (−) 명성 상승.

활의 말에 따르면 나쁜 건 아니라고 하는데 아직은 잘 모르겠다.

한편, 의정부 지역은 현재 무장 군인들이 대거 투입됐다. 이제 한국의 실세는 한국 유니온이다. 그나마 한국 유니온을 견제하던 오성 유니온은 이미 한국 유니온에 통합되었고 군대 역시 한국 유니온이 통솔하고 있다.

물론 전국의 군대를 전부 통솔하는 건 아니었지만 대통령도 행방불명된 지금, 군인들을 지휘하는 건 한국 유니온이라 봐도 무방했다.

의정부의 모습을 본 한 남자가 중얼거렸다.

"겨우 며칠 사이에 이렇게 바뀌다니……."

불과 며칠 전까지, 이곳은 지옥이었다. 살아남는 것 자체가 기적이었고 블랙 나이트들을 피해 다녀야 했었다.

하지만 이젠 아니다. 여긴 강한 몬스터도 나타나지 않는 안전 구역이다. 블랙 나이트도 잘 보이지 않았다. 세영 대학교의 대운 동장에 수천 구의 시체가 굴러다니고 있다고는 하는데, 그곳은 일반인들의 출입은 통제가 된 상태다.

"군인들까지 나서게 될 줄이야."

"한국 유니온의 능력은 정말 대단하네요."

정부는 아무것도 못했다. 이런 생지옥에서 구해준 건 한국 유니온, 아니, 플래티넘 슬레이어였다.

"사실 한국 정부도 믿을 게 못 됐다고 해요. 그걸 플래티넘 슬레이어가 혼자 쳐들어가서 군인들을 통합시키고 의정부 역시 구원한 거죠."

"플래티넘 슬레이어가 한국인이라는 사실이 정말 너무나도 감사하네. 그나저나 다른 나라는 상황이 어떻게 돌아가고 있을까?"

"그야 모르죠. 만약 플래티넘 슬레이어처럼 강한 슬레이어가 없다면……."

만약 다른 나라에도 레드 스카이가 도래했다면 무슨 일이 벌어졌을지 궁금하기도 했다. 어떤 곳은 모두가 블랙 나이트가 되지는 않았을까, 그런 생각도 해봤다.

"끔찍하네… 그런 세상은."

"설마요."

의정부의 안정화 사업은 순조롭게 진행됐다. 군인들을 통솔하게 된 것이 특히 유효했다. 군인들이 경찰의 역할을 대신해 주었고 의정부 시민들은 빠르게 안정을 되찾기 시작했다. 플래티넘 슬레이어를 칭송하는 목소리가 높아졌다.

같은 시각, 현석은 알림음을 또 들었다.

[(+) 명성이 상승했습니다.]

*　　　　*　　　　*

유니온에 새로운 보고가 올라왔다. 시기적으로 좀 빠르다고 생각은 하고 있으나, 성형도 이미 예측하고 있던 보고 내용이었다. 싸이클롭스가 나타났단다.

"문제는 싸이클롭스와 자이언트 터틀이 한 장소, 같은 시각에 나타났다는 겁니다."

예전과는 패턴이 조금 달라졌다. 하드 모드 이하 규격의 몬스터 중, 방어력에 있어서는 최강에 가까운 몬스터인 자이언트 터틀과 공격력에 있어서도 최강에 가까운―균형자와 키클롭스를 제외하고―싸이클롭스가 한 장소에 일시에 나타났단다.

'결국 또 현석이한테 의지해야 하는 건가.'

사람들은 한국 유니온을 대단하다 칭송하지만 결국 이런 상황에서는 한국 유니온도 할 수 있는 게 아무것도 없었다. 오로지 현석에게 부탁을 하는 수밖에.

'현석이를 제외한 다른 슬레이어들에게는 난이도가 지나치게 높다.'

예전부터 한국은 이상하게 난이도가 높았지만 요즘엔 그게 더 심해진 것 같다. 싸이클롭스와 자이언트 터틀이 나타났다는 말에 현석은 오히려 반색했다.

"차라리 잘 됐네요."

"뭐라고?"

"저번에 실수를 했거든요."

"실수? 트롤킹 잡을 때 얘기하는 거야?"

솔로잉 필드에서 능력치 전체 개방이 됐었다. 그런데 실수로 너무 세게 때리는 바람에 트롤킹이 즉사해 버렸다.

"자이언트 터틀은 일단 방어력이 엄청 세니까 제 능력을 제대로 파악하는 데 많은 도움이 될 거고 싸이클롭스 역시 빠르고 강하니까 도움이 되겠네요."

성형은 어이가 없어 피식 웃고 말았다. 다른 슬레이어들에게는 난이도가 지나치게 높고, 현석에게는 난이도가 지나치게 낮았다. 만약 현석이 없어진다면, 그땐 세상이 정말로 멸망할지도 모르겠다는 생각이 들었다.

"구원자라는 칭호가 틀린 건 아니네."

성형이 영상을 틀어줬다. 경상북도의 포항에 나타난 싸이클롭스의 영상이었다.

싸이클롭스의 몽둥이질 한 번에 10층짜리 건물이 무너져 내렸다. 싸이클롭스는 주위를 부수다가 잠들고, 다시 또 부수다가 잠들고를 반복하고 있었다.

싸이클롭스가 나타난 지 3일이 지났으며 포항시는 이제 초토화가 되었다고 했다. 자이언트 터틀은 움직임이 매우 느려 지금 당장은 위험하지 않았지만 껍질이 벗겨지면 어떻게 될지 몰랐다.

"게다가 자이언트 터틀의 크기가… 약 30미터는 넘을 거야."

"엄청난 크기군요."

30미터면 대형 고래보다 더 큰 크기다. 여태까지 등장했던 몬스터 중 가장 대형 몬스터라고 볼 수 있겠다.

"그럼 제가 다녀오죠. 명훈이만 데리고 갔다 오면 될 것 같네요."

성형이 농담조로 말했다.

"한국 인류를 대신해서 감사드리네요."

농담조로 웃으면서 말했지만 또 틀린 말은 아니었다. 현석은 걸음을 옮겼다.

'이번엔 내 힘에 대해 조금 더 확실히 파악해 놓을 수 있겠어.'

현석은 잠시 잊었다. 오크킹과 트윈헤드 오크킹, 트롤킹은 나타났었는데 트윈헤드 트롤킹은 나타나지 않았다는 것을 말이다.

현석과 명훈이 포항시에 도착했다. 건물이 부서지는 듯 요란한 소리가 들려왔다. 저만치 산 아래의 도시의 모습을 본 명훈이 입을 쩍 벌렸다.

"와… 이건 뭐… 거의 폐허네. 뭐 폭격이라도 맞은 거 같은데? 야, 진짜 리얼 트루 괜찮겠냐? 혼자서? 이 정도 스케일이면 공격 한 방 한 방이 폭탄 수준이겠는데……?"

*   *   *

명훈이 놀란 것도 무리는 아니었다. 사실상 몬스터가 위험한 이유는 그 몬스터가 강하다기보다는 현대 무기가 통하지 않아서였다. 그 강하다는 키클롭스도, 만약 실드라는 특별한 능력이 없었다면 현대 무기 앞에선 맥을 못 췄을 가능성이 높다.

그러나 이제 그 얘기도 과거의 얘기가 되어버린 것 같았다. 명훈은 입을 쩍 벌렸다.

"세상에……."

주먹 한 방, 한 방이 거의 폭탄 수준이다.

몸 길이 30미터에 이르는 자이언트 터틀은 걸어 다니는 불도저였고. 아주 느릿느릿 걷는데 척 봐도 10층은 되어 보이는 빌딩을 걸으면서 무너뜨렸다.

"혹시 위험할 수도 있으니까 너는 여기 있어."

현석의 몸이 사라졌다. 순식간에 자이언트 터틀과 싸이클롭스의 인식 사정권 내에 들어섰다. 싸이클롭스가 먼저 현석을 발견했다. 기존의 싸이클롭스보다 더 크고 우람했으며 붉은 피부를 가진 놈은 허리를 숙이고 쿵쾅대며 달려들기 시작했다.

'온다!'

모르긴 몰라도 슈퍼 카보다 빠른 가속도를 가지고 있을 것 같다. 척 봐도 시속 100㎞는 넘는 속도 같은데 저 속도를 내는데 3초도 안 걸렸다.

싸이클롭스가 몽둥이를 휘둘렀다. 현석이 그 몽둥이를 슬쩍 피했다.

콰과광!

폭발음이 터져 나왔다. 과연, 예전의 다른 몬스터들과는 격을 달리하는 강함을 가졌다. 폭탄 하나가 터진 것 같았다. 아스팔트 바닥이 푹 꺼졌다. 지름 약 7미터에 이르는 거대한 구덩이가 생겼다. 먼지가 피어오르고 부서진 아스팔트 조각들이 바람결에 마구 흩날렸다.

'일단 속도와 힘은 확실히 많이 강해졌네. 인하 길드원들도 쉽지 않겠어.'

그렇게 생각한 순간, 명훈이 우려했던 일이 벌어지고 말았다.

"이런 미친 경우가 다 있냐?"

하기야 예상은 했다. 공간이 일렁거리기 시작했다. 그래도 강한 축에 속하는 몬스터라 그런지 무리를 짓는 속도가 느리긴 했다.

한 마리, 한 마리가 탱크보다도 훨씬 강할 것이 분명한 싸이클롭스 수십 마리가 나타났다.

"한 마리, 두 마리, 세 마리, 네 마리… 힉?"

얼추 세어보니 40마리쯤 되는 것 같다. 저건 재앙이다. 일반 슬레이어는 절대 못 막는다.

과거, 싸이클롭스가 처음 나타났을 때도 그랬다. 현석 외에는 사냥이 불가능했던 규격 초과의 몬스터. 그때의 상황이 재연되고 있었다. 그것도 더욱 심각한 형태로 말이다.

현석도 숨을 골랐다. 숫자가 굉장히 많아졌다. 놈들이 날뛰기 시작하면 곤란하다. 놈들의 공격력이면 지하 대피소까지 무너뜨릴 가능성이 충분히 있었다. 아니, 이미 많이 무너졌을지도 모를 일이다.

'윈드 커터.'

현석이 윈드 커터를 뽑아냈다.

싸이클롭스의 실드 게이지가 줄어들었다. 아주 미미해 만족할 만한 대미지는 아니지만 괜찮다.

원래 윈드 커터는 실전에서는 잘 안 쓰이는 최하급 마법이다. 대미지가 당연히 약하다. 하지만 약한 대신 빠르게 뽑아낼 수 있다.

현석은 한 번에 수천 발씩 뽑아냈다.

명훈은 고개를 절레절레 저었다.

"미친놈."

이젠 더 이상 감탄도 나오지 않는다. 아주 잠깐이지만 저 많은 수에 걱정을 했던 자신이 바보같이 느껴졌다. 윈드 커터 한 발에 실드 게이지가 조금씩 깎인다. 대충 보니 약 1퍼센트 정도는 깎이는 것 같았다. 그렇다는 말은 100발을 날리면 실드 게이지가 없어진다는 거다.

"그래도 싸이클롭스 역시 상상을 초월하긴 하네."

몽둥이질 한 번에 빌딩을 폭파시키고 거의 10미터에 다다르는 거대한 구덩이를 만들어내는, 말 그대로 재앙급의 괴물이었다.

싸이클롭스가 여기저기서 발광했다. 콰과광! 콰과광! 폭발음이 계속해서 터져 나왔다. 그때마다 10미터가 넘는 구덩이, 이를테면 싱크홀 같은 커다란 구멍이 생겨났다.

건물이 무너지고, 김밥의 옆구리가 터지듯 구부러진 철근이 건물 사이로 삐죽삐죽 튀어나왔다.

명훈은 침을 꿀꺽 삼켰다.

'싸이클롭스가 저 정도면 키클롭스나 균형자 같은 놈들은 도 대체 어떻게 되는 거야? 아니, 진짜 문제는 균형자들 아닌가?'

문제가 널리고 널렸다. 게다가 블리자드처럼 자연계 몬스터까 지 나타나게 된다면 한국은 정말로 멸망할지도 모를 일이다.

명훈이 잠시 걱정에 빠졌을 무렵 현석은 싸이클롭스를 모두 정리했다. 그사이 꽤나 치열한—싸이클롭스의 입장에선 치열한— 전투가 벌어졌는지 현석의 주변은 완전히 초토화되어 있었다.

폭탄 수십, 수백 발을 터뜨려 놓은 것처럼 처참했다. 그러나 저러나 자이언트 터틀은 제 갈 길만 갔다. 아주 느릿느릿 말이 다. 그러다가 현석을 힐끗 쳐다보더니 등껍질로 숨어 버렸다.

현석은 허탈해졌다.

"뭐야?"

현석은 가까이 다가가서 등껍질을 세차게 후려쳐 봤다. 트롤 킹 때의 사건을 교훈 삼아 힘 조절에 각별히 신경을 썼다.

콰콰광!

폭발음이 터져나왔다. 웅—! 웅—! 마치 빈 껍질을 강하게 친 것처럼 소리가 울렸다. 자이언트 터틀은 꼼짝도 하지 않았다.

중학생의 모습이 된 활이 고래고래 소리를 질렀다.

"야! 이 겁쟁이 거북아! 머리를 내밀어라! 그렇지 않으면 구워 먹을 거다!"

현석은 피식 웃었다. 자이언트 터틀의 무지막지한 방어력이야 이미 알고 있었다. 실드 게이지가 단 1퍼센트도 깎이지 않았다 는 사실이 놀랍기는 했지만 그렇게 특별한 일도 아니었다. 힘 조절을 열심히 했으니까.

콰과광!

폭발음이 터져 나왔다.

콰과광!

다시 한 번 폭발음이 터져 나왔다.

콰과광!

콰과광!

폭발음이 연속해서 터져 나왔다.

현석은 목을 돌렸다. 우드득, 우드득 하고 뼈마디가 비명 아닌 비명을 질렀다.

"진짜 단단한 놈이네."

솔직히 오기가 조금 생겼다. 현석은 조금씩 힘을 더 주기 시작했다.

콰과광!

소리도 더욱 커졌다. 일반적인 천둥도 아니고 엄청난 크기의 천둥이 치는 것 같았다. 한참이나 멀리 떨어진 명훈마저도 귀를 막을 정도였다.

'발경.'

액티브 스킬, 발경까지 사용했다. 힘도 제법 많이 썼다.

'발경.'

발경을 몇 번이나 사용했다. 그것도 힘을 아주 많이 끌어다 썼다.

레드 돔의 특수 환경에 저항할 수는 있지만 전체 힘을 개방시킬 수 있는 건 아니다. 대체 불가능한 신체와 칭호를 얻은 이래 처음으로 체력적으로 약간의 부담을 느꼈을 정도였다.

시간이 좀 더 흘렀다. 명훈은 눈앞에 펼쳐진 장면에 눈살을 찌푸렸다.

"아… 정말… 진짜 별로다……."

눈을 살짝 감았다. 이렇게 멀리서 보는 데도 상당히 끔찍한 광경이었다.

'아무래도 등껍질 안에서 폭발한 모양이야.'

자이언트 터틀의 다리, 그리고 머리가 위치했던 구멍—껍질 속으로 들어가면 열은 막이 생긴다—이 모두 찢어졌다.

그 안에서 붉은 피가 마치 아주 커다란 소방차 호스로 물을 뿜어대는 것처럼 사방으로 튀었고 붉은색 피부 조각이 마구 터져 나왔다. 크기 30미터가 넘는 시뻘건 부침개가 생긴 것 같았다.

"쟤 진짜 취미 별로다. 비물리 모드라도 켜든지. 그런데 자이언트 터틀은 무리를 안 짓나? 안 나왔네."

활이 현석의 손을 잡았다.

"요 녀석은 주인님을 보자마자 전의를 상실했어요. 싸울 의지를 잃어버린 것이어요. 겁쟁이가 맞아요."

"그래서 무리가 나타나지 않은 거야?"

"네, 자이언트 터틀은 엄청 겁쟁이거든요."

현석은 알림음을 들었다.

[레벨이 증가했습니다.]
[레벨이 증가했습니다.]

"활아, 내 레벨 확인 아직도 불가능해?"

"죄송해요, 주인님. 활이는 정말 못난 계집아이여요. 반성할게요."

싸이클롭스를 사냥한 보상으로 안전 코어를 획득했다. 솔로잉이 인정됐기 때문이다.

"자이언트 터틀은 안전 코어를 안 줬네."

아무래도 무리를 이루지 않았기 때문인 것 같다. 어쨌든 안전 코어를 획득했다. 블랙 나이트와 오성 유니온이 했던 방식으로─대외적으로 알리진 않았지만 오성 유니온도 블랙 나이트와 마찬가지 방법으로 안전 코어를 획득했다─안전 코어를 획득하고 싶지 않았다.

현석은 피식 웃었다.

"앞으로는 연약한 척 좀 해야겠어."

명훈이 되물었다.

"그게 뭔 말이야?"

"아니, 너무 센 척하니까 자이언트 터틀이 쫄더라고. 그래서 안전 코어 안 주더라."

"아, 그러냐."

명훈은 고개를 끄덕였다. 저놈의 사기성은 이제 그러려니 한다.

"그나저나 보스몹도 나오겠지? 싸이클롭스나 자이언트 터틀은 그렇다치더라도 키클롭스나 드레이크 균형자, 거기에 오우거 보스몹까지 뜨면 어떡해? 블리자드 같은 건? Possesion Ghost도 상당히 골치 아플 것 같은데. 그리고 레드 돔은 정말 없앨 수 있긴 한 거야?"

활이 어깨를 쭉 폈다. 간만에 아는 게 나와 우쭐해진 것이다.

"주인님은 레드 돔을 없애는 것이 불가능해요."

현석이 활을 쳐다봤다.

"무슨 뜻이야?"

"나중엔 가능할 수도 있지만 지금의 주인님 상태로는 절대 불가능해요."

그리고 다시 작아졌다. 안타깝게도 딱 그 정도만 안다. 현석의 레벨이 오르면서 조금씩 정보를 더 얻고 있는 모양이긴 하지만 완벽하진 않은 것 같았다. 작아진 채로 우물쭈물 말했다.

"화, 확실한 건 어, 억제 코어를 어떻게든 모아야 한다는 것이어요."

억제 코어를 얻는 방법은 쉽다. 현석이 솔로잉 필드에 들어가서 보스 몬스터를 슬레잉하면 된다.

"어라…? 저게 뭐냐?"

그때 공간이 일렁거렸다.

"설마 자이언트 터틀?"

공간이 일렁거리는 크기가 엄청나게 컸다.

"거의 100미터는 되는 것 같은데……."

현석은 명훈을 집어 들었다. 그리고 세차게 던졌다. 명훈이 허공에서 팔다리를 허우적대며 날아갔다.

"으, 으아아아악!"

명훈의 비명 소리가 메아리쳤다. 현석의 얄미운 목소리가 들려왔다.

"죽지는 않을 거야! 알아서 착지 해!"

명훈은 자그마치, 직선거리로 약 2㎞를 날았다. 도시가 훤히 내려다보이는 야산까지 날아왔다. 아까 전투를 지켜봤던 그 부근이었다.

"으어어어어!"

다행히 속도가 많이 느려졌다. 나무를 껴안았다. 철푸덕! 충격은 있었지만 어쨌든 살았다.

"아오씨, 놀래라. 죽는 줄 알았네."

명훈은 조심스레 나무 위에서 내려왔다. H/P가 50퍼센트가량 떨어져 있었다. 혹시 몰라 얼른 H/P 포션을 마셨다.

산 아래를 쳐다봤다.

"세, 세상에……."

저건 척 봐도 일반 자이언트 터틀이 아니었다. 붉은 자이언트 터틀만 해도 충분히 위협적인데, 심지어 이번엔.

"설마… 벌써 보스몹이라고?"

그 예상이 맞은 듯 솔로잉 필드가 펼쳐지는 게 보였다.

"뭐가 어떻게 돌아가는 거야?"

상황을 떠올려 봤다. 자이언트 터틀이 무리를 짓기도 전에 죽여 버렸다. 그러자 그 자리에서 보스 몬스터가 바로 생성됐다.

어떤 상관관계가 있는 건지, 아니면 우연인지 생각해 볼 필요가 있는 문제였다.

현석에게 알림음이 들려왔다.

['보스 몬스터─자이언트 터틀킹' 솔로잉을 선택하시겠습니까?

Y/N]

[솔로잉 필드가 개방됩니다.]

[레드 돔의 특수성에 능력치에 제한을 받습니다.]

[앱솔루트 필드가 레드 돔의 특수성에 저항합니다.]

[대체 불가능한+1 신체를 확인합니다.]

[대체 불가능한+1 칭호를 확인합니다.]

여기까진 같았다. 알림음이 더 들려왔다.

[슬레이어의 명성을 확인합니다.]

[명성 효과를 적용합니다.]

대체 불가능한 신체와 칭호, 거기에 명성 시스템이 도입됐다. 그러자 놀라운 알림음이 이어졌다.

[본 솔로잉 필드에 한해, 모든 페널티가 취소됩니다.]

마지막 알림음이 들려왔다.

[본 솔로잉 필드에 한해, 슬레이어의 모든 능력치 전체 개방이 허용됩니다.]

100미터에 육박하는 엄청난 크기의 자이언트 터틀이 현석을 쳐다봤다.

일반 자이언트 터틀과는 달랐다. 싸이클롭스와의 육탄전을 보지 못해서인지, 아니면 보스몹은 겁쟁이가 아닌 건지 현석을 향해 움직였다. 세로로 갈라진 자이언트 터틀의 일(1)자형 눈동자에는 명백한 적의가 서려 있었다.

자이언트 터틀킹이 입을 쩍 벌렸다. 입안에서 무언가가 용암처럼 끓어오르고 있었다.

＊　　　　＊　　　　＊

현석이 자이언트 터틀킹의 입안에서 무언가가 끓어오르고 있다는 것을 발견한 순간, 자이언트 터틀킹이 그것을 토해냈다.

초록색으로 부글부글 끓어오르는 액체는 아마도 예전에 마주한 적이 있는 산성액일 것이다.

'내 능력으로 뒤집어쓰면 어떻게 되지?'

붉은 싸이클롭스의 공격에도 멀쩡했던 신체다. 그러나 또 대놓고 맞기에는 뭔가 좀 찝찝했다. 그런데 그때 자이언트 터틀의 산성액이 산탄총을 발사한 것처럼 갑자기 퍼졌다.

직선거리로 약 2km가량 떨어진 상태라 명훈은 상황이 훤히 보였다.

'멀리서 봐도 저 정도 속도면… 도대체 얼마나 빠른 속도로 분사되는 거야?'

자이언트 터틀킹의 산성독 공격은 굉장히 빨랐다. 현석 바로 앞까지 물줄기처럼 토해지다가 이내 폭탄처럼 폭발했다. 만약 모르고 있었다면 그대로 뒤집어썼을 거다. 현석의 경우는 몸동

작이 워낙 빨라 대부분을 피해내기는 했지만 그래도 좀 맞았다.

[자이언트 터틀킹의 산성독에 적중되었습니다.]
[피부에 직접 접촉되어 크리티컬 대미지가 적용됩니다.]
[산성독의 특수 효과가 작용합니다.]

현석에게 알림음이 이어졌다.

[대체 불가능한+1 신체가 자이언트 터틀킹의 산성독에 저항합니다.]
[명성을 확인합니다.]
[저항 성공률 90퍼센트.]

현석은 고개를 갸웃했다.
'어라?'
90퍼센트만큼 저항했다고 했다. 그렇다면 나머지 10프로는 어떤 식으로든 신체에 영향을 끼쳤다는 소리다.

[대미지 ―0]

90퍼센트만큼 저항에 성공했고 나머지 10퍼센트가 영향을 끼쳤는데 대미지가 0이 들어왔다. 비록 3초도 안 되는 짧은 시간이었지만 현석은 상황 파악을 완료했다.
'그러니까 대체 불가능한 신체랑 명성으로 크리티컬 샷과 특

수 효과에 저항하고, 특수 효과 외의 기본 대미지는 내 몸빵으로 막아낸 거네.'

이제 알았다. 그리고 한 가지 더 확인했다. 명훈도 그걸 느꼈다.

"도대체 뭔 놈의 세계가 이래? 유현석 아니면 못 잡는 놈들이 저렇게 튀어나오면 유현석 없으면 세상 어떻게 돌아가라고?"

그리고 또 느꼈다.

'설마 그런데 한국에 가장 먼저, 그리고 가장 강한 몬스터가 나타나는 게 현석이 때문은 아니겠지?'

에이, 아닐 거야. 하고 고개를 저었다. 그러나 이러한 생각은 이전부터 하고는 있었다. 애써 부정하고 있었을 뿐이다. 만약 현석이 없어진다면 그만큼 약한—다른 나라처럼—몬스터가 나타날지도 모를 일이다.

'그렇지는 않겠지. 아니, 그렇지 않아야만 해.'

사실관계는 둘째 치고 일단 그렇지 않아야만 했다. 진실은 중요하지 않다. 현석 때문에 강한 몬스터가 나타난다는 것이 만약 사실이라고 한다 하더라도 그걸 증명할 방법은 없다. 증명해서도 안 된다.

만에 하나라도 그게 증명이 된다면 현석은 세상을 구한 구원자에서 세상을 멸망의 길로 걷게 한 악인이 될 수도 있는 일이었다.

'다른 나라의 사정은 도대체 어떨까?'

다른 나라의 사정은 아직 모른다.

'혹시… 다른 나라는 이미 깨버린 것 아닐까?'

모르겠다. 잠시 머리가 복잡해 졌던 명훈은 고개를 휙휙 젓고서 저만치 산 아래를 쳐다봤다. 지금은 완전히 폐허가 되어버린 도시. 높은 건물이 없어서 상황이 더 잘 보였다.

꽈지직—! 꽈지직—!

자이언트 터틀킹의 껍질이 부서지기 시작했다.

현석은 현재 물리 모드를 가동 중이다. 남들이 보기에 어떨지 모르겠지만 현석은 지금 좀 여유로운 상태다.

자이언트 터틀킹의 산성독 공격은 무섭다고 볼 수 있다. 일단 크리티컬 샷도 그렇지만 그 외에 '특수 효과'라는 게 추가됐다.

아무래도 일반 자이언트 터틀과는 다르게 무언가 특별한 효과를 가지고 있는 것 같았다. 이를테면 스턴 효과라든지 독 대미지라든지. 하지만 정확히 알 수 없었다.

[대미지 —0]

뭔지는 모르지만 하여튼 신체와 칭호로 저항하니 대미지는 0이 됐다.

'모든 페널티 해제라……'

현석은 페널티를 많이 갖고 있다. 대표적으로 요즘 제한이 풀린 레벨 업 시스템이 있다. 현석은 레벨 업 시스템이 없어서 업적에 목말라 했었다. 결과적으로 보면 그 덕분에 엄청난 성장을 하기는 했지만 어쨌든 페널티였던 건 확실하다.

레드 돔에 갇힌 이후로는 능력치의 사용도 힘들었다. 지금이야 신체와 칭호가 저항하여 일정 수준 이상 힘을 끌어내고는 있지만 말이다.

또한 아이템 사용이 불가했었다. 사실상 가장 큰 페널티는 바로 아이템을 사용하지 못한다는 것이었다. 현석은 그 점을 떠올렸다.

'아이템이라……'

아이템을 사용해 본 적이 언제였던가를 떠올렸다. 생각해 보니 맨 처음 튜토리얼을 시작했을 때, 전기 모기채를 아이템처럼 사용했던 것 말고는 아이템을 사용한 적이 없었다. 명훈은 황당한 표정을 짓고 주저앉았다.

"쟤는 도대체 싸우는 거야, 마는 거야?"

현석이 강한 건 맞는데 아무리 그래도 보스 몬스터 앞에서 저렇게 여유를 부려도 되는 건가 싶었다. 크기가 100미터가 넘는 괴물이 앞에 있으면 그 괴물이 강하고 강하지 않고를 떠나서 긴장되고 무서운 게 당연한 거 아니겠는가. 사람이라면 그렇다.

바퀴벌레가 강해서 무서워하는 사람은 별로 없다. 보는 순간 혐오감이 드니까 무서워한다. 그런데 저건 바퀴벌레도 아니고 무려 100미터에 이르는 괴물인데 저렇게 태평한 거다. 어떻게 보자면 강심장이라 할 수 있겠다. 명훈도 그러려니 하긴 한다지만 저런 걸 볼 때마다 헛웃음이 나오는 건 어쩔 수 없었다.

"뭔가 골똘히 생각하고 있는 것 같은데……."

현석은 옆으로 한 걸음 움직였다. 이제 자이언트 터틀킹의 공격 패턴도 어느 정도 파악했다. 아까 물리 모드를 켜놨을 때 옷에 구멍이 송송 나서 넝마처럼 변했다는 것만 제외하면 이제 자이언트 터틀킹의 공격이 문제될 건 없었다.

현석의 입장에서야 한 걸음 슬쩍 움직인 거지만 명훈의 눈으로 보면 순간이동을 한 것 같다. 고위 마법사들이 사용한다는 블링크처럼 보였다.

현석은 인벤토리를 열었다. 스탯 30을 소비해서 구입했던 아이템이 보였다.

〈바다를 받치다─노멀(현)〉

7만 년 전, 반란을 일으켰던 거인왕 헤란툴토스가 신이 일으킨 분노의 해일에 맞설 때에 착용했던 방패. 전설에 따르면 헤란툴토스는 '바다를 받치다'로 해일을 막아냈다고 전해진다.

등급: Normal(현).
방어력: 7,000.
내구도: ?
필요 힘: 199.
필요 체력: 199.
특수 능력: 아이템 착용 중 단 1회. 착용자의 H/P가 0에 이르도록 만드는 물리적 공격을 막아낸다. 단, 아이템의 등급을 넘어서는 물리 공격은 방어가 불가능하다.

그 당시에는 정말 엄청난 아이템이었다. 필요 힘과 체력이 무려 199다. 당시에 사용할 수 있는 사람이 없어서 그냥 내버려 뒀던 아이템이다. 고렙(?)이 되고 보니 이런 아이템도 별로 좋게 보이질 않았다. 당시엔 이런 어마어마한 아이템의 등급이 겨우 Normal이라는 사실이 충격적이었지만 이제는 이해가 된다.

'그래도 스페셜 상점에서 구입한 아이템인데······.'

재미 삼아 장착을 한 번 해봤다. 현석의 왼팔에 푸르스름한 색깔의 원형 방패가 생겼다.

[성장형 아이템 '바다를 받치다'를 확인합니다.]
[현 슬레이어의 등급을 판정합니다.]

예전에 성장형 아이템이란 것을 확인했었다. 아무래도 착용자의 능력에 맞추어 성장을 하는 아이템인 것 같았다.

[아이템. '바다를 받치다'가 대폭 성장합니다.]
[아이템. '바다를 받치다'의 성장이 Maximum에 도달했습니다.]

이 알림음 어디서 많이 들어봤다. 어디서 들었나 떠올려 보니 스킬의 등급이 올라갈 때에 들었었다.

'설마… 아이템도 진화를 하는 건가?'

아이템이 진화한다는 건 들어본 적이 없다. 심지어 세계 12대 아이템 중 하나라 분류되고 있는 연수의 '성자의 방패' 역시 진화 같은 건 한 적이 없다.

자이언트 터틀킹은 화가 난 것 같았다. 눈앞의 조그마한 날파리 같은 인간 하나가 자꾸 알짱거리는 게 매우 짜증이 났다. 아무리 공격해도 얻어맞을 생각도 안했다.

잔뜩 화가 난 듯 하늘을 향해 녹색 액체를 마구 분사하다가 이상 행동을 보였다.

명훈이 고개를 갸웃했다.

"어라? 자이언트 터틀이 스스로 껍질에서 빠져나왔어……?"

스스로 껍질에서 빠져나온 자이언트 터틀은 답답한 듯 오른쪽 뒷발로 껍질을 뻥 찼다. 100미터 크기의 거대한 껍질이 빙글빙글 돌며 날아가 솔로잉 필드 외곽에 부딪쳤다.

쿠구궁!

요란한 소리와 함께 솔로잉 필드를 덮은 옅은 레드 돔이 흔들렸다. 자이언트 터틀킹이 그러거나 말거나 현석은 새로운 것을 탐닉(?)하는 데에 빠져들었다.

'아이템도 진화를 할 수 있는 거구나.'

자이언트 터틀이 쿵쾅쿵쾅 네 발로 달려들기 시작했다. 움직임이 굉장히 빨랐다.

크기가 워낙에 거대한 놈이다 보니 더 높은 등급의 싸이클롭스보다도 위협적이었다. 물론 명훈이 보기에만 위협적이었다.

하지만 현석은 지금 자이언트 터틀에는 관심도 없었다.

[현재 슬레이어의 능력치를 재판정합니다.]
['바다를 삼키다─유니크'의 성장이 Maximum에 달합니다.]

자이언트 터틀이 앞쪽 오른발을 들어 올려 현석을 발로 내려찍었다.

쿵!

거대한 소리가 터져 나왔다. 명훈은 입을 쩍 벌렸다. 붉은 자이언트 터틀킹은 붉은 싸이클롭스보다 훨씬 강할 것이 틀림없었다. 지름 약 15미터, 깊이 약 5미터가 넘을 법한 거대한 구덩이가 생겼다. 자이언트 터틀킹은 바닥에 발이 꼈는지 발을 빼려 낑낑거렸다.

"와… 뭔 놈의 발길질이… 콘크리트 벙커도 깨부수겠네."

그럼에도 불구하고 솔로잉 필드는 깨지지 않았다. 그 말은 현석이 무사하다는 소리다.

현석은 자이언트 터틀킹의 발 아래 깔려 있었다. 온통 신경이 아이템에 쏠려 있어서 제대로 막지도 못했다.

'어라, 나 땅에 박혔네.'

정신을 차려보니 땅에 박혀 있었다. 이를테면 자이언트 터틀의 발은 망치고 현석은 못이 된 셈이다. 거대한 망치가 현석을 땅에 박아 넣었다.

"웃차."

현석이 힘을 살짝 줬다. 크기 100미터의 자이언트 터틀의 발이 부르르 떨리기 시작했다. 어떻게든 저 작은 생물체를 눌러 죽이려고 안간힘을 썼다.

'어쭈.'

생각보다 자이언트 터틀의 힘이 셌다. 그래서 힘을 조금 더 냈다. 아까는 그냥 백지장을 들 때만큼의 힘을 썼다면 이번엔 쌀가마니를 들어 올리는 정도로 힘을 썼다.

명훈이 웃음을 터뜨렸다. 크하하하핫! 하고 기분 좋게 웃었다. 100미터 넘는 몬스터가 발라당 뒤로 넘어져서 팔다리를 마구 휘젓고 있는 꼴을 보아하니 굉장히 웃겼다. 등이 굉장히 미끄럽기라도 한 건지 일어서지 못했다.

현석은 지상으로 올라왔다. 문득 생각이 떠올랐다.

'그러고 보니… 주변에 지하 대피소가 있었던가.'

이렇게 마구잡이로 공격을 허용하다간 지하 대피소가 무너져 내릴 것 같다. 생존자가 있을 수도 있는 노릇이니 조심을 해야 했다.

현석이 자이언트 터틀킹 앞에 섰다.

"야, 가만히 좀 못 있냐?"

알아보고 싶은 게 많은데 자꾸 방해해 대니까 슬슬 좀 짜증이 났다. 보스 몬스터는 어떻게든 잡아야만 하는 강력한 개체임에는 틀림없지만 지금은 좀 귀찮았다. 그렇다고 당장 죽여 버리면 솔로잉 필드가 해제될 테고 그러면 자신에게 일어난 변화를 제대로 파악하지 못할 거다. 문득 좋은 생각이 떠올랐다.

팔다리를 바둥거리고 있는 놈을 들어 올렸다. 기본적으로 자이언트 터틀은 겁쟁이다. 현석은 그걸 노렸다.

현석은 자이언트 터틀을 들어 올린 상태로 등껍질 있는 곳까지 걸어가선.

"들어가 있어. 안 그러면 진짜 죽인다."

라고 말하며 손가락으로 등껍질을 가리켰다. 그리고 있는 힘껏 주먹을 내질렀다. 그리고 폭풍도 함께 사용했다.

후우웅―!

현석이 주먹을 있는 힘껏 내지르자 놀라운 일이 벌어졌다. 주먹을 허공에 휘둘렀는데 땅이 울렸다. 명훈은 이번엔 정말로 입을 쩍 벌렸다. 저런 광경은 처음 본다.

100미터 몸집의 자이언트 터틀이 있는 힘껏 밟았을 때 약 15미터 크기―거리가 멀어서 정확하게 보이진 않았다―의 구덩이가 생겼다면 현석의 허공을 향한 주먹질은 자연에서의 폭풍과는 비교도 안 될 만큼의 초강력 바람을 일으켰다.

"미, 미친… 저, 저게 뭐야……?"

눈을 꿈뻑거렸다. 뭔가를 직접적으로 때린 것도 아니다. 현석이 내지른 주먹에 100미터가 넘는 자이언트 터틀의 몸이 휘청거렸다. 그리고 주변의 남아 있던 건물 잔해들이 싸그리 날아가 자이언트 터틀의 몸에 부딪쳤다. 강력한 토네이도가 발생하기라도 한 것처럼 말이다. 별다른 스킬을 사용한 게 아니다. 그냥 주먹을 내질러서 권풍을 만들었을 뿐이다.

거기에 에메랄드빛 폭풍이 더해졌다. 일부러 자이언트 터틀은 공격 대상으로 설정하지 않았다. 주변이 완전히 초토화됐다. 아니, 오히려 깨끗해졌다.

건물 잔해들이 믹서기에 넣어 갈아버린 것처럼 가루가 되어버렸고 레드 돔 안은 미세먼지로 가득 차 버렸다. 에메랄드빛보다는 회색빛에 가까운 폭풍이 레드 돔 안을 완전히 가득 채웠다.

폭풍이 불어닥치고 있는 가운데 현석이 자이언트 터틀에게 더 가까이 다가갔다. 아기를 타이르듯 툭툭 쳤다. 자이언트 터틀이 움찔 놀랐다. 워낙에 거대한 몸체다 보니 움찔 놀라는 것도 굉장히 티가 많이 났다. 손가락으로 다시 등껍질을 가리켰다.

"들어가 있어, 얼른."

자이언트 터틀은 한참이나 등껍질과 현석을 번갈아보다가 이내 등껍질 안으로 들어갔다. 아까 일반 자이언트 터틀이 그랬던 것처럼 숨어 버렸다.

그때, 좋은 생각이 떠올랐다. 민서가 특히 호감을 보였던 몬스터들이 두 종류가 있다. 하나는 자이언트 터틀. 또 하나는 오우거였따.

'이놈 테이밍 시켜볼까?'

현석이 큰 소리로 명훈을 불렀다. 현석의 목소리가 쩌렁쩌렁 울렸다. 신기하게도 현석의 목소리가 크게 울리자 자이언트 터틀의 등껍질이 하늘로 퉁! 튀어올랐다가 다시 떨어져 내렸다. 아무래도 현석의 목소리 때문에 놀란 것 같았다.

현석이 말을 이었다.

"이대로 서울 올라가서 민서 좀 데려와줘!"

명훈에게 민서를 데리고 올 것을 부탁한 현석은 능력치 파악과 아이템 파악에 들어갔다. 활은 기뻐했다.

"주인님과 단 둘이 있을 수 있어서 기뻐요. 신체 건강한 남자와 여자가 단 둘이 있으면 이런저런 일이 일어나게 마련이죠!"

현석은 그 말 듣고 신경도 안 썼다. 아니, 못 썼다. 알림음이 들려왔기 때문이다. 벌써 3번째 들리는 알림음이다.

[현 슬레이어의 등급을 재판정합니다.]

아이템이 완전히 특별한 형태로 변화했다. 활조차도 깜짝 놀랐다.

"주, 주인님? 설마 이건……?"

＊   ＊   ＊

활이 흥분해서 외쳤다.
"유, 융합이어요! 이건 분명히 융합이어요!"
알림음이 들려왔다.

['바다를 삼키다─유니크'가 '바다를 삼키다─레전드'로 변화합니다.]
['바다를 삼키다─레전드'의 형태가 변화합니다.]

형태가 변화한다는 알림음을 제대로 인지하기도 전에, 현석은 뭔가 이상함을 느꼈다.

[최초로 레전드 등급의 아이템을 획득하였습니다.]
[위대한 업적으로 인정됩니다.]

오랜만에 업적으로 인정됐다. 이 위대한 업적에도 보상이 따랐다.

[위대한 업적 보상으로 융합의 기회가 주어집니다.]
[융합은 최초의 레전드 아이템 획득 슬레이어에게 주어지는 1회성 특전입니다.]

융합? 그게 도대체 뭐야? 의문을 품었다. 알림음이 계속해서 이어졌다.

['대체 불가능한+1' 신체와 '바다를 삼키다—레전드'의 상성을 확인합니다.]
[상성 등급: S]
[아이템 기본 능력치의 50퍼센트를 획득하여 신체에 적용합니다.]

순간 현석은 깜짝 놀랐다. 왼손에 있던 '바다를 삼키다'가 점점 희미해졌다. 조금씩 희미해지는가 싶더니 가루가 되어 바람결에 흩날리기 시작했다.

[아이템의 특수 스킬 중 1개를 무작위로 선택하여 90퍼센트 적용합니다.]
[융합을 시작합니다.]

그리고 시간이 조금 흘렀다.

[융합이 성공적으로 완료되었습니다.]

현석이 활에게 물었다.
"활아, 융합이 도대체 뭐야?"

"아이템을 주인님의 몸에 이식한 거라고 보면 되어요. 주인님의 경우는 신체와 아이템의 상성이 S이기 때문에 50퍼센트의 기본 능력치 획득. 그리고 특수 스킬 1개 중 1개를 획득한 거예요. 완전 융합이 아니어서 약간 능력치 하락은 있지만 그래도 솔로잉 필드가 아니면 주인님은 아이템 사용이 불가능하잖아요."

"그러니까 아이템 자체가 내 몸이 되었다고?"

"그런 겁니다."

설명을 끝마친 활은 고개를 앞으로 쭉 내밀었다. 머리를 쓰다듬어 달라고 시위하는 거다.

'바다를 삼키다의 특수 능력이······.'

바다를 삼키다의 특수 능력을 떠올렸다. 특수 능력 자체는 '바다를 받치다' 때와 달라진 것이 없었었다.

[특수 능력: 아이템 착용 중 단 1회. 착용자의 H/P가 0에 이르도록 만드는 물리적 공격을 막아낸다. 단, 아이템의 등급을 넘어서는 물리 공격은 방어가 불가능하다.]

현석은 헉 소리를 냈다. '바다를 삼키다'의 기본 능력치 문제는 둘째로 하고서 특수 능력은 그야말로 '사기급'이었으니까. 아이템의 등급을 넘어서는 물리 공격이 아니라면 적어도 한 번의 여별 목숨을 가지고 있다는 소리다.

'H/P가 0에 이르도록이라 한다면··· 비물리 모드에서만 적용되는 건가?'

모르겠다. 그러나 실험해 보고 싶은 생각은 없었다. 착용 중

단 1회에 그친다.

'그런데 90퍼센트 적용이라 하면 10퍼센트 확률로 죽을 수도 있다는 소리인 것 같은데.'

조금 애매해졌다. 100퍼센트 방어와 90퍼센트 방어는 완전히 다른 개념이다. 전자는 완벽한 부활, 후자는 목숨을 건 도박이 된다.

한편, 활은 삐졌다. 고개를 쭉 내밀었는데 주인님이 머리를 안 쓰다듬어 줬다. 활이 입술을 삐죽이며 말했다.

"엄청 중요한 사실이 있는데 안 알려줄 거예요. 활이는 지금 삐졌답니다!"

하지만 활의 삐짐은 오래가지 못했다. 피식 웃은 현석이 두어 번 머리를 쓰다듬자 '아, 안 돼. 이렇게 쉬운 여자가 되면 안 되는데' 하고 버티다가 금세 꺄르르 웃음을 터뜨렸다.

"엄청 중요한 사실이 뭐야?"

"주인님, 지금은 억제 코어를 깰 수 있어요."

활의 눈에서 하트가 뿅뿅 튀어나왔다. 표현상 그렇다는 것이 아니라 불로 이루어진 하트가 실제로 튀어나왔다.

"주인님, 너무 섹시한 거 아니어요?"

*　　　　*　　　　*

활도 정확한 방법은 모른다고 했다. 그러나 현석은 그 말을 듣는 순간 구체적인 방법을 떠올렸다. 예전에 아이템을 얻었던 적이 있다. 던전을 부순 다음, 황당한 업적을 통해 룰렛을 돌린

적이 있다. 별 쓸모도 없는 아이템이었고 현석은 어차피 사용이 불가능했던 아이템이었다. 그래서 잊고 있었다.

〈강한 망치〉
―아주 딱딱한 망치. 뭐든지 때릴 수 있다.

이제 확실해졌다. 활의 말에 의하면, 아이템 사용이 불가하던 때에는 현석이 억제 코어를 부수는 것이 불가능했다고 했다.

그러나 아이템 사용이 가능하게 되자 억제 코어를 부술 수 있단다. 그렇다면 열쇠는 바로 아이템이며 그 아이템은 이 강한 망치가 될 확률이 매우 높았다.

'이거다!'

현석은 인벤토리에서 붉은 오크킹에게서 드롭된 억제 코어를 꺼내 들었다. 그리고 강한 망치를 들어 올렸다가 내려쳤다.

꽝! 꽝! 꽝!

마치 철제 망치로 철근을 세게 두드리는 것처럼 요란한 소리가 났다.

뒤집어져 있던 자이언트 터틀이 또 하늘로 튀어 올랐다가 다시 원래의 모양대로 떨어져 내렸다. 등껍질 자체가 바들바들 떨리는데 소리가 어지간히도 무서운 듯했다.

활이 흥분했다. 크기가 커졌다. 모습 자체는 중학생인데 크기는 3미터가 넘는 불덩이가 됐다.

"돼, 돼, 됐어요! 금이 가고 있어요! 화, 활이는 지금 엄청 흥분되어요! 주인님은 역시 섹시해요!"

　　　　*　　　　　　　*　　　　　　*

　미국 유니온장 에디에게 보고가 올라갔다.

　"한국을 덮은 레드 돔이 아주 미세하지만 옅어졌습니다."

　레드 스카이가 도래한 지 벌써 3년이 지났다. 레드 돔 밖의 시간으로 3년이 지났다는 말이다.

　"한국이… 뭔가를 해내고 있다는 뜻인가?"

　"그렇습니다."

　미국에도 레드 스카이가 도래했었다. 미국은 약 10년간 사투를 벌여 레드 돔을 깼다. 그러나 최근 레드 돔을 깬 중국의 얘기를 들어보니 중국은 레드 돔 내에서 15년가량의 세월을 보냈다고 했다. 정확하게 알 수는 없어도 인구가 30퍼센트 이상 죽었다고 했다. 말이 30퍼센트지 3억이 넘는 인구가 희생되었다는 소리다.

　'한국 안에서는 도대체 무슨 일이 벌어지고 있는 걸까?'

　알 수 없었다. 레드 돔 내에서는 시간도 제각각으로 흘러가고 벌어지는 일들도 달랐다.

　"만약 한국이 레드 돔을 깨고 세상에 다시 나온다면… 그 여파는 엄청날 겁니다."

　"그렇겠지."

　한국의 특성은 가장 강한 몬스터가 가장 빠르게 나타난다. 이것이 대략적인 특성이었다. 레드 돔 내의 상황도 각 나라의 특성에 어느 정도 부합되는 특징을 가지고 있었다.

미국 같은 경우는 무난한 편이었다. 강한 몬스터가 나오긴 나오지만 한국보다는 약했다. 말하자면 2인자 같은 느낌이다. 2인자와 1인자의 격차가 너무 심하게 난다는 게 특징이라면 특징이었다.

'중국은… 고스트 형태의 몬스터가 대거 출현했다고 했지.'

고스트 형태. 다른 말로 비물리 형태의 특수한 몬스터들이 대거 출현하게 되었고 중국 슬레이어들은 그에 맞게 15년간 성장을 해왔다고 했다. 뿐만 아니라 중국 쪽은 특별한 형태의 몬스터들―특별한 아이템을 주는 1회 등장성 몬스터들. 한국에는 에티가 있었다―이 유럽 다음으로 자주 나타나는 곳이었다. 아마 그러한 특성이 레드 돔 내에서도 적용되었을 것이다.

'어쩌면… 하고 예상했던 일들이 실제로 벌어지고 있어.'

레드 스카이가 도래하기 전, 슬레이어들이 모두 비슷한 형태와 보편적인 능력들을 가지고 있었다면 이제 지역별로 특성을 뚜렷하게 가지게 된 슬레이어들이 나타나고 있는 형국이다.

대표적으로 중국 슬레이어들은 근접 전투보다는 메이지나 정신 계열 마법을 다루는 슬레이어들이 대거 출현했다.

에디가 물었다.

"크리스, 유럽 쪽 상황은 어때?"

"그쪽 역시 아직입니다. 그러나 현 추세로 본다면… 어쩌면 한국보다 더 비약적인 발전을 이루었을지도 모를 일입니다."

유럽은 최약체였지만 세 가지 두드러진 특징이 있다. 하나는 정령사의 출현이었고 다른 하나는 중국보다도 더 많은 숫자의 희귀 몬스터가 있었으며, 또 하나는.

"그놈들이 블랙 나이트의 시초라고 할 수 있으려나?"

블랙 나이트의 모태라고 할 수 있는 놈들, 아니, 유럽에서 나타났던 놈들은 블랙 나이트보다 더 악질이었다. 블랙 나이트는 단순히 상대의 힘을 카피하는 것에 그치지만 그놈들은 상대의 힘을 흡수하여 죽이니까 말이다.

일단 미국에서는 그들을 일컬어 '앱서버'라고 표현하기는 하는데 아직 공식적인 명칭은 아니었다.

"어쩌면… 앱서버가 굉장히 많이 나타날 가능성도 있습니다. 아니, 거의 확실합니다."

*   *   *

활이 신나 했다. 현석도 회열을 느꼈다.

'드디어 알아냈다!'

열쇠는 바로 '강한 망치'였다. 오크킹이 드롭한 억제 코어가 결국 부서졌다. 억제 코어가 부서지자 강한 빛이 번쩍 빛났다.

그 빛은 이내 진공청소기에 의해 빨려가듯 현석의 몸으로 흡수됐다. 몸에 별다른 변화는 일어나지 않았다. 블랙 나이트 우창현이 드롭했던 트윈헤드 오크킹의 억제 코어는 현재 성형이 가지고 있다. 다음 단계의 억제 코어라 할 수 있는 트롤킹의 억제 코어를 꺼내 들었다.

있는 힘껏 내려쳤다.

꽝! 꽝! 꽝!

망치질의 여파가 주위를 초토화시킬 수도 있으니 일부러 물리 모드는 꺼놓았다. 잘못 쳤다가는 이 망치질에 의해 지진이 나게 생겼다.

트롤킹의 억제 코어도 조금씩 금이 가기 시작했다. 활은 망치질을 하는 현석을 게슴츠레한 눈동자로 쳐다봤다. 헤— 하고 입을 벌리고 보다가 불로 이루어진 침을 흘렸다. 그 사실에 활은 화들짝 놀라서.

"못 봤겠지! 못 봤을 거야! 주인님은 활이 칠칠맞게 침을 흘린 걸 보지 못했을 거야!"

라고 굳이 크게 외쳐서 활이 침을 흘렸다는 걸 알 수 있도록 만들어 버렸다. 현석도 그 말을 듣기는 했으나 신경 쓸 겨를이 없었다.

꽝! 꽝! 꽝!

트롤킹의 억제 코어가 이제 곧 부서질 것 같았다. 그런데 문제가 발생했다.

"어라……?"

억제 코어가 부서지기 전에 강한 망치가 먼저 부서졌다. 내구도에 관한 설명도 없고 아무 설명도 없던 아이템이었는데, 몇 번 내려치자 이렇게 부서져 버렸다.

활도 이 상황을 예측하지 못했는지 두 눈을 꿈뻑거렸다. 현석이 자신에게 질문할 것을 예측하고 몸이 작아졌다. 작아지다 못해 쪼그라들었다. 아니나 다를까. 현석이 물었다.

"활아, 이건 어떻게 된 일이야?"

"화, 활이는……"

현석은 고개를 끄덕였다. 활도 모른단다.

'제기랄.'

이렇게 망치가 부서져 버릴 거라곤 꿈에도 생각하지 못했다.

강한 망치는 여태까지 딱 한 번 얻었던 아이템이다. 그것도 그냥 얻은 게 아니고 황당한 업적 이후 룰렛을 돌려 얻은 아이템. 이 아이템을 또 얻을 수 있을지도 미지수다.

강한 망치는 '부서진 강한 망치'라는 이름으로 인벤토리에 강제 전송되었다.

"활아, 이거 말고 다른 방법 또 없어?"

"자, 잘 모르겠어요. 확실한 건 지금 당장은 주인님도 억제 코어를 깰 수 없다는 거예요… 그, 그치만 소득도 있어요. 아주 조금이지만 레드 돔의 힘이 약해졌어요. 주인님은 그만큼 더 강해졌을 것이어요."

활은 고개를 들지 못했다. 안내자로서 정확한 정보를 주지 못한다는 것이 못내 죄송스러운 듯했다.

2일이 지났다. 자이언트 터틀킹이 고개를 빼꼼 내밀었다. 현석의 눈치를 슬금슬금 보면서 아주 조심스레 구석으로 움직였다.

이상한 낌새를 알아차린 활이 소리쳤다.

"야! 똥 싸지 마! 죽는다! 이 거대 거북아! 너 똥 싸면 질식한단 말야!"

거대 거북이는 현석의 눈치를 힐끔힐끔 살피며 두려움에 떨었지만 생리 현상은 어쩔 수 없는 듯했다.

하기야 일본에서는 번식도 했던 자이언트 터틀인데 똥을 싼다는 게 이상한 일은 아니었다.

다만 양이 지나치게 많을 뿐.

뿌지직! 뿌지직!

흡사 천둥소리 비슷한 소리가 들려왔다. 현석은 심각하게 고민했다. 저 자이언트 터틀을 지금 죽여 버리는 게 나을 것 같았다. 양이 양이다 보니 냄새가 폭풍처럼 피어올랐다.

그때, 목소리가 들려왔다. 청각이 일반인보다 훨씬 뛰어난 현석이기에 들을 수 있었다.

"거북아! 왕 거북아!"

민서였다. 솔로잉 필드 바깥에서 발을 동동 구르며 신나했다.

"귀여워! 귀여워! 귀여워!"

현석이 바깥쪽을 쳐다봤다. 민서가 발을 동동 구르고 있었다. 현석은 고개를 갸웃했다. 민서의 눈동자가 약간 하얗게 변해 있었다.

'뭐지?'

이상함을 느꼈을 무렵, 민서가 뭔가에 홀리기라도 한 듯 손을 내밀었다. 그 손이 솔로잉 필드 내로 슥 들어왔다. 마치 아무것도 없는 것처럼 말이다. 알림음이 들려왔다.

[외부 간섭 조건 충족.]
[듀얼 슬레잉 필드로 전환됩니다.]

민서가 자이언트 터틀킹이 있는 방향으로 달려왔다.

*　　　　*　　　　*

'민서의 눈이 하얗게 변했던 것 같은데.'

워낙 찰나의 시간이었다. 거리도 멀어서 정확하게 확인하지는 못했다. 민서가 뭔가에 홀리기라도 한 것 같은 이상한 느낌에 현석은 민서의 어깨를 붙잡았다.

"민서야."

"응? 왜 그래 오빠?"

현석은 민서의 얼굴을 구석구석 뜯어봤다. 이상한 점은 발견되지 않았다.

"너 방금 조금 이상했어."

"그랬어?"

민서는 두 손을 싹싹 비비면서 입맛을 다셨다. 왜 그런가 하니, 저 왕 거북이가 너무나도 귀엽단다. 아무래도 테이머인 민서와 상성이 상당히 잘 맞는 몬스터인 것 같았다.

그러나 민서는 곧 울상을 지었다.

[테이밍에 실패하였습니다.]

테이밍에 실패했기 때문이다. 자이언트 터틀은 민서를 쳐다보더니 고개를 휙 돌렸다. 그 모습은 마치 '감히 너 따위가 날 길들일 수 있겠냐!'라고 말하는 것 같았다.

현석은 어깨를 으쓱했다.

현석이 가까이 걸어가자 자이언트 터틀은 또 움찔했다.

"그으으으!"

자이언트 터틀은 굉장히 저음의, 웅웅 울리는 목소리로 괴음을 냈다. 쿵! 쿵! 쿵! 쿵! 발걸음 소리가 들려왔다. 솔로잉 필드 밖에서 솔로잉 필드를 탁탁 두드리던 명훈은 어이가 없어 웃고 말았다.

"뭐야? 쟤 왜 뒷걸음질 쳐?"

보스 몬스터 자이언트 터틀킹은 정말 제대로 겁을 먹었다. 평소엔 느려 터진 주제에 뒷걸음질은 굉장히 빨리 쳤다.

"남매끼리 아주 다 해먹어라."

명훈은 솔로잉 필드를 다시 툭툭 쳐봤다. 여전히 안으로 진입할 수 없었다. 민서만 안으로 들어갈 수 있는 듯했다.

"쳇."

명훈은 들어가기를 포기하고 앞을 쳐다봤다. 현석이 주먹을 들어 올리는 게 보였다.

*　　　　*　　　　*

현석이 높이 점프했다. 어느새 현석의 몸은 자이언트 터틀의 머리 위에 있게 됐다. 현석은 자이언트 터틀의 머리를 슥슥 쓰다듬었다.

"착하지. 말 들어라."

자이언트 터틀의 몸이 부르르 떨렸다. 만약 자이언트 터틀에게 털이 있었다면 아마 삐죽삐죽 섰을 거다. 겁먹은 게 눈에 훤히 보였다.

"민서야, 다시 시도해 봐."

민서가 다시 시도했지만 실패했다. 현석이 자이언트 터틀의 머리를 세게 쥐어박았다. 비록 간단한 동작이었지만.

쿠과광!

거대한 폭발음이 터져 나왔다.

"좋은 말로 할 때 말 들어."

기본적으로 방어력이 워낙에 뛰어난 몬스터이다 보니 이 정도 공격에 실드 게이지가 깎여 나가진 않았지만 그래도 이건 공격력과 방어력을 넘어선 문제였다. 자이언트 터틀은 기세에서 완전히 눌렸다.

민서가 몇 번인가 더 시도했다. 그러나 계속해서 실패했다. 하기야 저번에는 오우거의 테이밍에도 실패한 적이 있었다.

현석은 고개를 갸웃했다.

'안 되려나? 아니야, 안 되는 게 어디 있어. 뭐, 어떻게든 해봐야지' 하고 손바닥으로 자이언트 터틀의 머리를 후려쳤다.

이번엔 짝! 하고 날카로운 소리가 났다. 다만 그 소리가 천둥소리처럼 컸다.

민서가 소리쳤다.

"그, 그만 때려! 아파하잖아!"

말을 알아들은 것인지 모르겠지만 자이언트 터틀이 고개를 위아래로 끄덕였다. 자이언트 터틀의 눈에 눈물이 그렁그렁 맺혀 있었다. 그때 민서에게 알림음이 들려왔다.

[친화도가 상승합니다.]

그리고 현석은 민서에게서 일어난 변화를 분명히 눈치챘다.

'눈동자가 하얀색으로 변했어.'

그것 외에 유달리 이상한 점은 보이지 않았다. 그냥 눈동자 색깔만 변했다. 테이머만의 어떤 특수한 현상일지도 모르겠다는 생각이 들었다.

"활아, 쟤는 왜 눈이 저렇게 변해? 뭐 이상한 건 아니지?"

"당장 파악되는 이상 징후는 없는 것 같아요 주인님."

참고로 현재 활은 현석의 허리를 꽉 껴안고 있는 상태다. 자이언트 터틀이 위아래로 고개를 흔들어서 무섭다나 뭐라나. 무서운 것치고는 지나치게 행복해 보이는 표정이긴 했지만 말이다.

현석이 말했다.

"얼른 말 듣고 집에 좀 가자."

쪼그리고 앉아서 검지로 자이언트 터틀의 머리를 톡톡 건드렸다. 그때마다 자이언트 터틀은 움찔움찔 놀랐는데 민서가 또 소리쳤다.

"그만해! 아가가 무서워서 막 울고 있는 거 안 보여? 오빠가 그러고도 사람이야!"

음. 눈동자가 저렇게 변하면 다른 건 안 보이고 몬스터만 눈에 들어오는 건가 싶었다. 사실 현석은 충격을 좀 받았다. '오빠가 그러고도 사람이야!'라는 말은 평생 처음 듣는 말이었으니까.

"이게 다 너 때문이잖아."

한 대 더 후려쳤다.

거북이의 눈에서 닭똥 같은 눈물이 뚝뚝 떨어져 내렸다. 거북이의 입장에서 닭똥 같은 눈물이고 사람의 입장에선 양동이에

담은 물을 퍼붓는 것 같은 눈물이었다.

"그만하라고!"

민서는 뭔가에 홀리기라도 한 것처럼 자이언트 터틀 앞으로 다가가 자이언트 터틀의 다리를 슥슥 문질렀다. 마음 같아선 머리라도 쓰다듬어 주고 싶은 듯했다.

그르르르!

자이언트 터틀이 살짝 움직였다.

민서에게 또 알림음이 들려왔다.

[친화도가 상승합니다.]

현석은 혹시 모를 위험을 대비하기 위해 황급히 몸을 움직여 민서 앞에 섰다. 현석에게 이 거북이는 약해 빠진 거북이지만 민서에겐 아니다. 실수로 밟히기라도 하면 죽을 수도 있다.

그런데 놀라운 일이 벌어졌다. 명훈은 어이가 없어 허허 웃고 말았다.

"쟤 지금 뭐하니?"

자이언트 터틀이 고개를 숙였다. 마치 머리를 쓰다듬어 달라는 듯 자세를 한껏 웅크렸다. 민서가 울먹거렸다.

"많이 무서웠지, 우리 아가."

현석은 진지하게 고민했다.

"활아, 정말 뭐 이상해지는 거 없어? 저거 아무리 봐도 정상이 아닌데."

"그, 그, 글쎄요. 화, 활이에게도 저, 정보가 없어서요……."

어쨌든 자이언트 터틀킹은 민서에게 테이밍되었다. 자이언트 터틀킹 슬레잉. 이게 무슨 일을 초래하게 될지, 이 당시에는 알지 못했다.

* * *

1년이 지났다.

민서는 테이머답게(?) 자이언트 터틀의 배변 문제를 깔끔하게 해결했다. 언젠가 한 번, 자이언트 터틀이 똥을 싼 적이 있다. 그 똥 치우려고 1,000명의 사람이 동원됐다.

그 일이 있고 나서 민서는 자이언트 터틀킹을 호되게 나무랐다.

그날 이후로, 자이언트 터틀킹은 소환이 되었을 때에는 똥을 싸지 않게 됐다. 아무래도 소환당하기 전에 알아서 볼 일을 처리하고 오는 모양이었다.

1년의 시간 동안 현석은 붉은 싸이클롭스킹, 웨어울프킹, Possesion Ghost킹을 사냥할 수 있었다. 현재 현석이 가지고 있는 억제 코어의 숫자는 총 4개―트롤킹의 억제 코어를 포함하여 4개이다―이다. 또한 박성형이 1개의 억제 코어를 가지고 있다.

안전 구역의 범위도 굉장히 많이 넓어졌다.

목동에서부터 시작한 안전 구역은 이제 경기도와 인천은 물론이고 충청남도, 충청북도, 강원도에 이르게 됐다. 남쪽 지방의 사람들도 북쪽으로 상당히 많이 피난을 왔다.

한국 슬레이어들의 수준도 나날이 성장하게 됐다. 붉은 오크나 트롤들은 레벨 업하기에 굉장히 좋았다. 일단 기본적으로 수십 마리씩 떼를 지어서 나타난다. 사냥만 할 수 있다면 폭업과 동시에 아이템을 다수 획득할 수 있는 기회가 된 거다.

현석이 말했다.

"1년 동안 엄청 변했네요."

성형도 고개를 끄덕였다.

"다 네 덕분이지."

현석은 긍정도 부정도 하지 않았다. 이유야 어찌 됐든 결과적으로는 현석의 힘이 맞다.

현석이 그간 시간이 나는 대로 솔로잉을 진행했고 덕분에 안전 구역이 이렇게 넓어질 수 있었던 것이니까.

플래티넘 슬레이어 전담팀의 팀원 이은솔이 생긋 웃었다. 그간 현석과 더 친해졌다.

"구원자님, 구원자님 좋아하는 녹차 타왔어요."

"그것 좀 하지 마시라니까요."

"왜요? 저는 정말로 존경의 의미를 담아서 부르는 거예요. 당장 길거리에 나가서 나 플래티넘 슬레이어다라고 밝혀봐요. 저는 그냥 애교일 걸요?"

은솔의 말은 거짓이 아니었다. 은솔은 생각했다.

'아니 아예 무릎 꿇고 경배라도 할 것 같은데……'

성형이 피식 웃었다.

"은솔 씨 말이 거짓은 아니죠. 현석이 네가 좋든 싫든 사람들은 너를 구원자라고 여기고 있으니까."

"어쩌면 반대일지도 모르죠."

성형이 녹차를 조심히 내려놨다.

"그럴 리 없어. 너는 세계, 아니, 한국의 영웅이며 구원자인 게 맞아."

"······."

현석은 고개를 끄덕였다. 순간, 분위기가 조금 무거워졌음을 눈치챈 은솔은 어색하게 웃어 보이고는 밖으로 나갔다. 유니온 장실의 문을 닫고서 은솔은 한숨을 내쉬었다.

"뭐, 아무려면 어때. 멋있잖아. 멋있으면 됐지."

은솔도 알긴 안다. 예전부터 알게 모르게 퍼져 있던 소문이 있다. 한국에 가장 강한 몬스터가 나타나고 또 빨리 나타나는 이유는 현석 때문일지도 모른다는 소문이다.

은솔은 딱히 그 소문을 깊게 생각하지는 않았다. 어차피 몬스터가 나타나게 된 이 현상도 과학적으로 밝혀진 적이 없다. 조금씩 안정되어 가고 있는 와중에 다시금 과학자들이 여러 연구를 진행하고 있다고는 하지만 여전히 이 '시스템'이라는 것은 정의 자체가 불가능한, 말 그대로 불가사의한 자연현상이었다.

일부에서는 이 '시스템'이 생겨난 것을 빗대어 '인류가 지구에 나타난 것'과 마찬가지라고 말하기도 했다. 그냥 일어난 현상이고 인류는 그것을 받아들일 수밖에 없다는 주장이었다.

성형이 말했다.

"현석아."

"알아요. 저는 세계를 구원할 영웅이어야만 하죠."

사실 관계야 둘째 치고, 지금 와서 '나 때문에 한국이 이런 위험에 처했다'라고 말할 수도 없는 노릇이다.

어차피 증명이 되지 않은 문제인 건 확실했다. 중국에 고스트 형태의 몬스터가 많은 이유, 유럽에 정령사가 나타나게 된 이유, 앱서버가 나타나게 된 이유 등도 모른다.

그냥 그런 현상이 있다고 받아들이고 있는 수준이다. 한국의 상황도 마찬가지다.

현석이 어깨를 으쓱했다.

"저도 이제 제법 제 위치와 능력, 그리고 의무와 책임을 자각하고 있거든요."

"…좋든 싫든 너는 수천만 한국인의 목숨을 짊어지고 있는 사람이니까."

1년여의 시간이 지나면서 굉장히 많은 사람이 죽었다. 정확한 통계는 아니지만 현재 생존자는 약 3,000만 명으로 추산되고 있다. 다시 말해, 전국적으로 약 2,000만 명의 사람이 죽었다는 소리다.

현석이 말을 이었다.

"어쨌든 문제는 억제 코어를 부술 수 있는 방법이 없다는 거예요. 망치 수리도 불가능한 상황이고. 그렇다고 황당한 업적을 띄울 수 있는 것도 아니고."

현재로서 황당한 업적을 받으려면 던전을 부수는 방법밖에는 없었다. 던전을 부순다고 해서 강한 망치가 반드시 드롭되는 것도 아니었다. 룰렛을 돌려야 했다. 황당한 업적을 통해서 어떤 보상이 나올지 모른다. 어쩌면 안 나올 수도 있다.

"레드 돔을 빨리 깨버려야 할 텐데……."

안전 구역이 영구적이라면 모르겠지만 그런 것도 아니었다.

아무래도 안전 코어를 통한 안전 구역의 구축은 한계가 있는 듯했다. 그 유효기간은 약 1년 정도. 1년에 한 번씩, 같은 장소에서 안전 코어를 사용해야 한다는 소리였다.

"1차 평화기 이전의 사건들까지는 거의 비슷하게 반복되고는 있는데… 던전은 나올 생각을 않네요."

그때 명훈으로부터 전화가 걸려왔다. 현석이 핸드폰을 들어올렸다. 물론, 아이템으로 드롭된 '내구력'을 가진 핸드폰이었다.

─현석아, 드디어 떴다.

흥분한 종원의 목소리도 같이 들려왔다.

─야! 현석아! 씨팔! 하더 모드 떴다!

과거 종원은 '야! 현석아! 씨팔! 노멀 모드 떴다!'라고 외쳤었다. 어쩌면 그렇게 토씨 하나 안 틀리고 똑같은 말을 반복하는 건지, 너도 참 안 변한다, 하고 현석은 피식 웃었다.

그리고 명훈의 목소리가 들려왔다.

─여기 백련산 쪽이야. 네가 처음 던전을 발견했던 곳.

"그래?"

─일렁거림이 생기고 있어.

현석이 벌떡 일어섰다. 던전의 발생 징후가 포착되었다.

CHAPTER 3

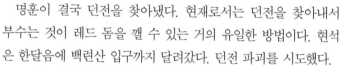

　명훈이 결국 던전을 찾아냈다. 현재로서는 던전을 찾아내서 부수는 것이 레드 돔을 깰 수 있는 거의 유일한 방법이다. 현석은 한달음에 백련산 입구까지 달려갔다. 던전 파괴를 시도했다.

　현석도 던전을 쉽게 깨지는 못했다. 단일 공격으로는 대미지가 가장 큰 회오리를 사용했다. 높이 수십미터는 가뿐히 뛰어넘을 듯한 거대한 토네이도가 던전을 휘감고 소용돌이쳤다.

　명훈은 침을 꿀꺽 삼켰다.

　고오오오―!

　만약 바람으로 이루어진 블랙홀이 있다면 저런 느낌이 아닐까 싶었다. 지금 수백미터는 넘게 떨어져 있는데도 불구하고 엄청난 위압감이 느껴졌다. 소리 없이 잠잠한 거대한 해일이 커다란 입을 벌리고 무엇인가를 집어삼키려는 것 같은 느낌이었다.

"와… 볼 때마다 느끼는 거지만 저건 진짜 인간이 아니야."

시간이 흘렀다. 약 30분이 지났다. 현석이 거친 숨을 몰아쉬었다. 던전을 깨는 게 쉽지만은 않았다. 활이 열심히 응원했다.

"주인님 화이팅!"

약 10분이 더 지났을 때. 그러니까 현석이 공격을 시작한 이후로 약 40분가량이 지났을 때 던전을 부술 수 있었다.

알림음이 들려왔다.

[상시 하더 던전을 파괴했습니다.]
[황당한 업적으로 인정됩니다.]
[업적 룰렛이 활성화됩니다.]
[업적 보상을 판정합니다.]

현석도 많이 지쳐서 자리에 주저앉았다. 던전을 부수는 작업은 결코 쉽지 않았다. 솔로잉 필드가 아니라서 모든 힘을 끌어쓸 수 있는 것도 아니고 말이다.

종원이 달려왔다.

"야야! 현석아, 뭐 나왔어?"

*   *   *

현석이 말했다.

"초록 고무장갑."

"엥? 뭐라고?"

"초록 고무장갑 나왔다고."

"그게 뭔데?"

종원은 한줄기 바람을 가져봤다. 강한 망치도 별거 아니라고 생각했는데 굉장히 중요한 아이템이었다.

초록 고무장갑이 이름은 좀 별로여도 뭔가 있을 수도 있다고 생각했다. 종원이 아이템을 받아 들고 설명을 확인해 봤다.

〈초록 고무장갑〉

―설거지를 하는 데에 유용하다.

종원은 고무장갑을 집어 던질 뻔했다. 설명도 엄청 성의가 없다. 심지어 영양가도 없다.

"이게 도대체 뭐냐?"

"나도 몰라. 황당한 업적으로 인정됐고 룰렛 돌렸더니 그거 뜨더라."

두 번째 던전 룰렛이 활성화됐다. 현석도 상당히 기대를 많이 했다.

[업적 룰렛이 활성화됩니다.]

[업적 보상을 판정합니다.]

명훈이 물었다.

"이번엔 뭐야? 뭐가 나왔어?"

현석이 뭔가를 툭 던져줬다. 명훈이 확인해 봤다.

"… 뭐야 이게? 특허 받은 위장약? 뭐 이딴 걸 주냐? 황당한 업적이라고 황당한 아이템을 주는 건가?"

세 번째 던전. 명훈은 폭발했다.

"이게 뭐야! 단단하기 그지없는 철? 철은 당연히 단단하지 시팔!"

네 번째 던전, 현석은 알림음을 들었다.

[황당한 업적 보상으로 반짝반짝 빛나는 보석을 획득하였습니다.]

다섯 번째 던전. 이제 이쯤 되면 강한 망치가 나오지 않을까, 조금 기대도 해봤다.

복권에 당첨되지 않는다는 걸 알면서도 매일 복권을 사는 사람들의 마음이 이렇지 않을까하는 생각까지도 들었다. 그러나 대부분의 경우, 복권은 절대 당첨되지 않는다.

"하……."

현석은 하마터면 아이템을 집어 던질 뻔했다. 차라리 그 시간에 던전에 들어가서 던전을 클리어하면 유용한 아이템이라도 많이 나오지 않겠는가.

이번에 나온 아이템도 정말 어처구니 없었다.

명훈이 아이템을 받아 들었다.

"방부제 없는 인공 눈물……."

이젠 황당해서 말도 안 나온다. 한국 유니온으로 돌아왔다. 플래티넘 슬레이어 전담팀의 팀원 이은솔이 녹차를 타왔다.

"현석 씨, 표정이 안 좋아요. 무슨 일 있어요?"

"혹시 특허 받은 위장약 필요해요?"

"네?"

현석은 인상을 살짝 찡그렸다.

"아무것도 아니에요."

뭐 이딴 걸 아이템으로 주나 싶었다. 그때, 성형이 유니온장실로 들어왔다.

"현석아, 소개해 줄 사람들이 있다."

"소개해 줄 사람이요?"

"지금 괜찮지?"

"예. 뭐. 바쁜 일 있는 것도 아니고."

어차피 하루 정도는 쉴 생각이다. 이거 진 빠져서 못 해먹겠다. 성형의 뒤로 익숙한 얼굴들이 보였다.

"어라? 이분들은……."

"어, 부산 쪽 대피소에서 찾아냈다."

용케 살아 있던 모양이다.

국제적 아이템 강화 스토어, 폴리네타의 3인방이었다. 3인방은 현석을 보자마자 눈물 콧물을 다 뺐다. 그간 마음고생이 정말 심했던 것 같다. 말을 들어보니 힘이 없어서 굉장히 서러웠단다.

블랙 나이트들을 피해 열심히 이리저리 도망쳤고 그러다가 운 좋게 부산 쪽에 분위기 좋은 지하 대피소에 숨어들어서 여태까지 살아왔단다.

사실 세상이 이렇게 아수라장으로 변하고 나면, 직접적인 무력을 가진 사람들이 득세하게 마련이다. 다른 말로 하자면 무력

이 아닌 다른 능력을 가진 사람들은 피지배 계층이 될 확률이
높다는 뜻이었다.

"플래티넘 슬레이어님!"

그리고 폴리네타 3인방은 먹잇감이 되기 아주 좋은 피지배 계
층이었다. 가진 바 능력은 뛰어나지만 힘은 없는, 그래서 정말 서
러운 1년을 보냈단다.

성형이 말했다.

"한국 유니온에 오신 것을 환영합니다."

*   *   *

하루가 지났다. 현석은 또 허탕을 쳤다. 그나마 이번에 나온
아이템은 괜찮은 편이었다. 욱현에게 큰 도움이 될 만한 아이템
이었다.

"강화 물약? 이런 것도 있었네."

속성은 불이었다. 불 속성 계열의 마법의 대미지를 20퍼센트
가량 영구적으로 높여주는 물약이었다.

어쨌든 강한 망치를 얻는 것에는 실패했다. 폴리네타 3인방이
현석을 보고 싶어 한다는 연락이 왔다.

"저희가 플래티넘 슬레이어님을 도울 수 있을 것 같습니다."

*   *   *

현석은 일단 폴리네타 3인방을 강화부터 시켜주기로 했다. 이

들의 능력이 높아져야 원하는 바를 얻어낼 수 있을 테니까.

폴리네타 3인방 중 막내인 김민호는 부들부들 떨었다.

"저, 저거 말로만 듣던 웨, 웨어울프 아닌가요?"

그들은 슬레잉 경험이 없다. 그냥 웨어울프도 아니고 심지어 붉은 웨어울프다. 이들의 눈으로 보면 엄청난 괴물임에 틀림없었다.

현석과 파티를 맺기는 했지만 그래도 무서운 건 무서운 거다.

"혀, 형님. 우리 괜찮은 거 마, 맞죠?"

"괘, 괜찮아. 플래티넘 슬레이어께서 우릴 지켜주실 거야."

지켜주는 게 아니다. 저 정도는 순간 삭제가 가능하다. 웨어울프는 빠르지만 방어력이 약하다. 도망만 가지 않는다면 수월하게 잡을 수 있는 놈들이다.

"호, 혹시 실수라도 한 마리라도 놓치게 되… 응?"

실수는 없었다. 현석도 혹시 몰라 그냥 폭풍을 사용했다. 폴리네타 3인방은 기절할 뻔했다. 그들은 이런 광범위 마법은 처음 본다. 처음의 두려움은 눈 녹듯이 사라졌다. 그들의 마음속에 플래티넘 슬레이어는 거의 신처럼 각인됐다.

"여, 역시 플래티넘 슬레이어님이시다."

"……"

3명은 멍하니 현석을 쳐다봤다. 방금 그 신위를 봤다. 플래티넘 슬레이어, 플래티넘 슬레이어 말만 들었지 이 정도일 줄은 몰랐다.

[레벨이 증가했습니다.]

[레벨이 증가했습니다.]

[레벨이 증가했습니다.]

알림음들이 이어졌다. 막내인 김민호가 자신감을 회복했다.

"자, 갑시다, 형님들!"

'우리 앞엔 무려 플슬님이 버티고 있어요!'라고 외칠 뻔했다. 그런데 현석의 목소리가 들려왔다.

"잠깐만요. 가만히 있어요."

현석이 정면을 주시했다. 명훈도 고개를 갸웃했다.

"현석아, 저게… 뭐냐? 처음 보는 놈인데."

사실상 몬스터의 종류는 현석보다 명훈이 더 많이 안다. 명훈이 처음 보는 몬스터다. 현석도 처음 보는 몬스터였다.

'새로운 몬스터인가……?'

대략적으로 살펴보면 과거와 현재는 비슷하게 흘러가고 있다. 정확하게 일치한다고 보기 힘들어도 몬스터가 나타나고 새로운 모드의 슬레이어가 등장하고—인하 길드원들은 이제 하더 모드에 진입했다—던전이 나타났다. 그런 맥락에서 살펴보자면 이런 가정도 가능했다.

명훈이 중얼거렸다.

"설마 또 뭐… 규격 외 몬스터가 툭 튀어나온 건 아니겠지. 뭐, 그렇게 센 놈 같아 보이지는 않는데. 그래도 혹시 모르는 일이니."

그런데 갑자기 리나가 나타났다.

'리나 씨가 나타나는 경우는… 보통 현석이 위험하다고 생각

될 때 아니었던가?'

리나가 말했다.

"나는 그대와 어디든 함께하겠다."

＊　　　　＊　　　　＊

처음 보는 형태의 몬스터였다. 크기는 사람과 비슷했다. 사람 형태의 몬스터라고 한다면 대표적으로 균형자를 들 수 있다. 그러나 균형자와는 달랐다. 저 몬스터는 허리춤에 칼을 하나 차고 있었다. 키는 약 2미터쯤 되어 보였다. 마치 무협지 속에서 갓 튀어나온 것처럼 나풀거리는 소재의 하얀 도복을 입고 있었다.

그때 현석이 황급히 외쳤다. 뭔가를 발견했다.

"최대한 멀리 떨어져!"

순간 현석은 큭, 하고 저도 모르게 신음성을 내뱉었다. 팔이 저릿저릿했다.

팔뚝을 보니 팔꿈치 아랫부분에 기다란 자상이 생겼다.

부상이 심각한 건 아니었지만 어쨌든 피가 났다. 명훈은 뒷걸음질 쳤다. 명훈은 공격이 날아오는 걸 보지도 못했다.

'도대체 무슨 괴물이 또 튀어나온 거야?'

보통 몬스터의 인식 가능 거리는 수백 미터 안팎이다. 지금은 약 1㎞는 넘게 떨어져 있는 것 같다. 현석과 명훈의 시력으로 봐야 보였지 일반인들은 보지도 못할 정도다. 그런데 그 거리를 격하여 공격을 가했다.

'제기랄! 일단 튀자!'

폴리네타 3인방은 걸음아 나 살려라, 하고 도망쳤다.

그들은 너무 무서웠다. 어떻게든 겨우 살아서 한국 유니온까지 왔고 쩔까지 받으면서 이제 좀 볕 들 날이 오는가 싶었는데 이건 좀 아닌 것 같다. 그들도 분명 봤다. 플래티넘 슬레이어의 팔에서 피가 나는 걸.

중식은 울고 싶었다.

'도대체 무슨 일이 벌어지고 있는 거야!'

운이 없어도 이렇게 없을 수가 있나. 일반 몬스터도 무서워 죽겠는데 플래티넘 슬레이어가 '도망쳐'라고 말하는 몬스터가 나타났다. 아무래도 자신은 불운의 아바타인 것 같다. 막내인 민호도 열심히 도망쳤다. 여기 있다간 정말로 죽을 것 같다.

"저, 저! 혀, 형님! 피, 피해요!"

저만치 절벽 앞, 집채만 한 커다란 바위의 일부가 천천히 밀려 내려오고 있었다. 저대로면 떨어져 내릴 것이 분명했다. 아무래도 아까의 공격 여파 때문에 바위가 잘려 나간 것 같았다.

"으, 으아아악!"

중식은 팔을 마구 휘저으며 어떻게든 도망쳤다.

쿵!

정말 간발의 차로 바위를 피했다. 운이 나빴으면 깔려 죽었을 것이다.

"아아……."

진짜로 죽을 뻔했다. 바지가 축축해진 게 느껴졌다. 자기도 모르게 오줌을 쌌다. 괜히 서러워져 '어머니, 절 왜 낳으셨습니까' 하는 곡소리가 절로 나왔다.

한편, 현석은 저 몬스터와 부딪쳐야 할지 말아야 할지 갈피를 잡지 못했다.

몬스터가 발검하는 걸 봤다. 발검하자마자 윈드 커터와 비슷한 형태의 무언가가, 이를테면 검기 같은 것이 날아왔다.

'그거 못 막았으면 명훈이 죽었을 거야.'

침을 꿀꺽 삼켰다. 겉모양새는 그렇게 강해 보이지 않는데 싸이클롭스킹보다도 훨씬 강한 개체다. 이른바 규격 외 몬스터. 그게 지금 나타난 것 같았다. 그것도 인간의 형태로 말이다.

'차라리 힐러들을 데리고 와서 싸우는 게 나으려나.'

생각은 오래가지 못했다. 좋으나 싫으나 부딪쳐야 했다. 몬스터가 어느새 현석 앞까지 달려왔기 때문이다.

속도도 속도이거니와 굉장히 은밀했다. 여기까지 달려오는데 소리 한 번 나지 않았다.

리나가 오른손을 크게 휘둘렀다.

"나의 부군께는 손 끝 하나 댈 수 없음이다."

리나의 머리카락이 붉게 타오르며 본체로 변했다. 그 모습은 예전과는 또 달랐다. 활처럼 성장을 하는 것일지도 모르겠다.

예전에는 그저 붉은색 머리카락이었다면 이젠 거의 불꽃처럼 보일 지경이다. 리나의 몸에서 아지랑이가 피어올랐다.

챙!

검과 검이 부딪치는 것 같은 맑은 소리가 터져 나왔다. 단 한 번의 격돌 이후, 리나와 몬스터는 서로 거리를 벌렸다.

"리나, 괜찮아?"

"약속했다. 나는 나의 목숨을 걸고서 그대를 지키겠다."

현석은 솔직히 조금 당황했다. 현석은 현석과 비슷한 능력을 가진 몬스터나 슬레이어를 본 적이 없다. 본 적이 없으니 당연히 싸워본 적도 없다. 비등한 상대와의 싸움을 해본 적이 없으니 이 상황이 익숙할 리 없었다.

하지만 그렇다고 덤벙대지는 않았다. 상황파악도 못하고 가만히 있었다면 플래티넘 슬레이어가 되지도 못했을 것이다.

몬스터는 현석과 일정 거리를 유지한 채 검을 똑바로 들고서 현석을 쳐다봤다.

'온다!'

몬스터는 굉장히 빨랐다. 은은한 푸른빛을 머금은 검이 쇄도했다.

현석이 몸을 살짝 비틀었다. 손으로 검 면을 살짝 쳤다. 아니, 치려고 했다.

'어느새!'

그러나 몬스터의 검은 빠르게 회수되었다. 틈을 허용했다는 것을 깨달은 건지 몬스터는 다시금 거리를 벌렸다. 공수 전환이 굉장히 빨랐다.

'능력치 자체만 놓고 본다면 나와 비슷하거나… 내가 조금 더 높은 것 같다.'

그건 파악이 됐다. 부딪쳐 보니 알겠다. 그러나 문제는 바로 아이템이었다. 같은 힘을 가진 사람 둘이 싸운다면, 당연히 무기를 가진 쪽이 훨씬 유리하다. 현석은 침을 꿀꺽 삼켰다. 이 정도의 긴장감은 오랜만이다.

'능력치는 내가 더 높지만 조건이 너무 불리해.'

현석은 아이템을 사용할 수 없다. 맨몸으로 칼을 받아내야 했다. 평소라면 전혀 상관없는 일인데 저 몬스터와 부딪칠 때에는 상관있는 일이다.

저 몬스터는 강제로 물리력을 발휘하는 모양이었다.

'무엇보다 움직임이 굉장히 빠르고 효율적이다.'

군더더기 없는 깔끔한 움직임. 정말로 무협지 속에서 튀어나온 것 같은 신묘한 움직임이었다.

"리나. 왼쪽으로 움직여."

리나가 왼쪽 방향으로 파고들었다. 몬스터는 뒤로 슬쩍 물러서면서 리나의 오른손을 피해냈다.

그와 동시에 현석이 윈드 커터를 썼다.

'…빠르다!'

그러나 윈드 커터는 별다른 위력을 발휘하지 못했다. 가장 성가신 건 저 몬스터의 특이한 보법이었다. 분명히 맞았다고 생각했는데 몸이 갑자기 흐려지면서 공격을 피해냈다. 그리고 몬스터가 검을 휘둘렀다.

'위험해!'

정확한 이름은 모르겠지만 검기 같은 것이 쏘아졌다. 현석이 몸을 숙였다. 머리카락이 조금 잘려 나간 게 느껴졌다. 검기는 굉장히 날카로웠다. 어지간한 공격은 현석의 방어력과 회피율을 뚫지 못한다. 그러나 저 몬스터의 공격은 아니었다.

'비물리 모드가 활성화되었음에도 불구하고 물리력이 행사되고 있어.'

단순히 H/P만 깎이는 게 아니었다. 아까도 고통이 느껴지고 피도 났다. 상위 모드에 대한 단서를 하나 더 잡은 셈이다. 하디스트 모드 위에 또 다른 모드가 있는데, 그 모드에서는 이제 물리력이 행사되는 것 같았다.

슬레이어에겐 치명적이라 할 수 있겠다. 슬레잉을 하는데 부상의 고통이 따르게 될 테니까 말이다. 단순히 고통으로 치부하기엔 너무 큰 문제다. 고통이 있으면 당연히 몸이 굼떠지게 되고 전투의 효율성이 떨어지게 된다.

'하지만 그건 놈에게도 마찬가지야.'

단일 공격으로 맞추기 힘들다면 광범위 공격으로 공격하면 된다. 현석이 힘을 끌어 올렸다.

[레드 돔의 특수 환경에 저항합니다.]
[저항 조건: '대체 불가능한+1' 신체.]
['대체 불가능한+1' 칭호를 확인합니다.]
[앱솔루트 필드의 반경을 확대할 수 있습니다.]
[스킬. 폭풍의 위력을 100퍼센트 상승시킵니다.]
[소멸시킬 적을 설정합니다.]

타깃팅도 완료됐다. 에메랄드빛 폭풍이 몰아치기 시작했다. 눈으로는 제대로 잡기도 힘든, 무수히 많은 바람이 몬스터를 에워쌌다. 몬스터의 몸이 흐려졌다. 일반인의 눈으로는 제대로 잡을 수도 없을 만큼 빠르고 유려하게 움직였다.

리나가 몸을 한껏 낮추고 몬스터에게 접근했다.

리나는 폭풍의 영향권에서 자유로웠다. 현석 역시 폭풍을 운

용함과 동시에 윈드 커터를 준비했다.

'이거… 힘이 많이 든다.'

지금 현석은 정상 상태가 아니다. 레드 돔의 특수 환경에 저항하고는 있으나 저항을 하는 데엔 '힘'이 많이 따른다. M/P 같은 능력치가 구체적으로 드러나는 건 아니었지만 분명 느낌은 있다. 저 몬스터를 상대하고 있으면 기력이 빨리 소진되는 느낌이 분명히 있었다.

'너무 시간을 끌 수는 없어.'

리나와 함께 움직였다가는 괜히 서로의 동선에 방해만 된다. 차라리 리나를 앞세우고 뒤에서 윈드 커터와 폭풍으로 지원사격을 하는 게 낫다는 판단이었다.

리나가 오른손을 내질렀다.

'성공이다!'

푸욱!

리나의 손이 몬스터의 몸을 뚫고 들어갔다. 정확히 말하자면 몬스터의 왼쪽 어깨를 파고들었다.

한편, 약 3㎞를 도주한 명훈은 헥헥거리며 뒤를 돌아봤다. 도망치다 보니 어떻게 또 산 정상에 도달했다. 워낙에 경황없이 도망치느라 제대로 살피지도 못하고 도망쳤다.

'리나 씨가 나타났다함은… 그만큼 위험한 몬스터라는 뜻이겠지. 내가 있어봤자 도움이 안 돼. 방해가 됐으면 됐지.'

물론 무서운 것도 있었지만 자신이 있으면 방해만 될 것을 알기에 더 열심히 도망쳤다. 열심히 도망친 건 이성적으로 합당한 선택이었다. 그 와중에 폴리네타 3인방을 열심히 챙기며 도망쳤으니 자신의 할 도리는 다 한 셈이다.

명훈은 나무 위로 올라가 봤다. 그리고 입을 쩍 벌렸다.

저만치 산 아래는 이미 공터가 되어버렸다. 나무 수십, 아니, 수백 그루가 잘려 나가 있었다. 아무래도 저 칼을 쓰는 몬스터가 한 짓인 것 같았다. 현석의 상위 마법, 폭풍이 몰아치는 것이 보였다. 명훈은 눈을 작게 뜨고서 상황을 주시했다.

'이글 아이.'

액티브 스킬, 이글 아이를 사용했다. 상황이 정확히 보이기 시작했다. 나무 아래에서 중식이 물었다.

"명훈 씨! 뭐가 보입니까?"

"……."

명훈은 대답하지 못했다. 아무런 말도 떠오르지 않았다.

'현석이의 폭풍을 피한다고? 저건 광범위 마법이잖아! 미친! 저런 움직임이 가능해?'

폭풍 속에서, 좌우로 몇 걸음씩 움직이는 것 같은데 몬스터는 별다른 피해를 입지 않고 있었다. 그때 리나가 공격에 성공하는 게 보였다. 그녀의 오른손이 몬스터의 왼쪽 어깨를 꿰뚫었다.

"좋았으!"

"명훈 씨! 그니까 뭐가 좋은 겁니까? 이기고 있는 겁니까? 말 좀 해주세요!"

쿵!

명훈이 바닥에 떨어졌다. 명훈의 얼굴이 새파랗게 질려 있었다.

"명훈 씨, 도대체 왜 그래요? 무슨 일인데요?"

"…말도 안 돼!"

명훈은 실성한 사람처럼 중얼거렸다. 말도 안 되는 일이 벌어졌다.

균형자의 왕 리나의 오른팔이 잘려 나갔다. 명훈이 본 건 거기까지였다.

리나의 오른팔이 몸통으로부터 분리되는 것, 그리고 피분수가 치솟아 오르는 것, 딱 거기까지 봤다.

'리나 씨는 현석보다 강할 수도 있다고 들은 것 같은데……'

아무래도 저 몬스터는 어깨에 상처를 입는 대신 리나의 오른팔을 택하기로 한 것 같았다.

'진짜… 큰일 나는 거 아냐?'

현석이 위험에 처할 거라는 생각은 단 한 번도 해본 적이 없다. 그나마 힘이 약해졌을 때 조금 걱정이 되기는 했었는데 이젠 그런 생각도 안 했다.

현석은 언제나 치트키였다. 그런데 오늘은 좀 아닌 것 같았다. 현석이 규격 외 슬레이어라면, 저 몬스터 역시 규격 외 몬스터인 것 같았다.

현석이 소리쳤다.

"리나!"

리나는 자신의 오른팔이 잘려 나간 건 신경도 쓰지 않고 그 상태 그대로 왼팔을 휘둘렀다. 리나가 연속해서 공격할 것을 예상하지는 못했는지 몬스터는 황급히 몸을 뒤로 뺐다.

몬스터의 목 언저리에 새빨간 상처가 생겼다. 핏방울이 뚝뚝 떨어졌다. 리나는 입술을 살짝 깨물었다. 자신의 팔이 잘려 나간 것보다는 공격을 실패했다는 사실이 더 분한 듯했다.

"그대에게 정말 송구하다. 끝을 냈어야 했는데."

현석은 리나의 말에 대답해 줄 수 없었다. 뭐라고 말로 표현할 수 없는 분노가 치밀어 올랐다. 가슴 속에 무언가 뜨거운 불길이 치솟는 느낌이었다. 다만 머리는 차갑게 식었다.

'폭풍으로 움직임을 묶고.'

폭풍으로 큰 대미지를 줄 수는 없었다. 그러나 움직임을 제약하는 것 정도는 가능했다.

현석은 폭풍을 더 끌어 올렸다. 힘이 빠지는 게 느껴졌다. 뭔가 힘들었다. 지치는 느낌이었다.

'나도 어디 하난 잘릴 걸 각오하고서.'

빠르게 접근했다. 몬스터의 몸이 가까워졌다. 일부러 일직선으로 움직였다. 놈이 공격을 할 틈만 만들면 된다. 그 다음 놈의 몸에 발경을 최대 한도로 터뜨리려고 했다.

'피한다?'

그러나 쉽지 않았다. 놈은 재빨리 멀어졌다.

아무래도 학습을 하는 모양이었다. 그러면 골치 아파진다. 단순히 무력만 강한 것이 아니라 공격 패턴까지 파악하고 몸에 익혀 적용하는 몬스터라는 뜻이니 말이다.

'저 칼만 어떻게 하면 될 것 같은데… 하지만 뭔가 눈치를 챈 것 같다.'

어지간해서는 접촉을 하지 않으려 조심하는 게 보였다. 현석은 리나를 힐끗 쳐다봤다. 리나의 어깨에서 뿜어져 나오던 피는 어느새 멈춰 있었다.

리나는 신음 소리 한 번 내지 않았다. 지금의 싸움에 집중하고 있었다. 지금 리나의 상태에 신경 써주지 못한다는 것에 대하여 미안함을 느낄 새도 없었다.

"리나, 움직임을 한 번만 더 묶을 수 있겠어?"

"그대의 폭풍과 함께 움직인다면 1초 정도는 어떻게든 잡아둘 수 있을 것 같다."

"그럼 부탁해."

리나는 망설임 없이 몸을 움직였다.

"설령 나의 두 팔과 두 다리가 모두 없어진다 하더라도."

리나가 왼팔을 크게 휘둘렀다.

"나는 나의 부군을 위해 나의 전력을 다할 것이다."

왼팔을 휘두른 건 일종의 페이크였다. 몬스터가 살짝 뒤로 빠졌다. 그와 동시에 리나가 몸을 숙였다가 용수철처럼 앞으로 튀어나갔다. 목이 잘려 나갈 수도 있는 위험천만한 행동이었다.

그 저돌적인 움직임에 몬스터도 놀랐는지 아주 잠깐 움찔했다. 비록 그 시간이 찰나이기는 했지만, 리나에게는 그 찰나의 시간이면 충분했다.

리나는 몬스터의 손목을 잡으려고 했다. 실제로 잡을 거라 생각한 건 아니다. 검을 사용하는 팔이니 당연히 팔을 뺄 거다. 그리고 공격을 하든 피하든 할 것이다. 그것을 판단하고 결정하는 시간은 1초도 되지 않을 터.

그 1초도 안 되는 짧은 시간 사이, 현석이 몬스터의 뒤를 잡았다. 현석이 주먹을 뻗었다.

'이것까지 사용하고 싶지는 않았는데.'

두 가지 스킬을 동시에 사용했다. 두 스킬 모두 상대와 접촉 시에만 사용할 수 있는 스킬이었다.

발경과 카피. 능력치 자체는 자신이 더 높을 거라 생각은 한다만 그래도 혹시나 하는 마음에 카피까지 같이 썼다.

'발경, 카피.'

현석의 주먹이 몬스터의 등에 닿았다.

콰광!

폭발음이 터져 나왔다.

*　　　　*　　　　*

거대한 폭발음이 일었다. 몬스터의 공격이 예리한 칼날 면에 힘이 집중된다면 현석의 공격은 내부로부터 강대한 폭발을 일으키는 공격이었다.

반탄력이 강하게 느껴졌다. 현석은 뒤로 약 5미터가량을 튕겨 나갔다. 현석에게 그 정도 반탄력이 왔다는 건, 몬스터에게도 상당한 충격이 전해졌다는 소리다.

'됐다!'

그때, 현석은 쿨럭 기침을 했다. 피가 섞인 기침이었다. 현석은 손바닥에 묻은 피를 잠시간 쳐다봤다. 이런 적은 처음이다.

슬레잉 도중에 H/P가 깎이는 것이 아닌, 직접적으로 신체에 영향이 있었다. 그것도 피를 토했다. 힘이 제한되고 있는 와중에, 상당히 무리가 되는 슬레잉인 듯했다.

어쩌면 당연한 것일지도 모른다. 보통 강한 몬스터의 경우는 수십 명이 팀을 이루어 슬레잉한다. 현석은 혼자서 그 수십 명의 역할을 홀로 해내고 있는 거다.

몬스터에게도 상당한 충격이 있었다. 몬스터가 처음으로 신음성을 냈다.

"큭!"

검을 사용하는 인간 형태의 몬스터는 신음 소리도 인간과 거의 흡사했다.

리나는 그 잠깐의 틈을 놓치지 않았다. 그녀는 정말로 자신의 목숨 따윈 아랑곳하지 않겠다는 듯 저돌적으로 몬스터에게 달려들었다.

현석이 어떻게 손 쓸 새도 없이 리나의 왼팔이 잘려 나갔다. 다시금 피분수가 솟구쳤다.

리나는 그것을 예상하기라도 했다는 듯 그 상태로 오른발을 차올렸다.

퍽!

소리가 들렸다. 리나의 오른발이 몬스터의 오른 손목을 강하게 강타했다. 현석은 그 틈을 놓치지 않았다.

현석의 몸이 사라지더니 리나와 몬스터 사이에 모습을 드러냈다.

이글 아이를 사용하여 안력을 한껏 높인 명훈마저도 현석의 움직임을 잠깐 놓쳤다. 일반인의 눈으로 보면, 저들의 싸움은 눈에 제대로 보이지도 않을 거다. 아마 움직이는 잔상 정도만 남을 거다.

'젠장. 상황이 어떻게 돌아가는 거야.'

그때, 현석의 발이 몬스터의 오른 손목을 또다시 강타했다.

'발경!'

거기에 발경을 함께 사용했다. 역시 카피 자체는 크게 도움이 되지 않았다. 단순 능력치만 놓고 보면 현석보다 낮았다. 물리력을 행사하는 메이지 욱현처럼, 물리력을 행사하는 검사라서 상대하기가 지나치게 까다로웠던 것이었다.

콰과광!

인간의 발과 몬스터의 손목이 부딪치자 다시금 폭발음이 일었다. 몬스터의 오른손에 들려 있던 검이 허공에 떠올랐다. 빙글빙글 돌며 날아갔다.

현석이 외쳤다.

"리나!"

그리고 현석은 몬스터에게 다시 한 번 폭풍을 사용했다. 규모는 아까보다 훨씬 작았다. 그러나 몬스터의 움직임을 묶을 수 있을 것이다. 잠깐만 멈추면 된다. 하지만 몬스터는 폭풍에 의해 대미지를 입는 것을 개의치 않는 것 같았다. 살갗이 찢겨 나가기 시작했다. 도복이 찢어지고 살갗에 붉은 핏줄이 생겨나고 있으나 저만치 날아간 검을 향해 빠르게 달려들었다.

그러나 그보다 리나가 조금 더 빨랐다.

리나는 오른발로 몬스터의 검을 차버렸다. 우연찮게도 몬스터의 검이 '一' 자를 그리며 일직선으로 날아갔다.

예리한 칼날이 숲을 갈랐다. 슥 하는 가벼운 소리가 들리는가 싶더니.

쿵! 쿵! 쿵! 쿵!

나무들이 차례차례 쓰러지기 시작했다. 검이 날아가는 경로에 있던 나무들이 모조리 잘려 나가 길이 생겼다.

약 2㎞가량 멀리 떨어져 있던 폴리네타 3인방 중 왕고인 중식은 비명을 질렀다.

"으, 으아아아악!"

"혀, 형님?"

나무에 기대어 서 있던 중식이 가랑이를 벌린 채 식은땀을 삘삘 흘렸다.

"이, 이건?"

"괘, 괜찮아요?"

폴리네타 3인방은 명훈처럼 시력이 좋지 못하다. 그래서 상황을 모른다. 검이 날아오는 것도 몰랐다.

뭔가가 나무에 꽂혔다.

"빠, 빨리 이것 좀 빼, 빼줘. 얘들아."

중식의 몸이 바들바들 떨렸다. 척 봐도 엄청 날카로운 검이었다. 지금 그는 까치발을 들고 있다. 검이 날아온 것 까지는 그렇다 치겠는데, 날아온 위치가 영 안 좋다.

"빨리 빼봐 이 자식들아!"

폴리네타 2인방이 나무에 박힌, 더 정확히 말하자면 중식의 급소를 잘라 버릴 뻔한 그 검을 빼냈다.

"이게 도대체 뭐죠?"

*   *   *

몬스터는 공격을 멈췄다. 현석 역시 잠시 공격을 멈췄다. 몬스터는 두 팔을 늘어뜨린 채 현석을 멀뚱멀뚱 쳐다보기만 했다.

'갑자기 왜 저래?'

빈틈투성이인 것 같기도 하고, 또 아닌 것 같기도 했다. 그때 놀라운 일이 벌어졌다. 몬스터가 말을 한 거다.

"죽여라."

현석은 순간 스스로의 귀를 의심했다. 물론 몬스터가 말을 하지 말라는 법은 없다. 균형자도 인간의 말을 사용했다.

그러나 인간은 아니었다. 그런 맥락에서 보자면 저 칼을 쓰는 몬스터는 균형자일 수도 있었다. '붉은' 계열의 몬스터처럼 더 강화된 균형자 말이다.

'도대체 무슨 속셈이지?'

만약 균형자처럼 다른 본체를 가지고 있다면 굉장히 문제가 된다. 괜히 접근했다가 낭패를 볼 수도 있다.

대치 상태가 조금 더 이어졌다.

"더 이상 날 모욕하지 말고 죽여라."

시간이 좀 더 흘렀다. 현석이 몬스터에게 조금씩 가까이 다가갔다. 긴장의 끈을 늦추지는 않았다.

'어차피 시간을 더 끌 수 없어.'

현석은 긴장의 끈을 늦추지 않은 상태로 윈드 커터와 함께 몸을 날렸다.

'발경!'

발경이 없었으면 이 싸움은 훨씬 힘들 뻔했다. 발경의 충격 덕택에 저 몬스터가 검을 잃었다고 볼 수 있었으니까.

'어라······.'

힘들었던 과정에 비해서 결과는 너무나 허탈했다. 몬스터는 반항하지 않았다.

"검을 잃은 순간 나의 목숨은 끝난 것이다. 나는 너를 인정하겠다."

라는 유언 비슷한 무언가를 남기고 순순히 죽었다.

[규격 외 몬스터 '검귀' 슬레잉에 성공했습니다.]
[보상을 판정합니다.]
[매우 위대한 업적으로 인정됩니다.]

현석은 알림에 제대로 신경 쓰지 못했다. 알림도 알림이지만 리나에게 먼저 달려갔다.

리나가 풀썩 쓰러졌다. 현석이 리나를 받쳐 안았다.

"리나, 너 괜찮아?"

괜찮을 리 없다. 두 팔을 잃었다. 피를 굉장히 많이 쏟아서인지 리나의 얼굴에는 핏기가 하나도 없었다.

"내가 부탁하지도 않았는데, 그대가 날 안아주는구나."

리나는 희미하게 웃었다.

두 팔이 잘려 나간 것쯤은 아무래도 좋은 듯했다. 그저 현석의 품에 안겨 있다는 사실만으로도 행복한 것처럼 보였다.

'젠장······.'

이런 기분, 정말 별로다. 끔찍했다.

단순히 생각하면 몬스터인 균형자다. 그러나 그렇게 간단한 문제가 아니었다. 현석도 스스로의 마음을 잘 모르겠다.

"그대의 품에 안겨 있다는 사실만으로도 나는 충분히 행복하다."

현석이 크게 외쳤다.

"이명훈!"

안 그래도 명훈은 이쪽을 향해 달려오던 중이었다. 이명훈이 헐레벌떡 달려왔다.

"야, 너 괜찮아?"

"H/P 포션 있지?"

"아? 아! 아! 어! 여, 여기!"

이명훈은 H/P 포션을 바로 넘겨줬다. 리나는 정신을 잃었다. 현석이 리나를 눕히고 H/P 포션을 흘려 넣어줬다. 포션 덕분에 리나의 H/P는 더 이상 줄어들지는 않았지만 그렇다고 그 이상 회복되지도 않았다.

명훈은 충격을 받았다.

'리나 씨가 이렇게 되다니……'

그리고 또 한 번 충격을 받았다.

'유현석이 여기저기에 상처를 입었다고?'

그것뿐만이 아니었다.

현석이 기침을 하자 피가 쏟아져 나왔다. 현석 역시 큰 상처를 입은 듯했다.

"무슨 이런 미친 경우가 다 있어."

명훈은 황급히 쉘터(은신처)를 구축했다.

명훈이 혼자서 전국 방방곡곡을 돌아다닐 수 있게 만들어준 스킬들이 있다. 이글 아이와 쉘터 구축. 이글 아이로 위험을 먼저 감지하고 쉘터로 은신처를 만들어 몸을 숨긴다.

완벽한 안전 구역이라 하기는 힘들었지만 적어도 여태까지 몬스터에게 발각당한 적은 없었다.

폴리네타 3인방은 겁에 질렸다. 쩔이고 뭐고 한국 유니온으로 돌아가고 싶었다. 그들에게 있어선 정말 충격적인 하루였다. 그리고 착각했다.

'플래티넘 슬레이어는… 매번 이렇게 힘든 전투를 치러왔던 거구나……'

그렇게 보였다. 명훈의 대처는 굉장히 빨랐다. 그건 명훈 역시 세계 정상급 트랩퍼이기 때문에 빠른 대응이 가능했었던 거다.

그러나 그걸 보며 폴리네타 3인방은 이런 일이 비일비재하게 일어났기 때문에 명훈이 빠르게 대처했다고 착각했다.

'역시… 플래티넘 슬레이어다.'

괜히 성인이나 슈퍼 히어로라 불리는 게 아니었다. 그러고 보니 예전에도 몇 시간씩, 며칠에 걸쳐 사투를 벌였다는 기사들이 있었다. 그것을 기사로 접할 땐 그냥 대단하다 싶었는데, 그걸 실제로 보니 단순히 대단한 정도가 아니었다.

'사람들이 세상의 구원자라고 그렇게 떠들던데……'

처음엔 낯부끄러운 칭호라고 생각했다. 그런데 지금 보니 구원자라는 칭호도 부족했다.

매일매일 이렇게 전쟁을 치러왔을 것을 생각하니 오히려 감사함은 물론이고 경외심마저 들 정도였다.

하루 정도 시간이 지났다. 리나는 언제 사라졌는지 모르게 사라졌다. 지금으로서는 살아 있는지, 죽었는지. 또 몸은 어떻게 되었는지 알 방도가 없었다. 현석은 하루 종일 잠만 잤다. 24시간이 넘게 흘러서야 현석은 눈을 떴다.

명훈이 말했다.

"야, 몸은 좀 어때? 괜찮아?"

현석이 몸을 일으켰다.

"아, 어… 리나는?"

리나의 모습이 보이지 않았다. 현석이 리나의 이름을 불렀다.

"리나. J. 알리세인. 퓨리티어!"

원래 이름을 부르면 나타나곤 했었다. 그러나 지금은 나타나지 않았다. 현석이 다시금 외쳤다.

"리나!"

현석은 입술을 살짝 깨물었다. 사실 이번에 리나가 없었다면 정말로 죽을 뻔했다. 리나에게 고마움과 미안함이 한꺼번에 밀려들었다.

'제기랄…….'

고마움과 미안함에 고개를 떨궜다. 두 팔을 잃은 상태로 격렬하게 움직였던 리나다. 아무리 리나여도 피를 그렇게 쏟았으면 죽었을지도 모를 일이다.

그때, 목소리가 들려왔다. 명훈은 또 놀라운 걸 보고 말았다. 아니, 이건 놀랍다기보단 황당했다.

리나는 뭔가에 굉장히 감동받은 것 같은 표정으로 현석에게 안겼다. 그런데 황당한 건, 현석에게 안기기 전까지는 감히 범접할 수 없는 아우라와 근엄함이 느껴졌는데 현석에게 안기자마자 그런 느낌이 확 사라졌다는 거다.

"그대가 나의 이름을 불러줬다."

현석은 안도의 한숨을 내쉬었다.

"리나, 놀랐잖아."

"나는 그것만으로도 충분히 행복하다."

리나의 팔이 조금은 재생이 된 것 같았다. 어깨부근에 살이 조금 돋아나 있기는 했다. 리나의 말을 들어보니, 지금은 회복을 해야 할 것 같다고 했다. 이렇게 모습을 드러내는 것만으로도 재생 속도가 늦어진단다. 하지만 현석과 함께 있는 것이 너무나 행복하여 쉴 수 없다고 했다. 명훈은 입을 쩍 벌렸다.

'뭐라고? 이런 미친. 뭐가 어쩌고 저째?'

황당한 말을 들었다. 황당한 업적보다 더 황당하다. 그래도 자기는 여자니까 자신의 남자에게 흉한 모습을 보이고 싶지 않단다. 그게 균형자의 여왕 입에서 나올 말인가 싶다. 그렇게 살벌하게 싸웠던 주제에 말이다.

리나는 팔이 재생될 때까지는 현석 앞에 나타나고 싶지 않다고, 위엄 넘치는 표정으로―그러나 제 딴에는 애교 넘치는 표정이라고 생각할 것이 분명했다―말했다.

심지어 '아잉'이라고까지 말했다. 그리고 자기 입으로 그게 뛰어난 애교란다. 근엄하기 그지없는 표정과 분위기로 말이다. 저 여자, 도대체 뭐하는 여자인가 싶었다.

*   *   *

현석이 지난 상황들을 떠올려 봤다. 몬스터를 잡았다.

'그 몬스터의 이름은… 검귀였지.'

시스템 알림이 알려줬었다.

[규격 외 몬스터 '검귀' 슬레잉에 성공했습니다.]

[보상을 판정합니다.]

일반적인 보상이 아니었다.

[매우 위대한 업적으로 인정됩니다.]

레벨 업 알림음도 몇 번인가 들은 것 같다. 정확히 기억은 안
났다.

[천절검의 소유권이 인정됩니다.]

[(+) 명성이 상승했습니다.]

상황을 찬찬히 떠올려 보니 상당히 많은 것들이 떠올랐다. 일
단 '천절검'의 소유권이 인정된다고 했다.

"혹시 이게……?"

현석은 중식을 쳐다봤다. 눈치를 살피던 중식이 황급히 검을
건넸다. 검귀가 사용하던 아이템이었다. 새로운 규격의 몬스터에
겐 또 새로운 룰이 적용되는 모양이었다.

물리력 강제 행사, 그리고 소지하고 있는 아이템 드롭 시 획득

가능, 드롭된 아이템의 소유권은 시스템이 판정.

아무래도 이런 구조인 것 같았다.

"저희 인벤토리에는 들어가질 않더라고요. 이거 때문에 잠도 제대로 못 잤습니다."

아닌 게 아니라 정말 잠도 제대로 못 잤다. 이 아이템은 너무나 위험한 아이템이었다. 살짝 닿기라도 했다가 피 보기 일쑤였다.

어찌나 절삭력이 강한지 손가락을 대는 순간, 그 손가락에서 피가 났다. 자다가 실수로 건드리기라도 했다가는 피분수를 볼 수도 있는 물건이었다.

그런데 특이한 점도 있었다.

"저희가 사용하려고 해보니 사용은 불가능하더군요."

혹시나 싶어 한 번 사용해 보려고 했다. 나무를 향해 휘둘렀는데, 예의 그 절삭력은 발휘되지 않았다. 의도 없이 실수로 건드리면 피가 나는데, 공격 의사를 가지고 사용을 하면 아이템의 성능이 발휘되지 않는 특이한 케이스였다.

"이 아이템의 소유권이 저한테 있기 때문인가 보네요."

현석은 아이템을 받아 들었다. 받아들이는 것까지만 가능하다. 지금의 현석은 아이템을 사용할 수 없는 몸이니까.

"활아, 아이템의 경우 양도도 가능해?"

"가능할 거예요. 그런데 아직 거래 시스템이 활성화되지 않아서 힘들 걸요? 하지만 똑똑한 활이의 예상대로라면 슬레이어 간 거래 시스템도 곧 풀릴 것이어요!"

현석은 세영을 떠올렸다.

세영이 이 아이템을 사용할 수 있다면 굉장한 효과가 날 거라 믿어 의심치 않았다.

'세영이에게 큰 도움이 되겠어.'

＊　　　　＊　　　　＊

폴리네타 3인방은 한국이 너무 무서웠다. 플래티넘 슬레이어가 버티고 있다고는 하지만 검귀 같은 어마어마한 몬스터가 또 나올 수도 있는 노릇이다.

쩔을 받는다고 할 때는 좋았었는데 막상 부딪쳐 보니 쩔이란 것도 목숨을 걸어야만 했다.

중식은 속으로나마 감탄했다.

'전 세계의 수많은 슬레이어 역시… 이렇게 수많은 난관을 거치면서 성장해 왔단 말인가.'

물론 아니다. 다른 나라 슬레이어들은 정말 쉽게 쩔을 받았다. 이들은 특별히 운이 나쁜 경우다.

현석도 규격 외 몬스터는 단 두 번밖에 못 만나봤다. 여태껏 수만 마리 이상의 몬스터를 처리했는데 그중 겨우 두 마리다. 확률로는 거의 0에 가깝다. 하지만 폴리네타 3인방은 오해했다.

'그 강하다는 플래티넘 슬레이어도… 매일같이 목숨을 걸고 싸우는 거였어.'

'그렇게 목숨을 걸고 슬레잉을 하니까 빠르게 강해졌던 것이었겠지.'

현석이 이렇게 강해질 수 있었던 이유에 대해서도 나름대로 합당한 결론까지 내렸다. 꿈보다 해몽이 지나치게 좋았다. 그래도 이후 마주치는 몬스터들은 쉽게 잡을 수 있었다.

"휴, 그래도 운이 좋군요."

"감사합니다. 벌써 30레벨을 눈앞에 두고 있습니다."

이들은 자신들이 운이 좋다고 생각하고 있는 중이다. 하지만 그들은 정말로 운이 나쁜 케이스였다.

운이 나쁘긴 했는데 그들은 유례없는 폭업을 했다.

플래티넘 슬레이어로부터, 그것도 레드 돔 내에서 쩔을 받았기 때문이었다. 그들은 남들은 수년에 걸쳐 이룩한 경지를 겨우 일주일 만에 따라잡았다.

폴리네타 3인방에게도 새로운 스킬들이 생겨나기 시작했다.

"아니… 이건……."

*   *   *

현석의 인벤토리에는 조금 황당한 아이템들이 있다. 초록 고무장갑, 특허 받은 위장약, 단단하기 그지없는 철, 반짝반짝 빛나는 보석, 방부제 없는 인공 눈물 등이었다.

〈단단하기 그지없는 철〉

─단단하기 그지없는 철.

강한 망치도 그랬지만 '단단하기 그지없는 철' 역시 설명이 정말 무성의했다. 설명이랄 것도 없었다. 그냥 이름이랑 똑같았으니까. 현석은 황당한 아이템들 중 '단단하기 그지없는 철'을 중식에게 건네줬다. 뭔가 특별한 이유가 있던 건 아니었다. 그냥 잡히는 대로 줬다.

"단순히 단단한 철이 아닌 것 같습니다."

폴리네타 3인방은 '감정'을 시작했다. 시간은 30분 정도 소요되었다. 중식이 약간 흥분해서 단단하기 그지없는 철을 현석에게 건네줬다. 현석은 의아해하면서 아이템을 살펴봤다.

〈단단하기 그지없는 철〉
—단단하기 그지없는 철. 이를 녹이면 철제 아이템을 수리 및 강화할 수 있다.

한 줄이 추가되었다. 아무래도 뭔가 숨겨진 효용이 있는 것 같았다.

"저, 이번에는 제가 한 번 해보겠습니다."

폴리네타의 둘째. 최영수 역시 '단단하기 그지없는 철'을 받아 들고 감정을 시작했다. 역시 30분가량이 소요되었다.

영수 역시 흥분했다.

"분명히, 뭔가가 더 있습니다."

〈단단하기 그지없는 철〉
—단단하기 그지없는 철. 이를 녹이면 철제 아이템을 수리 및 강화할 수 있다.
—녹이는데 필요한 도구: '절대 안 녹는 용광로'

또 한 줄이 추가되었다. 단단하기 그지없는 철을 녹이는 데에는 '절대 안 녹는 용광로'가 필요하단다. 이번엔 막내인 민호가 도전했다.

〈단단하기 그지없는 철〉
─단단하기 그지없는 철. 이를 녹이면 철제 아이템을 강화할 수 있다.
─녹이는 데 필요한 도구: '절대 안 녹는 용광로'
─녹이는 데 필요한 능력: 강화된 헬파이어 이상의 화력.

현석은 순간 무언가를 떠올렸다.
'강화된 헬파이어라면⋯ 욱현이 형이 가지고 있다.'
황당한 업적을 통해 나왔던 아이템들 중 불 속성의 강화 물약이 있다. 불 속성 계열의 마법 대미지를 20퍼센트가량 영구적으로 높여주는 물약이었다.
그건 이미 욱현에게 줬고 욱현은 그것을 섭취한 상태다. 그랬더니 마법 앞에 '강화된'이라는 수식어가 붙었단다.
'황당한 업적 룰렛을 통해 나온 아이템들은⋯ 서로 무언가 연관이 있다는 뜻인가?'
아무래도 그런 것 같다. 쿨 타임은 약 1시간가량.
둘째와 셋째가 아이템을 감정하는 동안 쿨 타임이 끝난 첫째 중식이 다시 한 번 '단단하기 그지없는 철'을 감정했으나 그 이상의 정보는 나타나지 않았다. 그래서 둘째가 이번에는 다른 아이템 중 하나인 '반짝반짝 빛나는 보석'을 감정했다.

〈반짝반짝 빛나는 보석〉
─반짝반짝 빛나는 보석. 아이템 강화에 유용하게 쓰인다.

뭔가가 더 있었다. 이번엔 셋째가 시도해 봤다.

〈반짝반짝 빛나는 보석〉
─반짝반짝 빛나는 보석. 아이템 강화에 유용하게 쓰인다.
─사용 방법: 특수한 광물과 함께 녹여서 사용.

다시 첫째가 시도해 봤다. 또 다른 조건이 나타났다.

〈반짝반짝 빛나는 보석〉
─반짝반짝 빛나는 보석. 아이템 강화에 유용하게 쓰인다.
─사용 방법: 특수한 광물과 함께 녹여서 사용.
─녹이는 데 필요한 능력: 강화된 헬파이어 이상의 화력.

이걸로 현석과 폴리네타 3인방은 확신할 수 있었다. 비록 시간은 많이 들지만 '황당한 업적 룰렛'을 통해 보상으로 주어진 아이템들은 어떠한 연관성을 가지고 있는 것이 틀림없었다.
현석이 무언가를 내밀었다.
"일단… 시간이 많지 않으니 마지막으로 이거부터 해보죠."
어차피 오늘은 야영을 할 생각이었다. 명훈이 쉘터를 구축했다. 현석이 건넨 것은 초록 고무장갑이었다.

〈초록 고무장갑〉
―설거지를 하는 데에 유용하다.

그래도 다른 아이템보다는 조금 성의 있는 설명이었다. 어디에 유용하다는 설명은 있었으니까.

명훈이 호들갑을 떨었다.

"혹시 뭐… 황당한 업적 통해서 얻은 아이템들을 막 조합하고 그러면 뭐야? 그 레전드급인가? 그런 아이템 나오고 막 그러는 거 아니냐?"

레전드급 아이템이란 말을 처음 듣는 중식이 고개를 갸웃했다.

"레전드급이요? 그런 등급이 있어요?"

명훈이 어깨를 으쓱했다.

"뭐, 말하자면 그런 거죠. 봐봐요. 보면 용광로가 필요하고 무슨 철이 있고 또 보석으로 강화하고… 그런 거 보면… 뭔가 뚝딱뚝딱 만들어서 엄청 좋은 아이템으로 조합하는 거 같은, 그런 느낌 나지 않아요?"

"확실히… 분명히 그런 느낌이 있네요."

명훈뿐만 아니라 중식 역시 기대했다. 곧 30분이 지나간다. 말은 안했지만 현석도 내심 기대했다.

황당한 아이템들인 줄 알았는데 무언가 큰 역할을 하는 아이템은 아닐까, 하는 기대감이 생겼다.

'초록 고무장갑은… 아이템을 제련할 때 쓰는 장갑 같은 건 가?'

감정 결과가 나왔다. 중식이 감정 결과를 말해줬다.

＊　　　　＊　　　　＊

기대에 부푼 마음으로 초록 고무장갑에 대한 감정을 시작했다.

"감정됐습니다."

〈초록 고무장갑〉
―설거지를 하는 데에 유용하다. 연간 10만회 설거지 보장.

그래도 혹시나 싶어 재감정을 해봤다.

〈초록 고무장갑〉
―설거지를 하는 데에 유용하다. 연간 10만회 설거지 보장.
―보장 기간: 10년.

정말 마지막으로 감정을 다시 해봤다.

〈초록 고무장갑〉
―설거지를 하는 데에 유용하다. 연간 10만회 설거지 보장.
―보장 기간: 10년.

─색깔이 초록색이라 희귀하다.

아이템을 집어든 명훈은 초록 고무장갑을 바닥에 패대기쳤다.

"뭐 이딴 쓰레기가 다 있어? 보장 기간 10년?"

시간을 투자해서 열심히 감정시켜 놨더니 연간 10만회 설거지 보장에 보장 기간은 10년. 거기다 색깔이 초록색이라 흔치 않다는 걸 상세 설명이랍시고 해놨다.

한참을 씩씩댄 명훈이 겨우 분노를 가라앉혔다.

"아무래도… 황당한 업적 룰렛을 통해 나온 아이템들이 모두 연관성이 있는 건 아닌 것 같은데?"

현석이 고개를 끄덕였다.

"일부는 연관이 있고 또 일부는 연관이 없는 것 같아."

어쨌든 연관이 있는 아이템들은 찾아냈다. 단단하기 그지없는 철, 반짝반짝 빛나는 보석은 아이템 강화 혹은 수리에 쓰이는 것 같았다.

현석이 말했다.

"일단 이동하면서 쿨 타임이 끝날 때마다 하나씩 감정하기로 해보죠. 어차피 쩔은 계속 해드려야 하니까."

다음 감정을 할 아이템은 '부서진 강한 망치'로 정했다. 감정을 통해 감정을 해본다면 '부서진 강한 망치'를 '강한 망치'로 수리할 수 있을지도 모르겠다는 생각이 들었다.

그런 도중에 붉은 트롤을 만났다.

붉은 트롤들은 나오자마자 비명횡사했다. 그보다 조금 더 강한 붉은 트윈헤드 트롤도 만났다. 조금 더 강한 붉은 트윈헤드 트롤도 그냥 죽었다. 붉은 트윈헤드 트롤보다 더 강한—더 상대하기 까다로운—붉은 웨어울프도 봤다. 빠른 개체라서 혹시 몰라 폭풍으로 쓸어 버렸다.

던전을 발견한 명훈이 말했다.

"던전이야. 깰 거야?"

"어, 깨봐야지."

그들은 던전에 들어가기 전 '부서진 강한 망치'도 감정해 봤다. 원래의 부서진 강한 망치의 설명은 다음과 같았다.

〈부서진 강한 망치〉

—아주 딱딱한 망치. 뭐든지 때릴 수 있다. 지금은 부서진 상태다.

감정 이후의 부서진 강한 망치의 설명은 조금 달라졌다.

〈부서진 강한 망치〉

—아주 딱딱한 망치. 뭐든지 때릴 수 있다. 지금은 부서진 상태다. 수리가 필요하다.

—수리에 필요한 재료: 단단하기 그지없는 철.

—수리 방법: 단단하기 그지없는 철을 녹인 액체에 부서진 강한 망치를 넣는다.

황당한 업적을 통해 주어진 '부서진 강한 망치'는 황당한 업적을 통해 주어진 다른 아이템들을 통해 수리가 가능한 것 같았다. 현재 가지고 있는 아이템은 '단단하기 그지없는 철'. 그렇다면 이제 필요한 건 '절대 안 녹는 용광로'다.

명훈은 뭔가 우월감에 빠져들었다. 그 우월감을 굳이 풀어서 표현해 보자면 '나는 봤는데, 너희는 못 봤지?'쯤이 되겠다. 현석과 함께 다니면 자주 느끼는 감정이기도 하다.

아니나 다를까.

폴리네타 3인방은 입을 쩍 벌렸다. 웨어울프를 한순간에 쓸어버린 폭풍을 보고 그들은 기절초풍했다. 어떻게 사람이 이런 일을 벌일 수 있나 싶었다. 그런데 이번에 보게 된 회오리는 더 어마어마했다.

막내인 민호가 엉덩방아를 찧었다.

"하, 하늘이 빨려 들어갑니다."

"짜식아, 하늘이 아니고 구름이지!"

민호는 어, 어버, 어버버하고 아무 말도 못했다.

나름 순수한(?) 슬레이어인 그들에게 있어서 플래티넘 슬레이어의 마법은 혁신, 아니, 그 이상의 기적이었다.

현석의 회오리가 하늘 높이 치솟아 올랐다. 맹렬히 회전하며 던전을 집어삼켰다.

[상시 하더 던전을 파괴했습니다.]

[황당한 업적으로 인정됩니다.]

[업적 룰렛이 활성화됩니다.]

[업적 보상을 판정합니다.]

다시금 업적 보상이 이루어졌다. 그때, 현석은 귀를 막아야만 했다. 하지만 귀를 막는다고 해서 알림음이 안 들리는 건 아니다. 애초에 알림음은 물리적인 '소리'의 개념이 아니었다.

땡! 땡! 땡! 땡!

종소리가 들려왔다. 너무 시끄러워서 현석이 인상을 찡그릴 무렵, 명훈이 다가와 물었다.

"뭐야? 왜 그래?"

[잭팟이 터졌습니다! 축하합니다!]

현석이 말했다.

"잭팟이 터졌대."

"잭팟?"

[잭팟 보상으로 '성자의 갑옷 +7'이 주어집니다.]
[잭팟 보상은 최대 3회에 그칩니다. 보상을 받아들이시겠습니까? Y/N]

현석은 순간 고민했다.

"성자의 갑옷 플러스 7이래."

어디서 많이 들어본 이름 같아 떠올려 보니 연수의 아이템인 '성자의 방패'와 이름이 비슷했다.

강화가 전혀 되지 않은 아이템임에도 불구하고 세계 12대 아이템 중 하나로 선정되어 있는 성자의 방패말이다.

'최대 3회 보상이라······.'

그러나 일단 잭팟이란다. 축하의 종소리까지 들렸다. 아무래도 대단한 보상인 것 같기는 했다. 초록 고무장갑, 특허 받은 위장약, 방부제 없는 인공 눈물 따위와는 비교도 되지 않을 만큼 말이다.

현석은 'Y'를 선택했다. 그리고 그날 던전 3개를 더 깼다. 당연한 말이지만 황당한 업적 3번이 더 떴고 룰렛을 3번 더 돌렸다.

명훈이 아이템을 패대기쳤다.

"이건 뭔데 자꾸 나와? 심지어 이번엔 연속 3개야? 무슨 뭐, 트리플 레드 글러브냐? 앙?"

바닥에 고무장갑 6개가 나뒹굴었다. 1개는 초록색, 5개는 빨간색이었다. 참고로 3번은 연속으로 빨간 고무장갑이 떴다. 폴리네타 3인방 중 막내 민호가 중식에게 아주 작게 속삭였다.

"그런데 트리플 레드 글러브라 하니까 뭔가 있어 보이지 않아요?"

＊　　　　＊　　　　＊

현석 일행은 약 4일 동안 12개의 던전을 부쉈다. 그동안 얻은 아이템들의 목록을 살펴보자면.

―빨간색 고무장갑 ×5
―꼭 읽어야 할 시 단편 100선 ×2

―효과 탁월한 변비약 ×2

―단단하기 그지없는 철×1

―부작용의 위험이 큰 비아그라×2

총 12개의 아이템이 드롭되었다. 그나마 쓸 만한 아이템이라고는 '단단하기 그지없는 철' 정도. 업적 룰렛이라는 게 높은 확률로 좋은 아이템을 주는 시스템은 아닌 것 같았다. 모든 아이템이 연관성이 있는 건 더더욱 아닌 것 같았고.

현석이 말했다.

"이거까지만 깨고 일단 유니온으로 돌아가서 중간보고를 해야겠어."

보고할 게 굉장히 많다. 상위 모드에 들어서면 생기게 되는 변화, 상위 모드의 규격 외 몬스터, 그리고 이번에 새로이 획득한 '천절검'과 '성자의 갑옷+7' 아이템 분배, 부서진 망치의 수리 가능성, 기타 등등.

명훈도 고개를 끄덕였다. 그나마 광역 탐색과 더불어 과거 던전들이 나타났던 지역들을 꿰고 있어서 망정이지 그것도 아니었으면 탐색 작업이 굉장히 고달플 뻔했다. 명훈의 입장에서도 강행군이었다. 폴리네타 3인방은 거의 반쯤 시체가 됐다. 다크서클이 발목까지 내려갈 지경이었음에도 불구하고 힘들다 내색하지 않는 걸 보면 각오와 정신력만큼은 칭찬해 줄 만했다.

저만치 앞쪽에 던전이 보였다.

'제발 녹지 않는 용광로야 떠라.'

현석은 뽑기 게임을 하는 사람들의 심정이 이럴 것 같다는 생각을 해봤다. 던전을 부수는 것 자체도 상당한 힘을 필요로 한다. 던전 하나를 부수고 나면 진이 다 빠진다. 그만큼 던전은 견고한 구조물이었으니까.

다시 한 번 알림음이 들려왔다.

[상시 하더 던전을 파괴했습니다.]
[황당한 업적으로 인정됩니다.]

명훈도 두 손을 모았다.

"이번엔 제발 좀… 쓸 만한 거 좀 떠라. 이짓도 못 해먹겠다."

지금 필요한 건 '절대 녹지 않는 용광로'다. 아마 이것만 있으면 부서진 망치를 수리할 수 있을 거다. 그러면 레드 돔을 깰 수 있는 단초가 마련된다.

'어쩌면 반짝반짝 빛나는 보석을 통해 더 업그레이드가 가능할 수도 있어.'

그럴 가능성도 있다. '성자의 갑옷+7'도 있는 마당에 '강한 망치+7'가 있지 말라는 법은 없지 않은가.

현석에게 알림음이 이어졌다.

[업적 룰렛이 활성화됩니다.]
[업적 보상을 판정합니다.]

폴리네타 3인방도 숨을 죽였다.

'제발 좀 나와라!'

＊　　　　　＊　　　　　＊

'절대 안 녹는 용광로', 혹은 '강한 망치'가 나오길 빌었지만 역시 룰렛은 룰렛이었다. 원하는 것만 척척 나오면 그건 도박이 아니다. 그렇다면 그냥 룰렛이 아니고 행운의 룰렛이었을 거다.

이번에 나온 것은 새로운 아이템이었다.

〈복주머니〉
―아이템을 보관하는데 효과적이다.

명훈은 복주머니를 집어 던질 뻔했다. 아이템 보관 같은 건, 그냥 인벤토리에다가 해도 된다. 내심 기대했던 현석도 한숨을 쉬었다.

"일단 유니온으로 돌아가자."

유니온으로 돌아왔다. 성형에게 여태까지 있었던 일들에 대하여 얘기해 줬다. 성형은 새로이 알게 된 놀라운 사실에 심각한 표정을 짓기도 했다가 현석이 획득한 아이템 목록을 들으며 피식 웃기도 했다가 여러 가지 반응을 보였다.

그러다가 말했다.

"요즘… 한 남자를 두고 다투는 여자들이 꽤 많아진 모양이더라. 씁쓸하긴 한데, 이런 상황이 사람을 그렇게 만드네……."

그 말을 들은 욱현도 고개를 끄덕였다.

"아니. 솔직히 바른 말로… 이런 세계에서 일처일부제를 강요

하는 것 자체도 말이 안 되죠. 지금 남자 인구수 엄청 줄어든 거 알죠?"

욱현의 말은 사실이었다. 레드 스카이가 도래한 이후 최소 500만 명 이상의 사람이 죽었다.

정말 최소치로 잡아 500만 명이지, 실제로는 천만 명, 혹은 그 이상이 죽었을지도 모를 일이다. 정확한 조사가 아직까지 이루어지지 않았고, 안전 구역이 없는 남쪽 지방에는 아직도 희생자들이 많이 생기고 있는 형국이다.

어쨌든 그러한 상황 가운데 남자들이 굉장히 많이 죽었다.

슬레이어든 비슬레이어든, 음식을 구하러 나갔다 오거나 위험한 상황이 닥쳤을 때 직접적으로 부딪치는―생존해 있는 블랙 나이트가 쳐들어오는 것도 하나의 위험이다―사람은 보통 남자이기 때문이다.

그리고 지금은 힘이 지배하는 시대다. 홍세영이나 프리미엄 길드 길드장 엄소현같이 특이 케이스가 아닌 이상에야 보편적으로는 남자가 여자보다 강했고, 아이러니하게도 강해서 더 많이 죽었다.

이 역시 정확한 통계 자료는 없지만 대략적으로 남자 4명이 죽을 때 여자 1명이 죽었다. 즉, 천만 명이 죽었다 한다면 천만 명 중 약 800만 명가량의 남자가 죽었다는 소리다. 일종의 남성 품귀 현상이 일어나고 있는 중이다.

현석이 조금 어두운 얼굴로 말했다.

"다른 말로 하자면 미망인들도 엄청나게 많이 생겨났다는 거 죠."

"가장이라는 게 그런 거죠. 자기는 죽어도 내 새끼, 내 와이프는 살려야 되니까."

멀찍이 앉아 대화를 듣고 있던 연수는 저도 모르게 고개를 끄덕였다. 그도 가장이다, 무슨 뜻인지 알겠다. 현시대가 어떤 상황인지도 알겠다. 힘 있는 남자가 여자를 많이 거느리는 것도 나쁜 건 아닌 것 같다는 기분이 들었다. 연수는 그렇게 생각했다가 이내 마누라의 얼굴을 떠올리곤 고개를 휙휙 저었다.

'합법적 하렘. 난 아마 안 될 거야.'

현석은 모르겠지만 자신의 하렘은 꿈도 꾸지 않기로 했다. 근데 묘하게 현석을 보고 있으면.

'근데 현석이는 될 거 같은데……'

묘한 확신이 들었다.

CHAPTER 4

현석이 길드원들을 불러 모았다.

"이번에 규격 외 몬스터를 만났어."

검귀에 대해서 설명했다.

자초지종을 모두 들은 종원이 어이없다는 듯 말했다.

"그런 어마무시한 놈이 있단 말이야?"

"어. 생김새는 대충 말해줬으니까 일단 혹시라도 보게 되면 도 망쳐. 괜히 싸울 생각하지 말고."

"인지 거리도 엄청 멀다며? 1㎞ 밖에서도 알아보고 공격했다 면서?"

명훈이 종원의 뒤통수를 한 대 때렸다.

"길드원 중 누군가 죽는 것을 감수하고서라도 도망치라는 뜻 이잖아, 이 멍청아."

현석은 그 말에 긍정도 부정도 하지 않았다. 대신 이렇게 말했다.

"나 역시… 리나가 온전치 않은 상태로 검귀와 다시 싸우라면 별로 자신 없어."

검만 어떻게든 날려 보내면 가능할 것 같기는 한데 검귀 슬레잉이 쉽다고는 절대 말 못하겠다. 검귀를 잡으려면 현석 역시 목숨을 걸어야 하니까 말이다.

"그리고 저는 이 검을 세영이한테 주려고 합니다."

그러고서 말을 정정했다.

"정확히 말하자면 빌려주는 거죠. 이의 있으신 분 있나요?"

어차피 지금은 가지고 있어봐야 사용도 못한다. 그럴 바에야 사용이 가능한 다른 누군가가 쓰고 있는 게 좋다. 만약 아이템을 사용할 날이 오게 된다면, 그때 다시 회수받아 사용하면 된다.

연수는 괜스레 주먹을 불끈 쥐었다. 화가 나거나 그런 건 아니었다. 가끔씩 그는 핀트가 이상한 곳에서 감동을 받곤 한다.

'저런 보물을 타인에게 선뜻 빌려주고… 다시 회수할 수 있다는 것에 일말의 의심도 없어.'

보통 일반 슬레이어들 사이에서는 절대 있을 수 없는 일이다. 원래 알던 사람과는 아이템 거래도 하는 게 아니라는 말까지 있다. 불과 1,000만 원, 아니, 100만 원만 해도 사람의 관계를 무너뜨리는 데엔 충분하다. 그런데 저건 값을 측량할 수 없는 보물이고 유사시 사용자의 목숨까지도 구할 수 있는 그런 아이템이다.

그런데 인하 길드장과 길드원은 그런 아이템을 담보 없이도 자유롭게 취급했다. 상식적으로 이건 정말 말도 안 되는 일이며 해서도 안 되는 일이다. 그러나 인하 길드원들 누구도 이것을 이상하게 여기지 않았다.

'나는 정말 축복받은 길드원이다.'

현석은 주위를 둘러봤다. 이의가 있는 사람이 있을 리가 없다. 오로지 현석과 리나가 힘을 합쳐 슬레잉하여 얻게 된 아이템이다. 저만치 멀리서 주워 온 폴리네타 3인방의 공이 조금 있기는 했지만 그건 논외로 치고서 말이다.

세영은 갈등에 갈등을 반복했다. 그녀는 요즘 자신감이 부쩍 떨어진 상태다. 리나의 얘기는 들었다. 리나가 없었다면 현석이 죽었을 수도 있다고 했다. 그 말을 듣고 더 자신감이 떨어졌다.

그녀라고 노력을 안 한 것은 아니다. 오히려 죽을 만큼 노력했다. 그래서 여자 슬레이어들 중에서는, 아니, 남자 슬레이어들까지 포함해도 상위에 드는 실력을 갖게 됐다.

그녀는 현석에게 도움만 받는 여자가 되고 싶지 않았다. 평화처럼 맛있는 음식이나 내조를 잘하는 것도 아니다. 그래서 그녀는 적어도 슬레잉에 있어선 도움을 주고 싶었다.

하지만 시간이 지날수록 현석과의 격차는 점점 더 벌어졌고 이제는 아무런 도움도 되지 못하는 것처럼 되어 버렸다. 그런 상황에서 이런 엄청난 아이템을 받을 수 없다고 생각했다.

'언제까지 도움만 받을 거야! 너 이러지 않았잖아.'

하지만 또 다른 생각이 마음 한편에서 싸웠다.

'그렇지만 저 아이템을 받으면 나도 현석이한테 도움이 될 수 있을지도 몰라. 나도 도움이 될 수 있어.'

결국 세영은 아이템을 받기로 했다.

그 자리에서 세영은 눈물을 뚝뚝 흘렸다. 인하 길드원 모두가 당황했다. 어지간해서는 감정을 드러내지 않는 여자 아니었던가.

민서가 얼른 세영을 안아줬다.

"어, 언니. 왜 울어?"

세영은 입술을 깨물었다. 어떻게든 안 우려고 노력했다. 그리고 속으로 다짐했다. 언젠가 반드시, 꼭 너한테 도움이 되는 사람이 될 거야. 그렇게 다짐하고 또 다짐했다.

울음을 멈춘 홍세영이 말했다.

"아이템은 고마워."

활의 말을 빌리자면 아직 거래 시스템이 활성화되지 않아 사용 자체는 불가능하다고 했다. 일단은 현석의 인벤토리에 넣어놓기로 했다. 곧 활성화될 확률이 높다고 하니, 그때가 되면 소유권을 이전받기로 했다.

방으로 돌아온 그녀는 일기장에 한 줄을 썼다.

고마워.

한참을 고민하다가 세 글자를 더 썼다.

사랑해.

그리고 누가 볼 새라 얼른 다이어리를 덮었다. 그것도 모자라 다이어리를 다시 펴서는.

쌀랭핸.

이라고 고치곤 안도의 한숨을 내쉬었다.

한편, 연수는 '성자의 갑옷+7'을 받아 들었다. 괜스레 아이템을 벗었다가 다시 착용했다. 그러자 기분 좋은 알림음이 들려왔다.

[세트 아이템을 확인합니다. 2/5]
[2/5 세트 효과가 적용됩니다.]
[모든 세트 아이템을 장착할 시 놀라운 효과가 적용됩니다.]

3일이 지났다. 활의 예상은 적중했다. 마실 삼아(?) 근처에 나타난 붉은 오크를 싹쓸이했는데 새로운 알림음이 들려왔다.

[거래 시스템이 활성화됩니다.]

거래 시스템만 활성화된 것이 아니었다. 아무래도 이제 세상은 더 상위 등급의 모드에 접어드는 것 같았다. 쿵쾅쿵쾅 발소리가 들려왔다. 하종원이었다.

"야! 현석아! 거래 시스템 떴다!"

＊　　　＊　　　＊

거래 시스템은 말 그대로 게임 속 거래와 같았다. 직접 육안으로 보이는 건 아니지만 분명히 거래창이 활성화되었다.

종원이 고개를 갸웃했다.

"뿐만 아니라 이제 소유권까지도 인정이 되네. 이것도 그렇고… 저것도 그렇고… 음, 이건 아니고."

거래 시스템이 새로이 도입되면서 '소유권'이라는 개념도 생겼다. 정확한 기준은 잘 모르겠지만 어떤 아이템에는 '소유자: 하종원'이라는 내용이 추가되어 있었다.

아무래도 정상적인 거래를 통해 획득한 물건이 아니면 제대로 사용이 불가능하게 된 것 같았다.

"네가 주운 그 뭐더라, 천절검? 그거랑 똑같은 개념 같은데. 그게 최초의 소유권 인정 아이템이고… 그거에 자극 받아서 업데이트 됐다, 뭐 이런 거 아닐까?"

"글쎄."

모르겠다. 여전히 이 '시스템'은 미스터리다. 과학적으로 설명이 불가능하다.

수많은 과학자가 들러붙어 연구했고 또 많은 과학자가 연구를 포기하기도 했다. 그냥 자연현상 중 하나로 받아들여야 한다는 입장을 가진 사람도 많았다.

어쨌든 거래시스템 도입과 동시에 현석은 세영을 찾아갔다.

노크 소리가 들려오자 세영은 저도 모르게 벌떡 일어섰다. 때마침 '쏼랭핸'을 쓰고 있을 때였다.

세영은 황급히 다이어리를 찢어 마구 구겼다. 그리고 얼른 책상 아래에 던져 넣었다. 큰일 날 뻔했다.

비록 사랑해가 아니고 쏼랭핸이지만 그래도 십년감수했다. 적어도 세영은 그렇게 느꼈다.

"세영이 너도 알림 들었지?"

"응……."

종원이 인상을 찡그렸다.

"야, 홍세영. 너 어디 아프냐? 안색이 안 좋은데."

"그, 그런 거 아냐."

"너답지 않게 왜 그렇게 당황해? 너 진짜 이상한데?"

홍세영이 정색했다.

"입 다물어."

현석은 세영에게 천절검을 넘겨줬다. 세영이 다시 한 번 고맙다고 말했다. 그리고 속으로 또 다짐했다.

'나 정말로… 너한테 짐 되기 싫어. 진짜 열심히 노력할게.'

물론 겉으로는 표현하지 않았다. 괜히 책상 밑에 던져 놓은 저 구겨진 종이가 눈에 걸렸다. 괜히 들키기라도 할까 봐 얼른 몸으로 가렸다. 괜히 심장이 쿵쾅거리고 뛰었다.

*   *   *

인하 길드는 간만에 함께 슬레잉에 나섰다. 현석이 안전 코어 획득과 더불어 폴리네타 3인방의 쩰, 그리고 던전 파괴를 위해 명훈과 함께 다니는 바람에 인하 길드는 그간 따로 슬레잉을 진행해 왔다.

보통은 강남 스타일 혹은 프리미엄 길드와 함께 슬레잉을 했는데 오늘은 그럴 필요가 없었다.

민서가 현석에게 팔짱을 꼈다. 오늘처럼 든든한 날이 별로 없다. 오늘은 정말 안전했다. 슬레잉이 이렇게 쉽게 느껴질 줄이야.

폴리네타 3인방도 이제 조금 익숙해진 듯 한결 편안해진 모습이었다. 이번 슬레잉은 세영과 연수가 새로운 아이템을 시험해 보는 시간이기도 했다. 하여튼 슬레잉은 잘 끝났다.

명훈이 말했다.

"다들 싸우느라 수고했는데… 너희들 싸우는 동안 내가 근처에 던전을 하나 찾아냤거든. 어떡할래? 길장?"

보아하니 아직 체력적으로는 충분해 보였다. 문제는, 그 던전을 부수느냐 아니면 한 번쯤 클리어해 보느냐다.

"우리 레드 스카이 이후로는 던전 클리어 한 번도 해본 적 없잖아? 유니온에서도 시도도 안했고. 공식적으로는 아직 던전 클리어한 팀은 없어."

공식적으로 없다는 말은 아마도 정말로 없다는 뜻일 확률이 컸다. 던전을 클리어할 수 있을 만큼의 실력자들은 이미 유니온에 포진해 있다. 만약 다른 팀이 던전을 깼다면 분명 보고가 올라갔을 거다.

"여태까지 황당한 업적 때문에 잊고 있었는데, 던전 최초 클리어 보상이나 뭐, 또 뭐냐… 빨리 클리어한 보상. 뭐 그런 것들 있지 않나? 한번쯤 클리어해 보는 것도 괜찮을 것 같은데."

현석이 다른 길드원들의 생각도 물었다. 그리고 결정했다.

"안내해."

*　　　　　*　　　　　*

폴리네타 3인방은 침을 꿀꺽 삼켰다. 다른 슬레이어들은 수년 간 겪을 일을 겨우 며칠 만에 전부다 겪는 것 같은 느낌이었다.

[하더 던전에 입성하시겠습니까? Y/N]

선택권은 없었다. 긴장됐다. 그런데 더더욱 무서운 알림음이 들려왔다.

[현 슬레이어의 능력을 지나치게 초과하는 영역입니다. 빠른 탈출을 권합니다.]

중식의 몸이 덜덜 떨려왔다. 솔직히 무서웠다. 던전은 정말로 미지의 세계다. 놀이공원에 있는 귀신의 집만 해도 무서워하는 사람이 많다. 위험하지 않다는 걸 알아도 그렇다.

그런데 심지어 이곳은 하더 던전이며 현 슬레이어의 능력치를 지나치게 초과한단다. 안 무서우면 그게 더 이상하다.

'그나마 플래티넘 슬레이어가 옆에 버티고 있어서 다행이야……'

그들은 아직 피부로는 몰랐다. 귀신의 집은 분명 무섭긴 하지만 다칠 일은 거의 없다. 현석과 함께하는 하더 던전 클리어는 동네를 산책하는 수준이다. 동네 산책을 하면서 다칠 확률은 극히 희박하다. 막상 던전 클리어의 당사자라 긴장하는 것뿐이다.

연수가 우물쭈물대다가 말했다.

"세영아, 이번에는 조금 살살해 줬으면 좋겠어."

아까는 세영의 독무대였다. 연수도 아이템을 시험해 보고 싶었다. 세영이 고개를 끄덕였다.

던전의 형식은 과거와 달라진 것이 별로 없었다. 과거의 몬스터보다 훨씬 강한 몬스터들이 나타난다는 것만 제외하면 말이다.

4번째 룸. 트윈헤드 트롤이 보였다. 연수가 앞장섰다.

"성자의 가호."

성자의 가호는 '성자의 갑옷+7'에 붙어 있는 특수 스킬이다.

유지 시간은 약 30분, 쿨 타임은 약 1시간의 일종의 광역 보호막이다.

디펜시브 필드─필드 내의 모든 대미지를 자신이 흡수한다─와 중복 사용이 가능했다. 다시 말해 '성자의 가호'를 사용하여 1차적으로 대미지를 거르고, 그 이후 2차적으로 디펜시브 필드를 통해 대미지를 흡수하면 전체 파티원들을 보호할 수 있게 되는 거다.

3개의 룸을 클리어하면서 연수도 자신감이 많이 붙었다. 그는 트윈헤드 트롤의 몽둥이를 피하지 않았다. 폴리네타 3인방 중 첫째인 중식이 입을 쩍 벌렸다.

"피, 피, 피해야 해!"

콰과광!

트윈헤드 트롤이 연수의 머리를 때렸다. 거대한 폭발음이 들렸다.

중식은 이해할 수 없었다. 아까 보니 몸놀림도 제법 빠르던데 왜 안 피했는지 모르겠다. 엄청나게 커다란 폭발음이 들렸다.

'어라……?'

그런데 멀쩡했다. 욱현이 감탄했다.

"이야~ 템빨이 좋긴 좋네."

세영의 '천절검'은 세영의 능력을 비약적으로 상승시켰다. 단순히 공격력만 놓고 보자면 현석과도 비슷할 정도이니 말 다했다.

물론 광역 공격을 제외하고, 단일 개체 공격에만 해당되는 사항이지만 말이다.

"근데 설마 더 상위 급 몬스터 공격까지 막아낼 수 있는 건가?"

붉은 싸이클롭스는 굉장히 강한 몬스터다.

현석에게는 쉽지만 다른 최상위 급 슬레이어들에게는 매우 어려운 개체. 더욱이 솔로잉 혹은 듀얼 슬레잉은 거의 불가능에 가깝다고 보면 됐다. 그러나 이젠 그것도 아닌 것 같았다.

현석은 고개를 끄덕였다.

'성자의 갑옷+7이… 진짜 잭팟은 잭팟인가 보네.'

그간 묵묵히 제 할 일을 다해왔던 연수다. 과거 군의 '제2시설'에서 탈출할 때도 연수가 없었으면 누군가 죽었을 뻔했다. 실드를 가진 현석과는 다르게 다른 이들은 현대 무기에 취약하니 말이다.

연수가 비약적으로 강해지자 오히려 현석은 뿌듯해졌다.

싸이클롭스의 몽둥이를 직격타로 맞았는 데도 H/P 손실이 없었다. 이는 정말 획기적인 것이었다. 막은 것도 아니고 그냥 맞았는데 말이다. 혹시 몰라 긴장하고 있던 평화는 반쯤 어이없다는 듯 한숨을 내쉬었다.

현석이 피식 웃었다. 농담조로 말했다.

"이제 종영 콤비가 아니고 연영 콤비로 이름 바꿔야 겠는데?"

연수의 방어 능력은 지금 입증됐다. 세영의 공격 능력 역시 마찬가지다. 저 둘이 팀을 짜면 싸이클롭스킹도 슬레잉이 가능할 것 같았다. 비로소 이 세계에 진정한 의미의 '템빨'이 나타나기 시작한 거다.

종원이 투덜거렸다.

"쳇. 나도 풀템으로 무장하고 싶은데. 현질을 할 수도 없고 원."

그때까지만 해도, 현질을 할 수 없는 줄 알았다.

*　　　　*　　　　*

던전을 클리어했으나 최초 보상은 뜨지 않았다.

누군가 먼저 던전을 깼다거나, 그도 아니면 '레드 스카이 도래 이후 최초 던전 클리어' 자체를 인정하지 않는 것일지도 몰랐다.

물론 블랙 나이트의 생존자들이 깼을 확률도 배제할 수는 없다. 어쨌든 던전은 클리어됐고 레드 돔 이후, 처음으로 몬스터스 톤이 보상으로 주어졌다.

종원이 감탄했다.

"이야~ 그니까 총 레드스톤이 100개나 나온 거네?"

사실상 최근 들어서는 '몬스터 스톤'의 필요성이 그렇게 크지는 않다. 필요한 건 아이템으로 다 드롭되고 전기도 필요 없다. 의약품과 같은 것―특히 비아그라와 같은 정력제―도 지금은 수요가 높지 않았다.

"뭐… 요즘은 별로 좋은 거 모르겠지만."

어쨌든 던전은 클리어됐다. 폴리네타 3인방은 아무것도 하지 않아서 레드스톤을 하나도 못 받았다. 그래도 레벨은 엄청나게 올랐다. 벌써 레벨 50이 다가온다. 레벨 30이 넘으면 레벨 업이 그렇게 힘들다더니 순 거짓말인 것 같았다.

욱현이 반쯤 장난 식으로 말했다.

"형씨들은 좋겠네. 원래 50까지 올리는데 일반 슬레이어들은 3년씩 걸리는데. 운 좋네요."

한편, 명훈은 울상을 지었다. 명훈과 현석은 따로 던전을 찾아가는 중이다. '절대 녹지 않는 용광로' 혹은 '강한 망치'를 얻기 위해서 말이다.

"왜 또 나야? 나 말고 우리 트랩퍼 한 명 더 구하면 안 될까? 나 좀 쉬자!"

명훈은 있는 엄살, 없는 엄살을 다 부렸다. 그렇지만 투덜대면서도 길은 잘 찾아줬다. 던전이 보였다. 현석은 그 던전을 파괴시켜 버렸다. 알림음이 들려왔다.

[상시 하더 던전을 파괴했습니다.]
[황당한 업적으로 인정됩니다.]

활이 주먹을 꼭 말아 쥐었다.

"이번에는 꼭 필요한 게 나타날 것이어요! 지금 활이의 촉이 말하고 있어요!"

활까지 그렇게 말하고 나니 뭔가 기대감이 또 생겼다. 활이 크게 불타올랐다.

[업적 룰렛이 활성화됩니다.]
[업적 보상을 판정합니다.]

그리고 보상이 주어졌다. 명훈이 만세를 외쳤다.
"드디어 이게 떴다!"

*　　　　*　　　　*

명훈이 만세를 외쳤다.
"절대 안 녹는 용광로다!"
절대 안 녹는 용광로가 나왔다. 현석도 기뻐했다. 활도 자기
일처럼 방방 뛰며 기뻐했다. 키가 작은 탓에 깡총깡총 뛰면서
현석에게 뽀뽀했다. 활의 머리 위에 불덩어리로 이루어진 하트
가 자꾸만 솟아났다.
명훈이 핀잔을 줬다.
"활이 너 엄청 이기적이네. 이런 기회를 틈타서 자신의 욕망
을 채우다니."
어쨌든 절대 안 녹는 용광로를 얻은 그들은 한달음에 인하 길
드 하우스까지 돌아왔다.
"욱현 형. 형의 헬파이어가 필요해요."
"간만에 밥값 좀 하겠네요."
욱현도 두 팔을 걷어붙이고 나섰다. 절대 안 녹는 용광로에

강화된 헬파이어를 사용했다. 그러자 '단단하기 그지없는 철'이 녹기 시작했다.

현석도 긴장했다.

'된다!!'

폴리네타 3인방의 '감정'으로 알아낸 사실에 따르면, 단단하기 그지없는 철을 녹인 액체에 부서진 강한 망치를 넣으면 수리가 된다고 했다. 현석은 그 매뉴얼을 따랐다. 시간이 조금 흘렀다. 기다리고 기다리던 알림음이 들려왔다.

[부서진 강한 망치가 강한 망치로 수리되었습니다.]

인벤토리에는 '강한 망치'가 생겼다.

'여기에… 반짝반짝 빛나는 보석을 넣어 강화하면 어떻게 되지?'

시도를 할까 말까를 고민했다. 특수한 광물과 함께 녹여서 사용한다고 했는데 '단단하기 그지없는 철'이면 특수한 광물에 포함되지 않을까 싶었다.

'하지만 만약에라도 아이템이 없어진다거나 하면?'

강한 망치를 수리하는데 시간이 정말 많이 들었다. 고생도 많이 했다. 어차피 강화는 나중에라도 할 수 있다. 단단하기 그지없는 철은 하나가 더 있다.

긴 고민 끝에 현석이 폴리네타 3인방에게 강한 망치를 보여줬다.

"혹시 폴리네타에서 이 아이템 강화가 가능할까요?"

특별한 재료 아이템 같은 거 없이도, 폴리네타 3인방은 강화가 가능했었다. 원래부터 아이템 강화 스토어를 운영하던 사람들이 아닌가. 3강까지는 아이템 손실의 위험도 없었다. 그렇다면 이들에게 맡겨 세 번가량 강화를 해도 될 것 같다는 판단이 들었다. 기껏 고쳐놨는데 또 부서지거나 하면 안 되니까.

"시도해 보겠습니다."

과거의 폴리네타가 아니다. 플래티넘 슬레이어로부터 쩔을 받으면 초보도 고수가 된다. 초고수까지는 아니어도 상급 고수 정도는 된다. 폴리네타는 다른 곳도 아니고 레드 돔 안에서 쩔을 받았다. 초고속으로 레벨 업을 했다.

그리고 폴리네타는 아이템 강화에 성공했다.

"무슨 특별한 아이템인가 봐요. 상당히 오래 걸리고 또 M/P 소모가 막심했어요."

현재 강한 망치는 강한 망치+3으로 업그레이드된 상태다. 자세한 설명은 나타나지 않았다.

〈강한 망치+3〉

─아주 딱딱한 망치. 뭐든지 때릴 수 있다. 내구력이 높아졌다.

현석은 폴리네타 3인방에게 이 '강한 망치+3'에 대한 감정도 의뢰했다. 강한 망치는 구하기 힘든 아이템이다. 구하기 힘들지만 필수적인 아이템이다. 지금 당장 억제 코어를 깨는데 사용할 수 있지만 최대한 많은 정보를 얻은 후에 행동하는 것이 유리했다. 또 예전처럼 억제 코어 한두 개를 깨고 부서지면 여태까지의 노력이 허사가 되는 셈이니까.

약 2시간의 시간이 흘렀다. 강한 망치에 대한 감정이 끝났다.

〈강한 망치+3〉

―아주 딱딱한 망치. 뭐든지 때릴 수 있다. 내구력이 높아졌다. 합성이 가능한 아이템이다.

―합성 조건: 합성 스킬.

―합성 재료: 내구력이 뛰어난 모든 아이템.

현석이 물었다.

"합성이 뭐죠? 아이템끼리 합치는 건가요?"

중식도 합성이란 건 처음 듣는다. 잠시간 생각에 빠져들었던 중식이 조심스레 의견을 냈다.

"아마… 그럴 것 같습니다. 저희도 아직 정확하게는 모릅니다만……."

중식의 가정은 그럴 듯했다.

"카드 게임 같은 것을 하다 보면, 한 카드를 집중적으로 육성하기 위해 다른 카드를 분쇄하여 합성시키는 경우가 있거든요."

"일반적인 강화와는 다른 개념입니까?"

"모르겠습니다. 일단 일반 강화는 저희가 저희의 스킬과 M/P를 사용해서 하는 것이거든요. 그런데 합성 강화 같은 경우는 기본적으로 제물 아이템이 필요한 것 같네요."

막내인 민호도 의견을 냈다.

"카드 게임을 하다 보면 그런 게 있거든요. 일반적인 강화를

하면 카드의 능력치가 높아지고, 또 특수한 강화를 하면 등급이
높아지는… 그런 거요."

게임을 별로 해본 적이 없는 현석이지만 무슨 말인지는 이해
했다.

"이를테면 일반 강화는 수련으로 강해지는 거고, 합성 강화는
새로운 육체로 다시 태어나는 거네요?"

"그런 느낌이죠."

하지만 아직 '합성'이라는 스킬은 아무도 갖고 있지 못했다.
아무래도 레벨 업이나 스킬 업을 더 많이 해야 얻을 수 있지 않
을까 싶었다.

현석이 말했다.

"아직 초고속으로 강해질 수 있는 시간이 조금 남아 있기는
하니까… 상시 하더 던전에 함께 들어가죠."

또다시 쩔을 시작했다.

*　　　　　*　　　　　*

하더 던전은 레드 스카이가 도래하기 전부터 존재했던 던전이
다. 약간 특이한 경우였기는 했지만 균형자의 왕성이 하더 던전
급에 속했다. 그런데 이번에 명훈이 안내한 던전은 하더 던전이
아닌 하디스트 던전이었다.

폴리네타의 막내 민호는 실성한 듯 중얼거렸다.

"누, 눈앞에서 화살이 마구… 마구 날아다녔어……."

그들은 하디스트 던전을 클리어했다.

현석은 업적이 적용되지 않았지만 폴리네타 3인방과 연수는
달랐다.

[결코 불가능한 업적—S로 인정됩니다.]

쩔을 받던 슬레이어들이 그토록 원하던, 플래티넘 슬레이어를
그토록 쫓아다니면 유리한 조건을 내걸었던 이유가 바로 이 '업
적'이었다. 폴리네타 3인방은 그 업적 중에서도 거의 최고로 친
다는 '결코 불가능한 업적'을 일궈냈다. 기쁘긴 기쁜데 너무 무서
웠다. 수명이 한 10년은 줄어드는 것 같다.

"3번만 더 깨겠습니다."

그리고 10번을 깼을 때, 폴리네타 3인방은 제법 자신감이 생
겼다. 이 던전은 '상시 던전'이었다. 클리어하고 나와도 사라지지
않는 던전. 그렇기에 레벨 업하기도 좋았다. 몬스터들이 뭉쳐 있
는 구간이 많아서 현석이 단숨에 쓸어버리곤 했던 거다.

"3번 아니고 30번도 괜찮습니다!"

게임을 하다 보면 '폭업이 가능한 구간' 혹은 '폭업이 가능한
사냥터'가 있다. 폴리네타 3인방에게 있어서 이 상시 하디스트
던전이 바로 '폭업이 가능한 사냥터'였다.

레벨이 빠르게 오르고, 보너스 스탯도 100단위로 들어왔다.

시간이 좀 더 흘렀다.

중식이 소리쳤다.

"현석 씨!"

"예?"

중식은 활짝 웃었다. 중식뿐만 아니라 둘째인 영수, 셋째인 민호도 만세를 불렀다.

"합성 시스템이 활성화됐습니다!"

"예상이 맞았어요. 합성 시스템, 합성 스킬. 모두 존재하는 겁니다!"

활은 자기가 칭찬받은 것도 아닌데 괜히 어깨를 쭉 폈다. 굉장히 거만해졌다. 크기가 무려 3미터가 됐다.

"이게 다 우리 주인님의 선견지명이죠! 그렇죠, 주인님?"

명훈이 투덜거렸다.

"아이템 설명 덕분이지. 선견지명은 개뿔."

그들은 인하 길드 하우스로 돌아왔다.

폴리네타 3인방은 이제 '합성 강화'도 가능하게 되었지만 모든 아이템에 다 합성을 할 수 있는 건 아니었다. 감정을 해보면 합성이 가능한 아이템과 합성이 불가능한 아이템이 구별이 됐다.

일단 '강한 망치' 같은 경우는 합성이 가능한 아이템이었다.

인하 길드원 전원이 모인 자리에서 중식이 말했다.

"일단 저희의 능력 한도 내에서는… 강한 망치 합성 강화에 사용할 수 있는 아이템의 숫자는 총 7개입니다."

둘째인 영수가 설명을 덧붙였다.

"내구력이 뛰어난 아이템이 필요할 것 같습니다."

이번에는 현석이 말했다.

"평화야, 우리가 관리하고 있는 아이템들 중에 내구력이 뛰어나면서 안 쓰는 아이템, 혹시 있어?"

　　　　　*　　　　　*　　　　　*

　현석은 내구력이 아주 뛰어난 아이템들을 떠올렸다. 명훈이 여러 번 바닥에 패대기쳤던 아이템이다.

　1년간 10만회의 설거지를 보장, 그것도 무려 10년 동안이나 보장하는, 내구력만 치면 으뜸인 아이템. 심지어 그 아이템 중 하나는 희귀하기까지 했다.

　현석이 말했다.

　"고무장갑들은 재료 아이템으로 어때요?"

　중식이 박수를 한 번 쳤다.

　"아! 고무장갑!"

　고무장갑들을 재료 아이템으로 써보기로 했다. 어차피 있어봐야 설거지를 할 때 외엔 딱히 필요도 없다. 따지고 보면, 고무장갑치고 내구력이 지나치게 높은 아이템이다.

　재료 아이템은 초록색 고무장갑 1개와 빨간색 고무장갑 5개였다. 마음 같아선 단단하기 그지없는 철도 사용하고 싶었지만 그건 보류하기로 했다. 혹시라도 강한 망치가 망가지면 다시 수리해야 하기 때문이다.

　중식이 심호흡을 해봤다. 합성 시스템은 이번에 처음 경험해보는 거다. 애초에 플래티넘 슬레이어의 쩔이 없었다면 이런 게 있는지도 모르고 아마 몇 년은 더 보냈을 거다.

　"그럼 시작하겠습니다."

　알림음이 들려왔다.

[스킬. 합성을 사용합니다.]
[강화 아이템을 선정하여 주십시오.]

'강한 망치+3'을 선정하였다.

[재료 아이템을 선정하여 주십시오.]
[재료 아이템은 강화가 끝난 뒤 소모됩니다.]

재료 아이템은 아까 생각한대로 초록색 고무장갑 1개와 빨간색 고무장갑 5개를 선택했다.

[재료 아이템의 등급을 산정합니다.]
[레어 등급 아이템을 확인했습니다.]
[합성 시 재료 아이템은 사라지게 됩니다. 정말로 합성을 하시겠습니까? Y/N]

아무래도 초록 고무장갑은 레어 등급으로 판정받은 모양이다. 놀랍지도 않다. 애초에 설명 자체에 '색깔이 초록색이라 희귀하다'라고 써져 있었으니까. 별로 쓸데없이 희귀한 거긴 하지만 등급 자체는 레어로 취급 받는 모양이었다.

[Abnormal 등급 아이템 6개를 확인합니다.]
[합성 시 재료 아이템은 사라지게 됩니다. 정말로 합성을 하시겠습니까? Y/N]

중식은 생각했다.

'아무래도… 황당한 업적을 통해 나온 아이템의 등급은 상당히 높은 등급인 것 같아.'

혼자서 고개를 끄덕였다.

'그럴 수밖에 없지. 애초에 던전을 아예 부숴 버리고 나온 아이템이니까. 아무나 할 수 없는 거고, 효용성을 떠나서 등급 자체는 높을 수밖에 없어.'

[강화 아이템: 강한 망치+3.]
[재료 아이템: 초록 고무장갑×1, 빨간 고무장갑×5.]
[합성을 시작합니다.]

중식의 두 손이 번쩍거리기 시작했다. 그와 동시에 재료 아이템으로 선정한 아이템들에서 빛이 새어 나왔다. 한 갈래, 두 갈래, 세 갈래, 네 갈래. 이윽고 수십 갈래의 빛이 아이템으로부터 뿜어져 나왔다가 이내 먼지처럼 사라져 갔다.

[합성에 성공했습니다.]

현석이 물었다.

"합성은 어떻게 됐죠?"

강한 망치가 변했다. 중식이 고개를 갸웃했다.

"아이템이… 변했네요."

현석은 그 아이템을 받아 들었다. 민서가 두 눈을 빠르게 깜빡이며 물었다.

"오빠, 어떻게 됐어?"

현석이 아이템을 확인해 봤다. 현석의 눈에 설명이 보였다.

〈보장형 강한 망치+3〉

—아주 딱딱한 망치. 뭐든지 때릴 수 있다.

그런데 설명이 약간 이상했다. 강한 망치는 하얀색으로 표시되는데 '보장형'이란 글씨는 노란색으로 표시됐다.

"아무래도 감정을 더 해봐야겠네요."

＊ ＊ ＊

폴리네타 3인방이 돌아가면서 감정을 사용했다. 아무래도 합성 스킬을 사용하여 아이템을 강화시키면 재료 아이템의 특성이 일부만 나타나게 되는 것 같았다.

〈보장형 강한 망치+3〉

—아주 딱딱한 망치. 뭐든지 때릴 수 있다. 보장된 기간 내 보장된 횟수만큼의 사용을 보장한다.

　—보장 횟수: 100회.

　—보장 기간: 1년.

중식이 말했다.

"1년 내에 100회까지는 보장이 되는 것 같네요."

보장형 강한 망치는 기존의 강한 망치보다 크기도 더 커졌다. 현석은 잠시 생각에 빠졌다.

'100회까지 보장이라……'

억제 코어 하나를 깨는데 망치질을 20번 정도는 한 것 같았다.

'정말 있는 힘껏 정확하게 때린다고 하면… 15번 정도에 하나를 깰 수 있을 것 같은데……'

그렇게 계산하면 대략 6개 정도의 억제 코어를 깰 수 있다. 활이 예전에 말해준 바에 의하면, 억제 코어가 9개쯤 될 거라고 했다. 현재 부순 억제 코어는 2개.

평화가 말했다.

"오빠, 강한 망치 쓰려면 솔로잉 필드에 진입해야 하는 거죠?"

그 말이 맞았다. 현석의 페널티가 모두 풀리게 되는 건 오로지 솔로잉 필드 내에서다. 지금은 아이템 사용도 불가능했다.

'하지만… 싸이클롭스 다음은 균형자 혹은 키클롭스일 확률이 높은데.'

과거의 상황과 비춰보면 균형자는 그 당시의 최강자들보다 훨씬 더 강했었다. 일반 단원급이 그랬고 왕급은 정말 강했었다.

솔로잉 필드를 펼친 상태로 느긋하게 억제 코어를 깰 수 있을지 잘 모르겠다는 생각도 들었다.

'특히 키클롭스의 붉은 광선은… 방어력을 무시하는 특성을 가졌잖아.'

키클롭스의 일반 능력치 자체는 그렇게 크게 두렵지 않았으나 특수 스킬인 붉은 광선이 마음에 걸렸다. 그리고 솔로잉 필드가 펼쳐지는 건 일반 키클롭스도 아니고 키클롭스킹을 잡을 때 펼쳐질 거다.

하다못해 오크킹만 해도, 갑옷을 입은 오크들을 소환했었다. 키클롭스킹에게는 어떤 특수 스킬이 있을지 모른다.

'뭐… 일단은 조금 기다려 봐야 하나.'

*   *   *

인간은 익숙한 것에서 벗어나는 것에 대한 막연한 두려움을 가지는 경우가 많다.

사회가 변화하게 되는 것도 마찬가지다. 특히나 기득권 사람들의 경우는, 그 기득권에 영향을 끼칠 수 있는 변화를 달가워하지 않는다. 당연한 얘기다.

수호지 길드의 길드장 김장훈이 유니온장 박성형을 찾았다.

"유니온장님. 굳이 레드 돔을 깰 필요 있겠습니까?"

"무슨 뜻이죠?"

"레드 돔을 깨지 않아도 일상생활에는 문제가 없습니다."

문제가 없는 정도가 아니고 오히려 더 좋아졌다. 이젠 힘 있는 사람이 왕이다. 김장훈은 상위 급 슬레이어이며 상당히 힘이 있는 축에 속했다.

"그거야 김장훈 씨 얘기죠. 수많은 사람이 아직도 고통받고 있습니다."

"알고 있습니다. 그런데 제 말씀을 한 번 들어봐 주세요."

김장훈이 주장을 폈다. 강한 몬스터를 잡으면 잡을수록, 이후에 또 강한 몬스터가 나타나게 된다.

그럴 바에야 아예 강한 몬스터를 잡지 말고 그냥 현상 유지를 하는 게 어떻겠냐는 주장이었다.

현상 유지를 한다면 적어도 더 강한 몬스터는 나타나지 않을 거라는 것이 김장훈의 논리였다.

"…그리고 사실 다들 알면서도 쉬쉬하고 있는 건데……."

김장훈은 어렵게 말을 이었다.

"플래티넘 슬레이어가 강하기 때문에 한국에 강한 몬스터가 나타나는 것 아닐까요?"

"……."

다들 그럴지도 모른다고 생각은 한다. 그러나 그걸 입 밖으로 내는 사람은 없었다.

만약 그게 아니라고 한다면, 만에 하나라도 그게 아니었다는 것이 밝혀지기라도 한다면 후폭풍을 감당할 수 없기 때문이다. 감히 세계의 영웅을 모함한 게 되니까.

성형은 잠시 눈을 감고 생각하다가 말했다.

"오히려 그 반대의 경우일 수도 있지 않습니까?"

"반대의 경우요?"

"한국 지역에 나타나는 몬스터가 지나치게 강하기 때문에, 플래티넘 슬레이어가 한국에서 나타났다. 이런 생각도 충분히 해 볼 수 있을 것 같은데요."

어차피 정답은 정해져 있지 않았다. 이 시스템 자체가 미스터리다. 어떻게 증명할 방법도 없다. 김장훈은 꿀 먹은 벙어리가 됐다. 머리를 굴리던 김장훈이 다시 말했다.

"어쨌든… 굳이 레드 돔을 깰 필요는 없다고 봅니다. 아니, 사실 깨면 좋기는 좋죠. 그러나 플래티넘 슬레이어께서 저희의 성장 발판을 모두 없애버리는 건 좋지 않다고 봅니다."

또 그 주장이군. 성형은 속으로 한숨을 내쉬었다. 김장훈이 이런저런 말을 하기는 했지만, 결국 하고 싶은 말은 저거다. 모든 물건이 아이템으로 드롭되는 시대가 됐다.

던전을 깨면 어마어마한 보상이 따를 거라는 건 쉽게 유추가 가능했다.

던전을 클리어하고 싶은데 플래티넘 슬레이어가 던전을 모두 부숴 버리니 불만이 생길 수밖에 없는 거다.

성형이 말했다.

"김장훈 씨의 논리를 빌리자면 던전을 클리어하면 더 강한 던전이 생길 텐데요? 논리가 안 맞지 않습니까?"

"…던전은 던전 그 자체로는 위험하지 않지 않습니까?"

"그걸 어떻게 확신하죠? 유럽 쪽에서는 던전을 오랫동안 방치했다가 던전 안에서 몬스터가 튀어나왔던 사례도 있었던 걸로 기억하는데요."

"……"

성형은 김장훈을 빤히 쳐다보다가 다리를 꼬았다. 무언가를 곰곰이 생각했다.

"김장훈 씨 같은 생각을 가진 슬레이어분들이 많습니까?"

김장훈은 기다렸다는 듯 명부를 내밀었다.

상위 급 슬레이어들로부터 미리 서명을 받아왔다. 자신의 주장을 뒷받침하려는 용도다.

이렇게나 많은 슬레이어가 뜻을 함께 하고 있으니 유니온장께서도 재고해 달라. 이 정도 의미가 되겠다. 성형은 그 장부를 받아 들었다.

장부 내에는 상위 급 슬레이어 수십 명의 이름과 서명이 들어가 있었다.

"직접 사인을 받으신 겁니까?"

"당연하죠. 시간이 더 있었다면 더 많은 슬레이어의 이름이 거기 들어가 있었을 겁니다."

김장훈은 속으로 쾌재를 불렀다. 박성형이 자신의 주장을 받아들이려는 것처럼 보였다.

슬레이어들의 이름과 서명을 미리 준비한 것이 꽤 유효적절한 것 같았다. 박성형은 이름들을 쭉 살펴보다가 툭 내뱉었다.

"그냥 당신은 당신의 권리를 빼앗겼다고 징징대러 온 거 아닌가?"

"…예?"

김장훈은 순간 자신의 귀를 의심했다. 한국 유니온장 박성형은 예의가 바르다고 알려져 있다.

김장훈도 여태까지 그렇게 생각했다. 그런데 갑자기 반말이다.

"온갖 허울 좋은 핑계로 개소리를 하고는 있는데, 던전은 먹고 싶고, 레드 돔은 안 깨졌으면 좋겠고, 기득권은 유지하고 싶고, 그런 거잖아. 그러면 그렇다고 그냥 직설적으로 지껄여. 어렵게 빙빙 돌아가지 말고."

"…유니온장님. 지금 말씀이 너무 지나치신 것 아닙니까?"

성형이 피식 웃었다. 그리고 작게 말했다.

"죽여."

그리고 아무도 모르는 사이 유니온실에서 피바람이 불었다.

CHAPTER 5

명훈으로부터 전화가 왔다.

―길장, 몬스터 떴다.

일반적인 몬스터가 나타났다면 전화했을 리가 없다.

"몬스터?"

예상이 맞다면 키클롭스 아니면 균형자일 거다. 현석이 다시
물었다.

"뭐가 나타난 거냐?"

―키클롭스.

연락을 받은 현석은 곧장 경상북도 문경으로 향했다. 홍세영
과 김연수가 함께 가고 싶다고 강력히 주장하여 같이 왔다. 다
른 이들이라면 몰라도, 이른바 '템빨'로 무장한 홍세영과 김연수
는 엄청난 도움이 될 수 있을 거다.

연수가 말했다.

"붉은 키클롭스는 얼마나 강할까?"

"글쎄. 싸이클롭스보다는 강하겠지."

강하긴 했다. 문제는 상대가 현석이었다는 것. 공포의 몬스터 키클롭스, 아니, 키클롭스 무리는 현석에게 너무나 쉽게 도륙당했다. 물론 어디까지나 현석의 입장에서 그랬다는 거지만.

＊　　　　＊　　　　＊

며칠이 지났다. 수호지 길드의 길드장 김장훈을 비롯하여 상위 급 슬레이어 수십 명이 죽어버린 사건이 발생했다. 근래에 일어난 사건들 중 가장 큰 사건이었다. 알려지기로는 키클롭스킹에 도전했다가 죽었다고 알려졌다.

현석이 말했다.

"근래에 이렇게 많은 숫자의 상위 급 슬레이어가 비슷한 시기에 죽은 건… 정말 오랜만이네요."

"왜 그렇게 무리해서 키클롭스킹에게 도전했는지 모르겠어. 보고도 안 하고."

"그러게요. 안타깝네요. 그만한 상위 급 슬레이어들이 나타나려면 시간이 꽤 걸릴 텐데. 한국 유니온으로서도 꽤 큰 손실 아니에요?"

"그렇지."

성형이 의자에 앉았다.

"키클롭스킹은 네가 잡을 거야?"

"그래야겠죠?"

"아무리 너라도 조심해야 할 수도 있어."

민서는 생각했다.

'오빠는… 조심 안 해도 될 것 같은데.'

종원도 생각했다.

'조심 안 해도 될 듯…?'

나머지 인하 길드원들도 비슷하게 생각했다.

그들은 키클롭스킹이 발견된 장소로 이동했다. 키클롭스킹은 붉은 키클롭스보다 더 컸다. 그리고 더 근육질이었다.

붉은 피부 위로 솟아 올라난 붉은색 핏줄이 굉장히 도드라져 보였다. 그리고 키클롭스킹의 눈동자 역시 특이했다. 일반 키클롭스의 눈동자는 검은색인데 반해, 키클롭스킹의 눈동자는 붉은색이었다.

현석이 공격을 시작했다.

콰과광!

거대한 폭발음이 터져 나오기 시작했다.

슬레잉 장소와 한껏 멀어진 명훈이 엄살을 부렸다.

"연수 형아, 나 좀 잘 지켜줘."

"알았어."

명훈 입장에선 엄살이라고만 할 수는 없다. 실수로라도 붉은 광선이 스치기라도 하면 진짜로 죽을 수도 있다. 물론 2㎞ 이상 거리가 떨어져 있기는 하지만 안심할 수만은 없었다. 검귀가 날렸던 그런 공격이 또 날아오지 말란 법은 없지 않은가.

키클롭스의 실드 게이지가 깎여 나가고 H/P가 떨어져 내렸다. 키클롭스가 괴성을 내지르며 자신의 가슴을 마구 두드렸다. 마치 영화 속 킹콩처럼 말이다.

명훈이 침을 꿀꺽 삼켰다.

"쟤, 쟤 뭐 할라고 그러냐?"

연수도 뭔가 이상함을 느꼈다. 뭔지는 잘 모르겠지만 불길했다. 혹시 몰라 성자의 가호를 사용하고 2차로 디펜시브 필드를 펼쳤다.

그리고 붉은 키클롭스킹이 뭔가를 사용했다.

*   *   *

현석은 순간 인상을 찡그렸다. 붉은 키클롭스의 붉은색 눈동자가 키클롭스의 눈두덩이에서 빠져나왔기 때문이다. 끈적할 것이라 짐작되는 점성의 노란 액체가 꾸물꾸물 흘러나왔다. 붉은색 눈동자가 완전히 밖으로 빠져나오자 키클롭스의 몸은 머리를 잃은 몸뚱이처럼 비틀거리다가 쿵! 소리를 내며 쓰러졌다.

'저게 뭐야?'

키클롭스킹의 눈동자가 하늘로 두둥실 떠올랐다. 눈동자가 조금씩 부풀어 오르기 시작했다. 그리고 연수가 성자의 방패를 들어 올렸다.

현석 역시 몸을 빠르게 움직였다.

'뭐 저런 무식한 공격이 다 있어?'

붉은 눈동자는 사방팔방으로 붉은 광선을 쏘아대기 시작했다. 영화 속 플라즈마 광자포나 레이저빔 같은 광선이 쉴 새 없이 쏟아져 나왔다. 얼핏 봐도 수백 다발은 되어 보였다. 쏟아지는 속도 역시 상상을 초월했다. 관통력 역시 대단했다.

너비는 그렇게 넓지 않았지만 깊이가 꽤나 깊어 보이는 구멍이 주위에 뻥뻥 뚫리기 시작했다.

'움직여야겠어.'

저 정도 관통력이면 지하 대피소에 숨어 있는 사람들까지도 죽일 확률이 매우 컸다.

이명훈은 쪼그리고 앉아 손으로 머리를 감싸 쥐었다.

"으아아아아아! 명훈이 살려!"

무차별적으로 난사하는 저 붉은 광선은 사거리가 최소 2㎞는 넘는 것 같았다. 주위를 완전히 벌집처럼 초토화시켜 버리고 있었다.

연수는 이를 악물고 그 공격을 버텨냈다.

'광선의 입사각을 조금만 비틀면 대미지가 확연히 줄어든다!'

저 붉은 광선을 수직으로 얻어맞으면 상당한 충격이 들어왔다. 그러나 슬쩍 빗겨 맞으면 대미지가 굉장히 많이 감소되었다.

현석은 약간의 피해는 감수하기로 했다. 워낙에 무차별 난사다. 레이저빔으로 폭격을 하는 모양새였고 저 눈동자에 가까이 다가가려면 어쩔 수 없이 한두 발 정도는 맞아야 할 것 같았다.

현석이 붉은 눈동자에 빠르게 접근했다. 붉은 눈동자가 붉은 광선을 더욱 격렬하게 쏟아냈다.

[키클롭스킹의 붉은 광선에 적중되었습니다.]
[방어력을 무시합니다.]

[특수 스킬. 관통이 적용됩니다.]

순식간에 알림음이 이어졌다.

[대체 불가능한+1 신체를 확인합니다.]
[특수 스킬. 관통에 저항합니다.]
[저항 성공률 99퍼센트.]

수십 미터 깊이의 구멍을 만들어내는 저 붉은 광선도 현석의 신체를 뚫지는 못했다.

콰과광! 다시금 거대한 폭발음이 들려왔다.

꽈지직!

무언가 얇은 막을 터뜨리는 것 같은 느낌이 들었다. 그 막을 뚫고 들어가니 물컹한 느낌이 났다. 현석의 팔을 따라 누런색 액체가 질질 흘러나왔다.

'물리 모드 비활성화 상태인데.'

저번에 검귀와 상대할 때와 비슷했다. 물리 모드를 설정하지 않았는데도 물리력이 발생했다. 그러나 그것에 그렇게 신경 쓸 겨를은 없었다.

'죽이면 안 돼.'

트롤킹 때의 실수가 떠올랐다. 그땐 실수로 너무 빨리 죽였다. 아직 솔로잉 필드가 펼쳐지지도 않았다.

솔로잉 필드가 있어야 강한 망치를 사용할 수 있다.

'어느 정도의 힘을 줘야 안 죽지?'

　　　　*　　　　　*　　　　　*

　미국 유니온장 에디에게 새로운 보고가 올라왔다.

　"유럽 쪽 레드 돔이 깨졌답니다."

　예상하고 있던 일이다. 중요한 건 단순히 깨졌다는 사실이 아
니었다.

　"우리가 우려했던 상황은?"

　"파악 중입니다. 현재 파악하기로는 유럽 쪽은 벌써 20년이 흘
렀다고 합니다."

　레드 돔 안에서의 시간은 제각각이다. 미국은 10년이었다. 그
런데 유럽은 20년이란다. 시간이야 그렇게 중요한 게 아니다.

　가장 문제는, 예전 유럽 쪽에서 나타났던 일종의 블랙 나이트
들이었다. 블랙 나이트보다 더 악질적인 놈들. 통칭 앱서버라고
부르는 그놈들 말이다. 그놈들이 만약 힘을 키워 성장했다면 굉
장히 골치 아픈 일이 생길 거다.

　"1차 파악한 바에 의하면 정령사 계열이 득세했다고 합니다."

　"정령사들이 강해져서 앱서버를 처리했다는 가정이 가장 이상
적이긴 한데."

　"그리고 몬스터스톤과는 다른 또 다른 스톤이 드롭되고 있다
는 사실이 밝혀졌습니다."

　유럽은 조금 특별한 구역이었다. 몬스터의 난이도는 낮은 대
신 특이한 몬스터가 많이 발견됐었다. 그 특성을 고스란히 이어
받아 유럽 슬레이어들이 특수한 클래스—정령사, 앱서버 등—를

가지게 되었다는 것이 거의 기정사실처럼 받아들여지고 있는 상황이다.

"또 다른 스톤?"

"정령석이라고 합니다."

"그건 예전부터 드롭되었잖아. 예전에 플래티넘 슬레이어가 그거 얻겠다고 던전을 돌아다니던 기억이 있는데."

"특수한 성질을 띤 정령석이 몇 가지 더 발견되었습니다."

"그렇군."

에디는 잠시 고민했다. 유럽의 레드 돔이 깨진 것이 미국에 도움이 될지, 아닐지를 판단해야만 했다.

"한국 쪽은?"

"아직 변화 없습니다."

그리고 한국도 신경 써야 했다. 한국은 가장 강한 몬스터가 가장 빨리 나타나는 지역이다. 그렇다는 말은, 그곳을 깨고 나오는 슬레이어들은 전 세계에서 가장 강할 가능성이 높다는 것이었다.

만약 그 슬레이어들이 나쁜 마음을 품는다면 누구도 막을 수 없을 수도 있었다. 머리가 복잡해졌다. 자리가 자리이니만큼, 최악의 상황을 항상 염두에 둬야 했다.

"계속해서 주시하고 특별한 사항이 있으면 바로바로 보고하도록 해."

*　　　　*　　　　*

현석은 윈드 커터를 사용해 눈동자를 공격하고 오른 손바닥으로 키클롭스의 몽둥이 공격을 막아냈다.

손바닥이 찌릿찌릿했다. 물리 모드가 적용되고 있다는 뜻이다. 단순히 H/P 감소가 아닌 고통—사실 고통이라고 보기엔 미미한 정도지만—이 느껴지고 있으니까.

눈동자에선 누런색 액체가 계속해서 뚝뚝 흘러내렸고 그때마다 작아진 키클롭스의 몸체는 빠르게 덮쳐왔다.

'내가 마법사용을 하지 못하도록 끈덕지게 들러붙고 있어.'

그와 동시에 눈동자가 자꾸만 붉은 광선을 쏘아댔다.

눈동자가 쏘아낸 붉은 광선은 키클롭스 본체에는 영향을 주지 않는 것 같았다. 마치 슬레이어들이 파티를 이루면 파티원들끼리의 공격은 성립되지 않는 것처럼 말이다.

'일단은 몸부터 처리하는 게 좋겠어.'

현석은 본체—눈동자를 잃은 몸—를 향해 윈드 커터를 사용했다. 회오리는 참았다. 파괴력이 너무 강한 마법을 썼다가 키클롭스킹이 죽기라도 하면 큰일이었다. 적어도 솔로잉 필드는 펼쳐져야 할 것 아닌가.

그런데 문제는 따로 있었다.

'공격이… 안 먹혀?'

머리가 조금 복잡해졌다. 저쪽의 공격을 막는 건 가능한데, 이쪽의 공격이 안 먹힌다. 상식적으로 또 과학적으로 말이 안 되지만 그런 일이 벌어졌다. 예전에도 이것과 비슷한 형태의 몬스터가 있었다. 적어도 '성질'에 있어서는 그랬다.

'마치… 블리자드 때와 같아.'

일반 슬레이어들은 블리자드를 공격할 수 없었다. 그러나 블리자드는 일반 슬레이어들을 공격할 수 있었다.

현석은 상황을 빠르게 파악했다. 말로는 길어도 생각한 시간을 정리한 시간은 불과 2초 남짓.

현석은 몸뚱이 공격을 빠르게 포기했다.

'약간의 피해를 감수하고서라도 눈동자부터 친다.'

눈동자는 공격이 가능했다. 그런데 공격력과 연사 속도는 뛰어난데 방어력이 형편없다. 아까 일단 한 번 부딪쳐 봤으니 힘 조절만 잘하면 될 거다.

눈동자에서 붉은 광선이 쏘아졌다. 현석은 지그재그로 달렸다. 일반인이 보기엔 오른쪽과 왼쪽에서 잠깐잠깐 모습을 드러내는 것만 보일 정도의 빠르기였다.

눈동자 공격에 성공했다. 주먹으로 한 대 때림과 동시에 윈드 커터를 사용했다. 연타를 먹이느라 시간을 아주 조금 끌었는데, 그때를 놓치지 않고 키클롭스의 본체가 몽둥이를 내려쳤다.

콰과광!

현석이 몽둥이를 슬쩍 빗겨서 막았다. 다시금 팔이 저려왔다.

'크리티컬 샷으로 맞으면 좀 아프겠어. 물리 모드도 강제 활성화된 마당에.'

일반 슬레이어들은 아픈 정도가 아니라 즉사다. 현석의 생각을 일반 슬레이어들이 안다면 아마 놀라 까무러칠 거다.

팔이 저릿저릿할 정도의 피해는 있었지만 공격은 성공적이었다. 멀리서 지켜보던 명훈이 주먹을 꽉 쥐었다.

"이제야… 솔로잉 필드가 펼쳐지네. 키클롭스킹 진짜 독하다."

알림음이 들려왔다.

['보스 몬스터—키클롭스킹' 솔로잉 조건이 충족되었습니다.]
['보스 몬스터—키클롭스킹' 솔로잉을 선택하시겠습니까? Y/N]
[솔로잉 필드가 개방됩니다.]

익숙한 알림음들이 이어졌다.

레드 돔의 특수성에 능력치에 제한을 받는다는 알림음과 동시에 앱솔루트 필드와 대체 불가능한 신체, 칭호가 레드 돔의 특수성에 저항한다는 알림음까지 들려왔다.

그리고 언제나 그랬듯 슬레이어의 명성을 확인한다는 알림음이 이어졌고 명성을 적용시켰다. 기다리던 알림음이 들려왔다.

[본 솔로잉 필드에 한해, 모든 페널티가 취소됩니다.]
[본 솔로잉 필드에 한해, 슬레이어의 모든 능력치 전체 개방이 허용됩니다.]

현석이 강한 망치를 꺼내 들었다. 키클롭스에 대한 주의도 놓지 않았다. 키클롭스킹의 공격은 상당히 거슬린다. 생명이 위험할 것 같지는 않지만 맞기는 싫다. 모기한테 물리는 것도 싫어하는 게 사람이다. 하물며 모기도 아니고 무려 키클롭스킹의 공격을 대놓고 맞아줄 수는 없는 노릇이다.

키클롭스킹의 눈동자에 난 상처들이 아물기 시작했다. 그리고 몸뚱이가 조금 더 작아졌다. 일반 키클롭스와 크기가 비슷

해졌다. 덩치와 파워를 버린 대신 속도를 택한 진화형인 것 같았
다.

현석은 강한 망치를 사용해 억제 코어를 부수기 시작했다. 1년
내에 100회의 횟수를 보장한다. 다른 말은 없었다. 그렇다는 말
은 어떤 힘으로 내리치든 100회를 보장한다는 소리가 아니겠는
가. 현석은 정말 온 힘을 다해 억제 코어를 내려치기 시작했다.

꽝! 꽝! 꽝!

망치질 소리가 계속해서 이어졌고, 트롤킹의 억제 코어에 금
이 가기 시작했다.

'됐다!'

억제 코어가 부서졌다. 웨어울프킹, Possesion Ghost킹. 싸이
클롭스킹의 억제 코어도 부숴 버렸다.

'이거… 생각보다 힘이 엄청 많이 드네.'

붉은 광선을 쏴대는 저 키클롭스도 상당히 거슬리는데 더 상
위 급 억제 코어로 갈수록 내구력이 만만치 않았다. 싸이클롭스
킹의 억제 코어를 부수는 데에는 무려 40번의 망치질이 필요했
다.

눈동자가 부르르 떨렸다. 아무래도 상당히 분노한 것 같았다.
눈앞의 미꾸라지 같은 인간 하나가 자꾸만 요리조리 피하면서
딴 짓을 하고 있으니 분노할 만도 했다.

명훈이 눈을 크게 떴다.

"도대체 뭐지?"

찝찝한 기분이 들었다. 이글 아이를 더욱 활성화시켰다.

M/P 소모 속도는 더 빨라졌지만 상황이 더 구체적으로 보였다.

"서, 설마!"

키클롭스의 눈동자가 점점 더 커졌다. 안 그래도 붉었던 눈동자인데 더더욱 붉어졌다. 눈동자에 힘줄 같은 핏줄이 마구 튀어나오기 시작했다. 계속해서 부풀어 올랐다.

"설마… 자폭……?"

어느새 그 크기가 2배에 달했다. 눈동자가 부풀어 오르기 시작하자 키클롭스의 본체는 땅에 풀썩 쓰러졌다. 마치 조종하는 주인을 잃은 연극용 인형처럼 말이다.

"이거… 진짜 뭔가 불안한데……."

눈동자 안에서 뭔가가 부글부글 끓어오르는 것이 보였다. 현석의 눈에도 저게 보일지 모르겠지만, 이글 아이로 살펴본 눈동자는 분명히 그랬다. 눈동자 속에서 꼭 용암이 펄펄 끓고 있는 것처럼 보였다.

"제, 젠장! 연수야! 그거 써!"

당황해서 '그거'라고 말했지만 연수는 정확하게 알아듣고 디펜시브 필드를 다시금 펼쳤다. 성자의 가호는 아직 유효 시간이 남아 있는 상태. 그리고 공격에 대비했다.

그리고 여지껏 단 한 번도 보지 못했던 대폭발이 일어났다.

＊　　　　＊　　　　＊

그야말로 대폭발이 일어났다. 키클롭스킹의 특수 스킬은 아무래도 자폭인 것 같았다. 그 위력은 실로 어마어마했다. 2km나 떨어져 있음에도 불구하고 연수의 H/P가 반 넘게 떨어져 내렸다.

명훈은 침을 꿀꺽 삼켰다.

"야… 연수야. 너 좀 괜찮냐?"

"어, 다행히도."

연수는 제법 무덤덤하게 말했지만 정말로 죽을 뻔했다. 성자의 방패는 세계 12대 아이템 중 하나다.

특수 스킬의 능력은 일정 범위 내에서 1일 1회 대미지를 감소시킬 수 있는 것. 방금 같은 경우는 대미지 35퍼센트 감소 판정을 받았다. 그럼에도 불구하고 H/P가 반 넘게 까였다.

'만약 성자의 갑옷이 없었으면 정말 죽었을지도 몰라.'

명훈이를 보호하기 위해 디펜시브 필드를 펼친 것도 연수에게는 상당한 악영향이었다. 필드 내에 적용되는 모든 대미지를 연수가 흡수하다 보니, 폭발과 같은 광범위 공격의 대미지를 필요 이상으로 받아들이게 된 거다.

명훈도 상황을 직시했다. 연수의 능력을 안다. 최근에는 '템빨'로 인해 훨씬 더 강해졌다. 적어도 방어력만 놓고 보면 현석에게도 그렇게까지 밀리지 않는다고 생각하는 중이다.

'유현석은 도대체 어느 정도의 대미지를 받은 거야… 설마 무슨 일 생긴 건 아니겠지?'

연수가 말했다.

"현석이는 좀 어때? 괜찮아?"

"아직 안 보여."

대폭발이 일어난 주위는 완전히 초토화 상태였다. 모르긴 몰라도 반경 500미터가량의 거대한 크레이터가 생겼다. 저 정도 폭발이면 지하 대피소에 있던 사람들도 모두 죽었을 것 같다.

말이 반경 500미터지, 지름으로 치면 1㎞다. 마치 거대한 운석이 파고들어간 것 같았다.

흙먼지가 좀 걷혔다. 명훈은 이글 아이는 물론이고 광역 탐색역시 최대한 크게 적용시키면서 주위를 샅샅이 탐색했다.

＊　　　　＊　　　　＊

현석은 쿨럭, 쿨럭하고 기침을 했다. 옷이 모두 녹아버렸다. 알몸인 상태다. 그리고 옆에 무언가를 발견했다.

5세 정도의 어린 여아가 한 명 누워 있었다. 숨을 확인해 보니 죽은 것 같지는 않았다. 그런데 얼굴이 낯이 많이 익다.

"리나……?"

약 30초 정도의 시간이 흐른 뒤 그 여자아이가 눈을 떴다.

"그대는 갱차는가?(그대는 괜찮은가?)"

앳된 음성이 새어 나왔다.

"너… 리나야?"

여자아이는 벌떡 일어섰다. 그리고 현석을 덥석 끌어안았다. 키가 많이 작아져서 현석의 다리밖에 안지 못했다.

5살짜리 꼬마아이가 칭얼거렸다.

"그댄은 엇찌 이더케 무모항가!(그대는 어찌 이렇게 무모한가!)"

신체 나이가 굉장히 어려진 것 같은데 덕분에 발음이 약간 샜다. 그러나 리나의 표정은 근엄하기 그지없었다.

"그댄은 정말 거쩡시키는 재주가 떠어남이다!(그대는 정말 걱정시키는 재주가 뛰어남이다.)"

현석은 저도 모르게 킥킥 웃고 말았다.

"리나, 이 모습은 도대체 뭐야?"

리나를 안아들었다. 현석의 등 뒤에서 활이 크게 불타올랐다.

"아, 안 돼. 주인님의 품에 안기는 건 활이어야만 하는데!"

하지만 활의 목소리는 굉장히 작았다. 혼잣말이라고 하기에도 민망할 정도로 작았다. 활은 봤다. 대폭발이 일어나는 그 순간, 리나가 나타나 대미지를 상당히 많이 흡수했다. 지금의 리나는 아마 일반 균형자들보다도 약할 것이라고 생각됐다.

활의 눈에서 작은 불덩어리가 뚝뚝 흘러 나왔다.

"진짜 멋진 언니야."

그랬다가 고개를 휙휙 저었다.

"아냐, 경쟁자일 뿐이야. 경쟁자는 다 나빠. 주인님은 내 거라고."

그렇게 투덜대기는 했지만 활의 머리 위에는 불덩어리로 이루어진 하트가 솟아오르고 있었다. 그녀 자신만 자신의 머리 위에서 하트가 솟아오르고 있다는 걸 몰랐다.

활은 속마음을 속였다.

"흥, 활이도 실체가 있었다면 그런 폭발 따윈 몸으로 다 막아 줄 수 있다고!"

현석은 리나를 안아 든 상태로 주위를 둘러봤다.

'솔로잉 필드가 아직 건재해.'

자폭을 한 것 같다. 그런데 솔로잉 필드가 남아 있다. 그렇다는 말은 키클롭스킹이 죽지 않고 어딘가에 살아 있을 확률이 높다는 건데 키클롭스는 그 어디에도 보이지 않았다. 그때 솔로잉 필드 밖에서 명훈의 목소리가 들려왔다.

물론 명훈의 모습 자체는 안 보였다. 지금 현석은 깊이 수십 미터쯤 되는 구덩이에 갇힌 상태다. 고개를 들어보면 불그스름한 하늘만 보일 뿐이다.

"야, 현석아! 키클롭스킹 그 안쪽 어딘가에 숨어 있다! 크기가 엄청 작아졌을 거야! 돌맹이 수준이라고 보면 돼! 나도 정확한 위치는 잘 모르겠어! 찾아봐!"

리나의 신체가 굉장히 작아졌다. 리나의 말을 빌리자면, 힘을 너무 많이 소진했기 때문에 어린 아이의 형태로 회복을 하는 것이 더 유리하단다.

리나의 점잖은 목소리가 들려왔다. 물론 앳된 목소리였다.

"그, 그대여. 그, 그 고슨 나에 엉덩이다 짐작대는 신체부이이다.(그대여. 그 곳은 나의 엉덩이라 짐작되는 신체부위이다.)"

"아, 미안."

아주 어린아이를 안고 있다 보니 별 자각이 없었다. 리나의 얼굴이 붉어졌다.

"활이가 다 봤어요. 리나 언니 지금 얼굴 빨개졌어!"

"그러치 안타. 그대의 누는 정말 이상하구나.(그렇지 않다. 그대의 눈은 정말 이상하구나.)"

"지금 언니 당황하고 있어요! 주인님의 품이 그렇게 좋아요?"

리나는 순간 고개를 끄덕일 뻔했지만 가까스로 참았다.

"그러치 안타. 나는 나에 신체가 작아진 거슬 빌미로 하여 나의 용망을 이둘 만큼 사악한 계집은 아니다.(그렇지 않다. 나는 나의 신체가 작아진 것을 빌미로 하여 나의 욕망을 이룰 만큼 사악한 계집은 아니다.)"

활은 결국 웃음을 참지 못하고 깔깔대고 웃었다. 평소 무섭게만 생각했던 리나가 이런 모습을 보이자 활도 경계심을 풀었다.

그건 현석도 마찬가지였다. 발음이 새는 리나의 머리를 두어 번 쓰다듬은 뒤, 현석은 생각했다.

'키클롭스킹 이상의 몬스터는… 자기 규격을 초과하는 특수 스킬을 하나씩은 갖고 있다고 보는 게 좋으려나.'

검귀의 경우는 강제 물리력 행사, 천절검을 통한 엄청난 절삭력을 보여줬다. 물론 보법이나 움직임 자체도 뛰어나기는 했지만 말이다.

그리고 키클롭스킹의 자폭과 붉은 광선 난사, 붉은 광선이야 그렇다치더라도 자폭은 정말 위험했다. 리나가 1차로 대미지를 걸러주고 블랙 등급의 실드―실드는 현대 무기에 강한 내성을 갖는 거지, 몬스터의 공격에도 강한 내성을 갖는 건 아니다―가 다시 한 번 걸러준 다음 레전드급 방어 아이템 '바다를 삼키다'의 50퍼센트 능력이 흡수된 신체로 공격을 받았는데도 H/P가 30퍼센트 이상 떨어져 내렸다.

'어쨌든… 이제 내가 가진 억제 코어는 모두 부순 것 같은데.'

현석은 키클롭스킹을 찾아 돌아다녔다. 명훈이 간간이 '12시 쪽으로 올라가 봐!' 같은 도움을 줬다. 거의 3시간을 찾아 헤맨 뒤에야 키클롭스킹의 눈동자를 찾을 수 있었다.

겉으로 보기엔 검은색 돌맹이처럼 보였다. 명훈이 계속해서 '그 근처야!'라고 말 안 해줬으면 정말 모를 뻔했다. 검은색 돌맹이처럼 위장하고 있던 그것을 뒤집어 보니 작아진 형태의 키클롭스 눈동자가 보였다.

"여기 있었네."

현석이 두 손가락으로 힘을 줬다. 콰직! 소리와 함께 키클롭스의 눈동자가 터졌다. 그렇게 키클롭스 슬레잉을 끝냈다. 리나는 왠지 아쉬운 듯 한숨을 쉬었다. 활이 또 그걸 발견했다.

"리나 언니. 지금 한숨 쉬었다! 언니 이제 주인님 품에서 떨어질 거라 생각하고 한숨 쉬었다! 그렇죠? 분명히 그런 거죠?"

"그대의 눈은 정말 형영하기 힘드 만큼 이상하구나.(그대의 눈은 정말 형용하기 힘들 만큼 이상하구나.)"

"와~ 진짜 뻔뻔해!"

리나의 힘이 약해져서인지 활은 기고만장해졌다.

"흥. 그래도 이해는 해요. 나도 주인님 품에 안겨 있으면 기분 짱 좋으니까."

입술을 삐죽 내민 상태로 퉁명스레 말했다.

"그래도 리나 언니 고마워요. 아까는 진짜 멋있었어요."

그리고 귀여움을 참지 못하겠다는 듯 결국 달려들어 리나의 볼에 뽀뽀를 퍼부었다. 활의 머리 위에서 불로 이루어진 하트가 자꾸만 솟아났다.

현석도 말했다.

"고마워, 리나."

리나가 대미지를 흡수하지 않았더라도 현석은 문제없었을지도 모른다. 그러나 고마운 건 고마운 거다. 그는 안다. 누군가를 위해 자신의 몸을 내던지는 건 결코 쉬운 일이 아니다. 리나의 얼굴이 조금 더 붉어졌다.

＊　　　　＊　　　　＊

[보스 몬스터―키클롭스킹 슬레잉 클리어.]
[업적을 산정합니다.]
[쉬운 업적으로 인정됩니다.]
[키클롭스킹의 특수 능력 자폭 사용을 확인합니다.]
[결코 불가능한 업적으로 상향 조정됩니다.]

　최근에는 몬스터 슬레잉을 통해 '결코 불가능한 업적'을 받은 적이 없다. 검귀 슬레잉의 경우는 불가능한 업적이 아니라 '매우 위대한 업적'이었다.
　둘은 성격이 다르다. 결코 불가능한 업적의 경우는 보너스 스탯에 치중된 보상을 받는다. 위대한 업적의 경우는 뭔가 다른 것이 생기는 경우가 많았고.
　'지금은 스탯창도 열리지 않는데… 혹시 스탯을 주는 건가?'

[현 슬레이어의 모드를 판정합니다.]
[대체 불가능한+1 신체를 확인합니다.]

　새로운 알림음이 이어졌다.

[신체 진화율이 15퍼센트까지 증가합니다.]

명성도 함께 상승했다.

[(+) 명성이 상승했습니다.]
[(+) 명성이 상승했습니다.]

명성뿐만 아니라 레벨도 올랐다.

＊　　　＊　　　＊

폴리네타의 둘째, 영수가 아이템 감정을 끝마쳤다.
"복주머니 감정이 끝났습니다!"
영수는 감탄에 감탄을 더했다.
"이거 그냥… 아이템 보관용 주머니가 아니었네요. 이 정도면… 가히 대박 아이템이라고 할 수 있겠는데요?"

〈복주머니〉
―아이템을 보관하는데 효과적이다. 일정 기간 이상 특정 아이템을 보관할 시 복이 굴러온다.
―보관 기간: 1년(한 번에 1개의 아이템만 보관 가능).
―복의 종류: 1. 카피 2. 강화 3. 진화.

중식이 말했다.
"카피와 강화, 진화입니다. 카피와 강화는 그럭저럭 알 것 같은데, 진화의 경우는 잘 모르겠습니다. 다만 지금 추측하기로는 아이템의 등급 자체를 올려주는 것이 아닐까… 예상하고 있습니다."

현석이 고개를 끄덕였다.

"등급 업이라면……."

"그런데 그런 게 실제로 가능할지는 모르겠습니다. 확실하지 않은 가정입니다."

중식은 자신의 말이 틀릴 수도 있다며 조심스레 의견을 표출했다. 그도 그럴 것이 아직 아이템 등급 업의 경우는 공식적으로 알려진 적이 없고 중식도 몰랐으니까.

그러나 현석은 이미 겪어본 적이 있다. '바다를 받치다'가 '바다를 삼키다'로 업그레이드되고 유니크에서 레전드로 등급이 올라가면서 최초 레전드 아이템 획득 보상을 얻지 않았던가.

현석이 말했다.

"아이템도 등급 업이 가능합니다."

"그게 정말입니까?"

"예. 이미 제가 가지고 있던 아이템 중 하나가 등급이 업그레이드되더군요. 스킬뿐만 아니라 아이템의 진화도 충분히 가능한 일입니다."

그 말을 들은 폴리네타 3인방 중 막내인 민호는 얼떨결에 말해 버렸다.

"도대체 못 해본 게 뭘까, 저 사람은?"

종원이 어깨를 으쓱했다.

"저 기분 이해하지. 뭔가 범접할 수 없는 사기 치트키를 눈앞에서 본 저, 속고 있는 것 같은 느낌."

　　　　　*　　　　　　　*　　　　　　　*

미국 유니온장 에디에게 또 다른 보고가 올라갔다.

"한국의 레드 돔이 더욱 옅어졌습니다."

레드 돔이 계속해서 옅어지고 있다. 다른 나라들과 비교해서 본다면 향후 몇 달 내에 한국의 레드 돔이 깨질 것 같았다. 요즘 에디는 정신이 없다. 사실상 현재 전 세계에서 가장 큰 영향력을 가진 집단을 꼽으라면 바로 미국 유니온을 들 수 있다.

미국 유니온과 중국 유니온. 그리고 일본 유니온은 지금 손을 잡고 세계 안정화에 몰두하고 있는 중이다. 이 세 국가는 한국을 제외하면 가장 강한 슬레이어들을 보유한 국가였다.

질과 양을 동시에 충족하고 있는 미국, 양과 특수성—정신 계열의 마법을 다루는 슬레이어들이 많다—을 가지고 있는 중국, 미국보다는 못하지만 그래도 질과 양, 두 면 모두에서 두각을 드러내고 있는 일본. 이 세 유니온이 실질적으로 세계를 이끌어 나가고 있다고 봐도 됐다.

워낙에 많은 사람이 죽었다. 과거의 UN과 같은 국제기구도 이제 유명무실해졌다. 지금은 강한 슬레이어가 곧 법이고 안전이었다. 그런 의미에서 보자면 미국, 중국, 일본은 세계의 중심이라고 해도 과언이 아니었다.

다만 문제는 유럽이었다. 불행한 예측은 맞아떨어지게 마련이다. 일단 표면적으로는 정령사들이 유럽의 패권을 잡았다. 그러나 앱서버 세력 역시 만만치 않았다.

일단은 정령사들이 정령의 특수성과 많은 숫자를 빌어 우위를 점하고 있긴 하지만 앱서버 개개인의 무력이 워낙에 강하다 보니 사건사고가 끊어지질 않았다.

"중국 측 슬레이어들과 앱서버 간 격돌도 있었습니다."

"사망자는?"

"앱서버 3명 사망, 2명 도주, 그리고 중국 슬레이어 70명이 사망했답니다."

"걔네는 작전을 매일 무식하게 짜서 그래."

중국은 정말 대단한 나라다. 작전을 펼칠 때마다 물량으로 밀어붙이는데, 어이없게도 그게 통했다.

물론 질이 아주 나쁘다는 소리는 아니다. 미국 슬레이어들에 비해서 실력이 떨어진다는 소리다. 중국 역시 전세계적으로 살펴보면 톱급의 실력을 갖고 있다.

에디는 일단 한국 쪽 변화에 집중하기로 했다.

"한국 쪽에 관한 거 자세하게 얘기해 봐."

"정확하게 파악은 어렵지만 위성을 통해, 조금씩 안쪽의 상황 투영이 가능합니다."

아주 조금씩이지만 위성을 통해 파악이 가능했다.

"전 국토를 뒤덮을 만큼 안전 구역이 많아 졌으며… 키클롭스라 짐작되는 몬스터도 발견되었습니다."

"그렇다는 말은… 곧 레드 돔을 깰 수도 있다는 소리군. 우리가 오우거킹을 잡았을 때에 레드 돔이 깨졌으니. 키클롭스킹 다음에 오우거킹이 나왔지?"

"예. 맞습니다."

"얼마 뒤면 한국이 레드 돔을 깨겠군."

*   *   *

1년이 흘렀다. 안전 구역은 이제 전라북도와 경상북도, 그리고 전라남도의 일부까지 확대됐다. 단순 계산으로는 이미 전 국토를 안전 구역화시켰어야 하겠지만 안전 구역에도 일종의 유효 기간이 있어서 전 국토를 전부 안전 구역화시키지는 못했다. 물론 도시 기준이다. 촌까지는 안전 구역을 확대시키지 못했다.

그리고 오늘은 연수가 기다리고 기다리던 날이었다.

'오늘… 이야.'

드디어 오늘이다.

1년 전. 연수는 복주머니에 성자의 갑옷+7을 넣었다. 현석을 비롯한 길드원들의 동의를 얻었다. 만약 길드원 전체가 위험한 슬레잉에 나서야 할 것 같으면, 그때에는 주저 없이 성자의 갑옷을 다시 꺼내기로 했는데 1년 동안 그런 일은 벌어지지 않았다. 그렇게 1년이 지난 거다.

인하 길드원들이 전부 모였다. 민서가 생글생글 웃으며 호기심에 가득 찬 눈으로 복주머니를 쳐다봤다.

"어떻게 됐을까?"

연수는 침을 꿀꺽 삼켰다.

"그럼… 개봉합니다."

연수에게 알림음이 들려왔다.

[복주머니의 보관 기간 1년이 만료되었습니다.]

[보관 아이템: 성자의 갑옷+7.]

[축하합니다!]

연수는 순간 인상을 찡그렸다.

땡! 땡! 땡! 땡! 하고 종소리 비슷한 것이 들려왔다. 현석이 예전 잭팟 알림음을 들었을 때와 비슷한 소리였다.

민서가 옆에서 계속 보챘다.

"뭐야, 뭐야? 연수 오빠 왜 얼굴 찡그려?"

[복의 형태는 1번. 카피가 적용되었습니다.]

"카피가… 적용되었다는데?"

"헐! 설마! 그럼 그거 두 개 되는 거야?"

알림음이 이어졌다.

[현재 등급 유니크. 판정 결과 카피가 불가능한 아이템으로 판정됩니다.]

[본 시스템에 따라 보상을 재판정합니다.]

연수의 얼굴이 조금 어두워졌다.

"유니크 등급은 카피가 안 된다고 하네."

"그런 게 어디 있어! 유니크면 뭐, 세상에 딱 하나만 있고 그래야만 하는 거야?"

[동일 계열의 아이템 3개가 등록되어 있습니다.]
[성자의 갑옷+7과 동일 계열, 동일 등급의 아이템으로 보상이 주어집니다.]
[수락하시겠습니까? Y/N]

수락하지 않으면 과연 어떻게 될까 싶기도 했지만 연수는 이내 Y를 선택했다. 짚이는 바가 있었다.

성자의 갑옷은 세트 아이템 중 일부다. 예전 시스템 알림에서.

[세트 아이템을 확인합니다. 2/5]

같은 알림을 확인한 적이 있다. 동일 계열, 동일 등급의 아이템이라면 '성자 시리즈'일 가능성이 매우 높았다.

최종 알림음이 들려왔다.

[성자의 부츠+7이 보상으로 주어집니다.]

*   *   *

민서가 현석을 찾았다.

"저기… 그 뭐랄까… 할 말이 조금 있는데……."

"뭔데?"

"그게… 그……."

"뭔데 그렇게 뜸을 들여?"

민서가 입을 열었다.

"…임신 했어."

그 말에 인하 길드원 전원이 모였다. 민서가 중대 발표를 한단다. 현석이 대신 말했다. 말을 들어보니 임신을 했다고 했다. 상상도 못 했던 폭탄선언에 욱현이 어이없다는 듯 입을 쩍 벌리고 물었다.

"그, 그게 무슨 말이야?"

현석이 피식 웃었다. 사실 이런 반응을 보려고 조금 기다렸다.

민서가 '임신 했어'라고 말했을 때 자신이 얼마나 많이 놀랐던가. 그래서 일부러 '민서… 임신했다고 하네요'라고 말했다. 물론 '민서가 임신했다'라는 뜻은 아니었다.

"저도 몰랐는데… 자이언트 터틀킹이 아무래도 암컷이었던 것 같아요. 원래 거북일, 이, 삼, 사, 오는 수컷이었고."

"아니, 인간적으로 사이즈가 다르잖아."

자이언트 터틀킹은 무려 100미터에 이른다. 어떻게 생각해 봐도 일반 자이언트 터틀이 자이언트 터틀킹을 수태시킬 수 있을 리 없다고 생각했다. 욱현은 그렇게 생각했는데, 그 어이없는 일이 실제로 벌어졌단다.

소환수의 경우는 역소환을 하게 되면 인벤토리와 비슷하다고 생각되는—아직 확실히 밝혀지지 않았다—어떤 아공간으로 가게 되는 것 같았다. 그 아공간에서 번식을 한 모양이었다. 여태까지 그것을 발견하지 못했는데 이제야 발견했다.

"아니, 그래서 결과적으로 숫자가 어떻게 되는데?"

자이언트 터틀은 번식력이 엄청났다.

"지금 새끼 자이언트 터틀이 62마리 정도 되는데……."

"되는데?"

"이게… 일정 수준 이상으로 크지 않으면 소환 자체가 안 되더라구요. 일단 소환된 게 62마리. 아마 이것보다는 훨씬 많을 거라고 생각돼요."

다들 꿀 먹은 벙어리가 되어 민서를 쳐다봤다. 일단 확실하게 알게 된 것만 62마리란다. 자이언트 터틀킹 하나만 해도 세영을 제외하면 슬레잉이 불가능할 정도로 엄청난 방어력을 자랑하는 몬스터인데 그런 몬스터가 60마리쯤 된다는 거다.

명훈이 몸을 부르르 떨었다.

"그 정도면… 1인 군단인데……."

"그런데 제 M/P가 받쳐주질 않아서… 한꺼번에 소환하는 건 무리인 것 같아."

현석이 물었다.

"그러면 한꺼번에 소환 가능한 숫자는?"

"왕언니를 포함하면 10마리 정도. 거북일부터 소환하면 거북이십까지 소환할 수 있을 것 같아."

참고로 '왕언니'는 자이언트 터틀킹을 의미하는 말이고 '거북일'부터 '거북이십'은 자이언트 터틀들의 이름이다. 지금은 '거북육십삼'까지 있다. 신기한 건 민서는 거북일부터 거북육십삼까지 모두 구별이 가능하다는 것이었다.

명훈은 계속해서 감탄했다.

"와… 어쨌든 진짜 대단하네."

그리고 속마음을 털어놨다.

"이제 무슨 일 생기면 자이언트 터틀 뒤에 숨으면 되겠다."

*　　　　*　　　　*

다시 반년이 흘렀다.

그사이 대사건이라면 대사건인 한 가지 사건이 일어났다.

현석이 혼자서 드레이크 무리를 사냥하고 또 드레이크킹을 사냥한 것이다. 드레이크킹 같은 경우는 상당히 위협적이었다.

일단 날아다니는 형태의 몬스터이다 보니 도망을 상당히 잘 쳤다. 솔로잉 필드마저도 깨버리고 달아날 정도였으니 말 다했다. 현석은 1주일 동안 드레이크킹을 추적했고 8일째 되는 날, 지친 드레이크킹을 사냥할 수 있었다.

*　　　　*　　　　*

모두의 예상대로, 그 다음엔 오우거가 나타났다. 오우거는 본래 레드 돔이 덮여지기 전까지 최강의 몬스터였다. 그때에도 현석 외에는 아무도 슬레잉이 불가능했다.

웨어울프보다 빠르고 키클롭스보다 강하며 자이언트 터틀에 버금가는 방어력을 가진 전천후 몬스터. 드레이크를 둥지를 찾아 씹어 먹는 괴력을 자랑하는 몬스터다.

그 몬스터가 '붉은'의 타이틀을 달고 다시금 나타났다. '붉은'의 타이틀을 달게 되면 엄청나게 강해진다. 처음에 슬레이어들은 붉은 오크도 상대하기 힘들어 했었다. 그런데 이제 붉은 오우거다. 얼마나 강할지, 부딪쳐 보지 않으면 모르는 강한 상대다.

적어도 검귀 같은 규격 외 몬스터를 제외하면 최강의 몬스터라는 건, 아무도 부인할 수 없을 것이다.

명훈이 고개를 갸웃했다.

"어라?"

그래도 오우거쯤 되는 포식자라 몇 번의 공방은 치를 줄 알았더니 그게 아니었다. 욱현도 허허, 웃고 말았다.

"죽었네……?"

붉은 오우거는 현석에 의해 너무나 쉽게 죽었다. 종원도 어이가 없어 웃고 말았다.

"치트키 새끼……."

솔직히 이번에는 운이 좋았다. 윈드 커터를 날려서 무릎에 타격을 가한 뒤 그대로 뛰어올라 오우거의 관자놀이를 세차게 후려쳤는데 크리티컬 샷으로 인정이 됐다. 운 좋게 한 방에 때려잡은 것이다.

여태까지 몰랐는데 오우거의 치명적인 급소가 바로 관자놀이인 것 같았다.

전투 필드를—현석이 펼친 앱솔루트 필드—공유하고 있던 명훈에게도 알림음이 들려왔다.

[어려운 업적으로 인정됩니다.]
[레벨이 올랐습니다.]

명훈이 고개를 갸웃했다.

"얼라리요?"

다들 의아해했다.

"왜 무리를 안 지어? 오우거는 최상위 포식자라서 무리를 안 이룬다, 이건가?"

평화가 반론을 제시했다.

"그렇다기보다는… 아직 우리를 적으로 인식하지 못한 상태였던 것 같아요. 적으로 인식했을 때에만 일렁거림이 시작되고 몬스터들이 나타났잖아요."

그런데 민서의 상태가 조금 이상했다. 현석이 민서의 어깨를 툭 쳤다.

"민서야."

"아, 응. 응?"

민서의 눈이 약간 하얗게 물들어 있었다. 자이언트 터틀킹을 봤을 때와 비슷했다. 특정 몬스터를 발견하면 이런 이상한 현상을 보였다.

"너 오우거 테이밍하고 싶었어?"

"…응."

예전에도 오우거를 테이밍하려다가 실패한 적이 있었다. 그때에는 민서의 레벨이 낮고 스킬 숙련도가 떨어져서 그랬었다.

"다음에 오우거 나타나면 한 번 시도해 보자."

자이언트 터틀 군단과 오우거의 조합이라면 능히 한 나라를 상대하고도 남을 거다. 아니, 대 인간 한정이라면 현석을 제외한 최강의 군대를 만들 수도 있을 거다.

종원이 피식 웃었다.

"최강의 몬스터 오우거도 때려잡았겠다. 이제 던전만 부수면 되겠네."

*　　　*　　　*

원래 이곳에 온 목적은 던전을 부수기 위해서였다. 운 좋게 잭 팟이라도 터지면 말 그대로 대박이고 그게 아니더라도 뭔가 꽤 쓸 만한 것이 나올까하는 기대가 있었다.

[황당한 업적으로 인정됩니다.]

잭팟을 기대했건만 잭팟은 아니었다. 이번에 새로이 얻게 된 아이템은 '효과가 탁월한 알약'이었다.

〈효과가 탁월한 알약〉
―효과가 탁월한 알약이다.

그 외에 다른 설명은 없었다. 아무래도 폴리네타 3인방에게 감정을 의뢰해야 할 것 같았다. 엄청나게 좋은 아이템이라는 기대는 하지 않았지만 어쨌든 감정을 해서 손해볼 건 없었으니까.

혹시 모른다. 또 복주머니처럼 대단한 아이템일지도.

그들은 인하 길드 하우스로 돌아와 감정을 해봤다.

〈효과가 탁월한 알약〉

―효과가 탁월한 알약이다. 속성 합성에 큰 도움이 된다.

―필요 스킬: 속성 합성.

현석이 물었다.

"속성 합성이 뭐죠?"

"죄송합니다. 잘 모르겠습니다."

그럼 이제 답은 정해졌다. 좋은 날은 이제 다 갔다. 무력이라곤 전혀 없는 폴리네타 3인방은 이제 또 팔자에도 없는 무시무시한 몬스터들을 잡으러 다녀야 했다.

3개월이 흘렀다. 레드 스카이가 도래한 이후 3년하고도 거의 반년 가까이 흐른 셈이다. 연수가 복주머니를 개봉했다.

[복주머니의 보관 기간이 만료되었습니다.]

[보관 아이템: 성자의 부츠+7.]

[축하합니다!]

[복의 형태는 1번. 카피가 적용되었습니다.]

[현재 등급 유니크. 판정 결과 카피가 불가능한 아이템으로 판정됩니다.]

[본 시스템에 따라 보상을 재판정합니다.]

[동일 계열의 아이템 2개가 등록되어 있습니다.]

[성자의 부츠+7과 동일 계열. 동일 등급의 아이템으로 보상이

주어집니다.]

　[수락하시겠습니까? Y/N]

　평소에는 과묵한 연수가 이번에는 만세를 불렀다. 어떤 게 나올까 조마조마했는데 카피가 떴다. 유니크 등급을 카피하면 그와 동 계열의 동급 아이템으로 대체해서 주어지게 된다. 그래서 성자의 부츠를 얻을 수 있었다.

　민서가 속사포처럼 물었다.

　"뭐야, 뭐야, 뭐야?"

　"카피. 성자의 건틀렛이 생겼어."

　"성자의 건틀렛?"

　이로써 연수는 성자의 갑옷+7, 성자의 부츠+7, 성자의 건틀렛+7, 성자의 방패를 갖게 됐다. 세트 아이템으로 따지면 벌써 4/5를 마련했다. 그것도 유니크 등급으로 말이다.

　"성자의 부츠에는 성자의 가호 내에 포함된 모든 인원의 방어력을 100퍼센트 증가시키는 특수 스킬이 붙어 있어. 1일 1회 한정이지만. 그리고 성자의 건틀렛에는 착용자의 방어력을 약 1분 간 300퍼센트 이상 증가시키는 특수 스킬이 있어. 이것도 1일 1회 한정."

　둘 다 나름대로의 장점이 있었다. 지금 당장은 하나밖에 착용을 못 한다. 복주머니에 하나를 다시 넣어야 하니까.

　현석이 말했다.

　"어차피 디펜시브 필드 펼치면 대미지는 다 네가 먹잖아. 내 생각에는 부츠보다는 건틀렛을 먼저 착용하는 게 나을 것 같은데."

다들 그것에 동의했다. 연수가 고개를 꾸벅 숙여 보였다.

"다들 고맙습니다."

다시 며칠이 지났다. 오우거킹이 나타났다. 현석은 생각에 잠겼다.

'정말로 마지막 몬스터인가.'

확실한 건 잡아봐야 알 수 있었다. 다들 그렇게 희망 어린 예상을 하고 있을 뿐이다. 시간이 제법 흘렀다.

현석이 오우거킹에게 가까이 다가갔다. 멀리서 봤을 때엔 약 10미터쯤으로 보였는데 실제로 보니 더 컸다. 최소 15미터는 되는 것 같았다.

오우거킹이 현석을 발견했다. 일반 오우거와는 달리 오우거킹은 현석을 보자마자 맹렬한 적의를 내뿜었다. 적어도 현석을 바로 적으로 인정했다는 소리다.

크오오오오!

거대한 소리가 터져 나왔다. 어깨를 활짝 펴고 하늘을 쳐다보며 괴성을 내질렀다. 땅이 진동하기 시작했다. 그리고 그 엄청날 것 같은 진동과는 별개로 오우거킹은 너무 쉽게 죽었다. 현석과 치열한(?) 공방을 무려 5분 넘게 치렀다.

종원이 물었다.

"그래서 오우거킹 억제 코어는 어떻게 깰 건데?"

현석이 대답했다.

"당연히 킹왕짱 슈퍼 힘센 네가 때려 부숴야지."

"뭐라고? 내, 내가 그걸 하라고?"

"오우거킹이 마지막 억제 코어일 확률이 높아. 솔로잉 필드가 없으면 난 아이템 사용 못 하잖아. 결국 나를 제외하고 가장 강한 힘을 가진 네가 부수는 게 맞지."

"아니, 그, 그래도. 그걸 진짜 내가 해? 보장 기간도 끝났고… 내가 하다가 애꿎은 망치만 망가지면?"

"수리할 수 있으니까 괜찮아."

종원은 순간 당황한 듯했지만 이내 고개를 끄덕였다.

"지금 당장 깨야 하는 거야? 아니면……."

"아니, 일단 성형이 형이랑 얘기를 좀 해보고. 바깥 세계가 어떻게 변해 있을지 모르니 최소한의 대비와 내실을 다져놔야지."

평화의 눈빛이 약간 몽롱해졌다. 어쩜 저렇게 멋있을까. 콩깍지가 잔뜩 낀 눈으로 현석을 쳐다봤다. 만약에 나였으면 획득하자마자 부쉈을 거라며 실실 웃었다. 이런 모습을 자주 봐왔던 욱현이 피식 웃었다. 힐끗 눈동자를 돌려보니 세영의 얼굴이 잔뜩 붉어져 있었다.

'넌 또 왜 얼굴이 붉어져 있냐? 미래를 대비하는 낭군님의 모습이 그렇게 멋있냐? 그 낭군님이랑 결혼할 생각을 하면 아주 심장이 콩닥콩닥 거리냐?'

그렇게 묻고 싶었지만 그랬다가는 저 위험한 천절검이 날아들 것 같아서 한 번 참았다. 그리고 다시 3개월이 지났다.

*　　　　*　　　　*

종원은 엄청난 부담감을 느꼈다. '보장형 강한 망치'의 보장 기간은 이미 끝났다. 언제 망가질지 모른다. 보장 기간이 있을 때에는 무조건 세게 내려치면 됐었는데 이제는 그것도 아니다.

'아… 이거 진짜 부담감이 막심하네.'

그래도 누군가 깨긴 깨야 했다. 문득 이런 생각이 들었다.

'그러면 현석이가 평소 느끼는 부담감이 혹시 이 정도인가?'

여태까지 세상에 이런 치트키 새끼가 없다고 욕만 했었다. 물론 애정 어린 욕이었지만. 그런데 이런 상황이 오고 나니, 현석이 평소에 느끼는 부담감이 어느 정도 될지 감히 상상이 되질 않았다. 살신성인의 슈퍼 히어로라든가, 세계의 영웅이라든가, 한국을 구원할 구원자라든가. 제3자의 입장에서 볼 때는 그냥 어이없고 유치한 이름이었는데 그 이름값의 무게를 아주 조금 이쪽으로 들고 오니, 얘기가 완전히 달라졌다.

'진짜 내 친구지만 엄청난 놈이긴 하네.'

원래 성격이 무덤덤한 것도 있기는 있지만, 만약 자신이었다면 세계의, 아니, 한국의 운명을 짊어졌다는 그 부담감에 자살이라도 했을 것 같은 이상한 기분이 들었다.

부담감은 부담감이고 결국 종원은 억제 코어를 부수려 노력해 봤다.

꽝! 꽝! 꽝!

망치질 소리가 요란하게 울려 퍼졌다. 결과는 실패였다. 오우거킹의 억제 코어보다 망치가 먼저 부서졌다. 종원의 인벤토리에 아이템이 들어왔다.

〈부서진 강한 망치+3〉

—아주 딱딱한 망치. 뭐든지 때릴 수 있다. 지금은 부서진 상태

다. 수리가 필요하다.

　—수리에 필요한 재료: 단단하기 그지없는 철.

　—수리 방법: 단단하기 그지없는 철을 녹인 액체에 부서진 강한 망치를 넣는다.

다행히 '단단하기 그지없는 철'을 하나 사용하지 않은 것이 있으니 그걸로 수리하면 된다. 다시 한 달이 지났다. 레드 돔에 갇힌 이후로 약 4년이 흐른 셈이다. 그 시간 동안 레드 돔이 깨졌을 때를 대비하여 한국 유니온은 나라 안을 정비하는 데 온 힘을 기울였다.

종원이 다시 시도해 봤다.

꽝! 꽝! 꽝!

종원의 이마에 땀방울이 맺혔다. 오우거킹의 억제 코어는 굉장히 단단했다.

'이거 설마… 또 망가지는 건 아니겠지?'

종원은 최대한 조심하면서 망치질을 했다. 시간이 흘렀다. 결국 하종원은 해냈다.

"해냈다! 해냈다고!"

결국 오우거킹의 억제 코어를 부술 수 있었다. 민서가 얼른 달려가 창문을 열었다. 하늘을 쳐다봤다.

"응…? 여전히 빨간데?"

세영이 그 옆에 서서 멀뚱멀뚱 하늘을 올려다봤다. 평소 말수 없고 무뚝뚝한 그녀 역시도 레드 돔이 깨지길 원하고 있었던 듯했다.

'자이언트 터틀킹 억제 코어 때문인가.'

자이언트 터틀킹은 테이밍되었기 때문에 혹시 억제 코어와 상관없을 수도 있다는 생각을 하기는 했지만, 그래도 다들 조금씩 기대했었다. 현석이 말했다.

"조금만 더 기다려 보자. 바로 변화가 일어나지 않는 것일 수도 있으니까."

약 3분 정도 시간이 더 흘렀다. 민서가 계속 하늘을 쳐다봤다. 무언가 초조하기라도 한지, 이상한 노래를 흥얼거렸다.

"원숭이 엉덩이는 빨개, 빨가면 레드 돔, 레드 돔은 무서워, 무서우면 오빠."

다시 또 5분 정도가 흘렀다. 현석이 결론을 내렸다.

"레드 돔은 그대로야."

우리의 예측이 틀렸던 건가. 오우거킹이 마지막이 아니었던 건가. 정말로 자이언트 터틀킹까지 죽여야 하는 건가. 그런 생각이 들었다. 그때, 유니온으로부터 연락이 왔다. 성형으로부터 직접 온 연락이었다.

─그게 끝이 아니었어.

CHAPTER 6

예전부터 이상하다고 느끼고는 있었다. 다른 몬스터들은 대부분 등장했는데 이상하게도 트윈헤드 트롤킹은 발견되지 않았었으니까. 여태까지 발견하지 못했던 것이 아니라 누군가 다른 슬레이어가 슬레잉을 해버렸다는 결론에 이르렀다.

현석이 고개를 끄덕였다.

"그랬군요."

성형이 정보를 얻어왔다. 그가 얻었다기보다는 정보가 제 발로 알아서 굴러들어 왔다. 현석은 유니온장실 내부에 손이 구속된 상태로 얌전히 앉아 있는 두 명의 남자를 쳐다봤다.

'블랙… 나이트라……'

자신들을 블랙 나이트라고 밝히고 유니온에 자수를 해왔다고 했다. 4년의 세월을 거치면서 유니온은 이제 정부나 공공 기관의 성격을 갖게 됐다. 공권력도 행사한다. 그 누구도 유니온의 그러한 행보에 토를 달지 않았다. 다들 당연하게 생각했다.

"이 사람들의 말에 따르면 블랙 나이트 중 한 명이 트윈헤드 트롤의 억제 코어를 가지고 있다고 해."

현석은 블랙 나이트를 싫어한다. 그가 봤던 블랙 나이트는 전부 정신이상자였다. 그것의 원인을 인간의 기본적인 욕망 때문이라고만 단정 짓지는 않았다. 현석 자신은 저항하고는 있지만 아마도 이 '마성'이라는 것이 상당한 영향을 끼칠 거라는 것만 알고 있었다.

두 블랙 나이트는 트윈헤드 트롤킹의 억제 코어를 가지고 있는 슬레이어가 어디에 있는지는 모른다고 했다. 그래도 꽤 큰 수확이었다. 적어도 트윈헤드 트롤킹의 억제 코어를 누군가가 가지고 있다는 뜻이 되니까.

성형이 인상을 찡그렸다.

"그걸 어떻게 찾느냐가 문제인데……."

문제는 예상외로 간단하게 풀렸다. 문제를 해결해 준 사람은 다름 아닌 김상호, 강남 스타일의 길드장이었다.

누군가가 갑자기 강남 스타일을 기습했고 강남 스타일은 정당방위로 그 사람과 싸웠는데, 블랙 나이트임을 확신하고서 죽였다고 했다. 그 습격자를 죽이고 나니 억제 코어가 하나 떨어졌는데 그것이 바로 트윈헤드 트롤킹의 억제 코어란다.

현석이 억제 코어를 받아 들었다.

"이거 저는 못 깨요. 오우거킹의 억제 코어를 종원이가 깼으니… 이것도 종원이한테 맡기는 게 낫겠네요."

하종원은 결국 해냈다.

"해냈다! 해냈다고!"

트윈헤드 트롤킹의 억제 코어를 부쉈다.

한편, 크기 100미터의 자이언트 터틀킹의 눈에서 닭똥 같은 눈물이 뚝뚝 흘러내렸다.

민서가 자이언트 터틀킹의 머리 위에 앉아 왕언니의 머리를 계속해서 쓰다듬어 줬다.

"괜찮아, 괜찮아. 왕언니. 착하지. 응, 아이 예쁘다."

민서는 가슴이 아팠다. 방금은 오빠가 나빴다.

"아니, 아무리 그래도 어떻게 애를 그렇게 팰 수가 있어."

왕언니는 천천히 고개를 끄덕이려다가 현석과 눈이 마주치자 움찔 놀라서 등껍질 속으로 숨었다. 덕분에 머리 위에 앉아 있던 민서가 땅으로 떨어져 엉덩방아를 찧었다.

"자꾸 안 내놓는데 어떡해? 때려서라도 뺏어야지. 안 죽인 게 어디야."

그 말을 알아들었는지 왕언니가 숨어들어 간 등껍질이 또 움찔 떨렸다. 완벽히 쫄았다. 사건의 전말은 이랬다.

현석이 왕언니를 소환하라고 했다. 그리고 민서에게 '억제 코어라는 걸 갖고 있냐'라고 물어보라고 시켰다. 그와 동시에 왕언니가 움찔했다. 덩치가 워낙 커서 조금만 움찔거려도 다 보였다.

그 모습을 본 현석은 물리 모드를 가동하고 무차별 구타를 시작했다. 왕언니는 제법 오래 저항했다. 다시 말해, 제법 오랜 시간 얻어맞았다. 결국 왕언니는 입속에서 뭔가를 토해냈는데 다름 아닌 억제 코어였다.

하종원마저도 고개를 절레절레 저었다.

"그딴 방법으로 억제 코어를 얻다니. 진짜 넌 독한 새끼다."

그럴 만도 했다. 3시간 동안 자행된 구타는 하종원이 보기에도 아주 끔찍할 정도였다. 욱현이 세영에게 귓속말했다.

"길장님 또 화끈할 땐 겁나게 화끈하네. 어떠냐? 네 서방님 박력 넘쳤냐?"

세영의 얼굴이 붉어졌다. 인상을 찡그리며 싫은 티를 내는데, 그렇다고 아니라고는 대답 못 했다. 욱현은 재미있는지 계속 킥킥대고 웃었다.

시간이 흘렀다. 하종원이 만세를 불렀다.

"나는 진짜 해내고야 말았어! 해냈다고!"

자이언트 터틀킹의 억제 코어마저도 부수는 데 성공했다. 한국 내에 있는 모든 슬레이어들이 동시에 같은 알림음을 들었다.

[레드 돔 내 억제 코어가 모두 파괴되었습니다.]

억제 코어를 부수는 것만으로는 레드 돔이 깨지지는 않았다. 현석에게 알림음이 들려왔다.

[레드 돔의 특수 환경으로부터 자유로워집니다.]

그리고 솔로잉 필드에 진입했을 때와 비슷한 알림음이 이어졌다.

[슬레이어의 모든 능력치 전체 개방이 허용됩니다.]

앞에 몇 글자가 빠졌다. '본 솔로잉 필드에 한해'라는 단서가 빠졌다. 현석은 순간 뛸 듯이 기뻤다. 드디어 모든 페널티가 해제됐다. 가장 큰 이득은 바로 '아이템 착용'이 될 수 있을 거다.

현석의 개인적인 기쁨과는 별개로 레드 돔은 여전히 건재했다.

약 3일 뒤, 현석은 레드 돔을 깰 수 있는 방법을 알아냈다.

종원이 고개를 절레절레 저었다. 현석의 사기성은 언제나 느끼는 거지만 느낄 때마다 새로운 것 같다는 기분이 들었다.

"그러니까… 쟤는 레드 돔보다 상위 등급의 슬레이어라서 레드 돔을 공격할 수 있다. 뭐 이런 거네."

강평화는 또 반쯤 몽롱한 눈으로 현석을 쳐다보며 말했다.

"억제 코어라는 게 오빠의 능력을 막아두고 있던 것이었어요. 그래서 오빠는 레드 돔을 타격할 수 없었던 거고."

평화의 말이 맞았다. 현석의 본신 능력이라면 원래 레드 돔을 부술 수 있어야 했다. 그런데 억제 코어라는 수단이 현석의 능력을 여태까지 누르고 있었던 거고, 억제 코어가 사라진 지금은 이제 레드 돔에 공격을 가할 수 있게 된 거다.

욱현이 고개를 끄덕였다.

"자연계 몬스터와 비슷한 거였네, 그것도 엄청 거대한. 신슬레이어가 아니었어도 등급 자체가 높으면 자연계 몬스터 때릴 수 있었잖아."

레드 돔 자체를 하나의 자연계 몬스터라고 명명하면 될 것 같았다. 한국 전체를 뒤덮는 거대한 크기이자 일반 몬스터들을 '붉은 몬스터'로 강화시키는 버프 역할까지 하는 특수한 형태의 몬스터 말이다. 아마 모르긴 몰라도 위성으로 관측한다면 블리자드 때와 마찬가지로 레드 돔의 H/P나 실드 게이지가 보일 것이라고 생각했다.

현석의 공격이 쉴 새 없이 이어졌다.

콰과광!

폭발음이 계속해서 터져 나왔고 약 5시간이 흐른 뒤에 드디어 기다리고 기다리던 알림음이 들려왔다.

[레드 돔이 파괴되었습니다.]

['역사에 길이 남을 업적'으로 인정됩니다.]

[역사에 길이 남을 업적에 대한 보상은 본 시스템이 결정합니다.]

종원은 꿀 먹은 벙어리가 됐다.

"뭐야……?"

종원이 이상해지자 명훈이 종원의 뒤통수를 탁! 후려쳤다.

"너 왜 그래? 정신을 왜 놨어?"

그렇게 말한 명훈도 입을 쩍 벌렸다.

*   *   *

명훈에게 알림음이 이어졌다.

[역사에 길이 남을 업적에 '커다란' 공헌을 했음이 인정됩니다.]

그리고 요즘엔 제대로 듣지도 못했던 알림음이 수없이 쏟아졌다.

[레벨이 증가했습니다.]
[레벨이 증가했습니다.]
[레벨이 증가했습니다.]

명훈은 어안이 벙벙해졌다. 이게 도대체 무슨 일인가 싶다. 거기에 더해 잭팟이 터졌을 때처럼, 땡땡땡! 하고 요란한 소리가 들렸다. 명훈에게만 들리는 소리였다.

[100레벨에 진입했습니다.]
[위대한 업적으로 인정됩니다.]
[명예의 전당에 이름이 등록됩니다.]

명훈은 당황했다.
"뭐, 뭐야? 명예의 전당?"

[2차 전직 조건 완료.]

[전직 요소를 판정합니다.]

명훈은 알림음을 계속해서 들어야 했다. 여태까지 그가 해왔던 일들이 일종의 경험치처럼 인식되어 계속해서 등급을 매겼다.

그건 종원도 마찬가지였다. 특히 종원은 마지막 두 개의 억제코어를 깬 것이 상당한 영향을 끼쳤다. 종원 역시 명훈과 비슷한 알림을 들었다. 종원도 100레벨이 진입했으며 명예의 전당에 이름이 등록되었다는 알림이 들려왔다.

[2차 전직 조건 완료.]
[전직 요소를 판정합니다.]

그리고 시간이 흘렀다. 종원이 명훈에게 물었다.

"야. 너… 너도 전직… 했냐?"

"어? 어. 설마 너도 전직했냐?"

종원과 명훈이 100레벨을 돌파함과 동시에 전직을 했단다. 명훈의 경우는 '패스 파인더'라는 2차 직업을 갖게 됐고 종원의 경우는 '스페셜 워리어'를 얻게 됐다. 종원은 여전히 어안이 벙벙했다.

"뭐야 이게… 속성?"

스페셜 워리어이긴 스페셜 워리어인데, 속성이 따로 생겼다. 속성은 바로 '뇌(雷)'였다. 명훈과 종원은 서로를 쳐다봤다. 그 둘은 안다. 자신들이 왜 다른 인하 길드원들보다 더 많은 레벨 업을 하게 되었는지 말이다.

명훈은 현석을 꼬박꼬박 따라다니며 안내했었고, 종원은 억제 코어를 두 개나 깼다. 그래서 보상이 제일 컸다.

명훈이 물었다.

"야… 현석아… 넌 도대체 어떻게 된 거야?"

현석을 따라다닌 덕분에 명훈의 보상이 컸다. 그 말을 달리하 자면 현석이야말로 레드 돔을 깨는데 가장 큰 역할을 했다는 거 다. 사실 따지고 보면 명훈과 종원은 거의 도우미에 가까운 역 할 아니었던가.

종원이 더듬거리면서 물었다.

"말해봐. 넌 무슨 보상 얻은 거야?"

＊　　　　＊　　　　＊

현석은 인하 길드원들과는 약간 다른 알림음을 들었다.

[현재 클래스: 올 스탯 슬레이어, 블랙 나이트.]
[올 스탯 슬레이어는 전직이 불가능한 클래스로 확인됩니다.]
[블랙 나이트 전직 조건을 파악합니다.]

현석은 순간 인상을 찡그렸다. 좋든 싫든 그는 살인을 많이 저질렀다. 그것 때문에 몇 번은 악몽까지 꿨다. 자신은 수천 명 의 사람을 학살했다. 아무렇지 않았다면 그건 거짓말이다. 시스 템 알림음은 그것들을 하나하나 짚었다. 현석이 지난 7년간—튜토리얼 모드가 시작하고 나서 현재까지—죽인 슬레이어의 숫자는 4,217명이었다.

'내가 정말⋯ 많이 죽이긴 했구나.'

괜히 쓸쓸해졌다. 블랙 나이트에 대한 분노도 많이 가라앉은 상태여서 더욱 그랬다. 블랙 나이트라는 이유만으로 죽인 거였으니까. 그중 일부는 어쩔 수 없이 블랙 나이트가 된 사람이 있을 가능성도 희박하지만 있었으니까 말이다.

[세컨드 앱서버로의 전직이 가능합니다.]
[세컨드 앱서버. 받아들이시겠습니까? Y/N]

＊　　　　＊　　　　＊

미국은 언제나 한국 쪽 상황을 주시하고 있었다. 그리고 드디어 레드 돔이 깨진 것을 확인할 수 있었다.

"유니온장님! 한국의 레드 돔이 깨졌습니다."

미국 유니온은 바빠졌다. 한국이 어떻게 변했을지 모른다. 강한 슬레이어가 더욱 강해졌을 확률도 있고, 그도 아니면 강한 슬레이어들이 전부 죽고 약한 슬레이어만 남았을 수도 있다.

러시아의 경우가 그랬다. 러시아의 경우는 레드 돔을 깨기 직전, 이상한 홀 같은 것이 생겨 슬레이어들을 빨아들였다고 했다. 그 장소에 있던 슬레이어들은 러시아 내 최상위 급 슬레이어들로 그들이 모두 사라짐과 동시에 레드 돔이 깨지게 되었다고 했다. 그래서 러시아는 전력이 엄청나게 약화된 상태였다. 사실상 미국에게는 반가운 소식이라고 할 수 있었다.

'과연 한국은 어떻게 되었을까……'

미리부터 예측하고 준비하고 있었던 만큼 미국 유니온은 발 빠르게 움직였다. 그 즉시, 한국에 사절단을 보냈다.

한국에 보냈던 사절단은 놀라운 소식을 가지고 돌아왔다.

"한국은… 어쩌면… 말도 안 되는 난이도의 레드 돔을 깨고 나온 걸지도 모르겠습니다."

"역시 그런가?"

어느 정도 예상은 했다. 예전 크레이터도 봤었다. 미국에서라면 절대 있을 수 없던 전투의 흔적이었다.

"그만큼 피해는 심각합니다. 한국 측에서 정확한 얘기는 해주고 있지 않지만 거의 2천만 명에 달하는 사람이 죽은 것 같습니다."

"2천만 명? 그 정도면 거의 40퍼센트에 육박하는 숫자잖아."

"어쩌면 그 숫자가 더 늘어날 수도 있습니다. 한 가지는 정말 확실합니다. 한국 측 난이도는 미국의 난이도보다 수 배, 아니, 수십 배는 어려웠을 겁니다."

에디는 흠… 하고 신음성을 내뱉었다. 미국과 일본, 중국이 지금의 세계를 제패하고 있다지만 한국이 세상에 나왔다. 그것도 훨씬 더 강해져서 나온 것 같다.

'한국과… 더욱 긴밀한 관계를 구축해야 할지도.'

말이 좋아 긴밀한 관계지 사실상 갑을을 따지자면 미국은 을이 될 입장에 가까웠다. 중요한 두 가지 질문이 남았다.

"그럼 그곳은 도대체 얼마의 시간이 흐른 건가?"

"약 4년 정도라 합니다."

에디는 눈을 크게 떴다. 4년, 4년이란다. 생각지도 못했는데 굉장히 기뻤다.

'그렇다면… 상황이 생각보다 좋겠어.'

유럽은 레드 돔 내에서 20년을 갇혀 있었다. 지금 유럽의 패권을 가지고 있는 정령사와 앱서버 세력은 거의 한 세대 늦은 세대이며 20년 동안 수련을 쌓아왔다는 말이 된다. 처음 튜토리얼이 시작된 이후로 약 23년이 흐른 셈이다. 미국의 경우는 총 13년가량의 세월이 흘렀다. 그런데 한국의 경우는 겨우 7년이다.

'좋아, 아주 좋아.'

정말 좋다. 아무리 한국 슬레이어들이 빠르게 강해진다고 하더라도 7년 동안 레벨 업을 한 것과 20년 동안 레벨 업을 한 건 다를 수밖에 없지 않겠는가.

마지막으로 정말 중요한 질문이 남았다.

"플래티넘 슬레이어는… 역시 살아 있겠지?"

"예. 그뿐만 아니라 레드 돔을 부수는 데 가장 커다란 업적을 세웠다고 합니다."

에디는 눈을 감았다.

'이젠 정말로… 새로운 시대가 열리겠어.'

*   *   *

지구상을 뒤덮었던 레드 돔이. 거의 다 깨졌다. 레드 돔이 깨진 국가에 한하여 워프 게이트가 정상적으로 작동됐다. 진정한 의미의 '대무역 시대'가 태동하기 시작했다.

이제 현대 문명은 과학 문물보다는 아이템에 의존하는 경향이 더 커졌다. 아이템은 그야말로 신세계다. 필요한 건물도 건물 아이템만 있으면 뚝딱 만들어진다. 인건비, 자재비 등이 단 하나도 들지 않는다. 그저 땅만 있으면 된다.

몸이 아프면 아이템으로 드롭되는 회복 알약을 먹으면 된다. 그러면 아픈 게 깔끔하게 낫는다. 만약 정말 치유하기 힘든 병에 걸리면, 그만큼 희귀한 회복 아이템을 먹으면 된다. 어지간한 불치병도 낫는다.

높은 등급의 회복 아이템은 무서운 질병마저도 극복하게 만들어 줬다. 뿐만 아니라 전 세계에 고루 퍼져 있는 상위 급 힐러들은 죽어가는 사람도 살릴 수 있다고 알려졌다. 사실 과장이 조금 되기는 했다. 대부분의 힐러들은 '외상'에만 탁월한 능력을 가지고 있으니까.

그러나 일부 힐러들은 '힐'보다는 '큐어'를 중점적으로 자신을 육성했고 그들은 외상보다도 내상을 치유하는데 더 큰 힘을 발휘하곤 했다.

어쨌든 아이템은 이제 과학기술을 대체하는 신기술이 된 셈이다. 그리고 이 아이템은 그렇게 큰 부피를 필요로 하지 않는다. 인벤토리만 있으면 얼마든지 건물까지도 옮길 수 있다.

종원이 말했다.

"그런 의미에서 워프 게이트는 진짜 대박이라는 거지. 너는 인류의 신시대를 개혁한 개척자가 된 거고."

각 나라마다, 또 각 지역마다, 생산되는 아이템의 종류는 조금씩 달랐다. 그런데 워프 게이트가 있기 때문에 각 나라의 슬레이어들이 자유로이 거래를 할 수 있게 된 거다.

소유권 시스템과 거래 시스템이 인정되면서 강도와 같은 짓도 거의 불가능하게 됐고 말이다. 정 상대를 못 믿을 것 같으면 중국 유니온에서 파견한 정신 계열 메이지를 브로커로 하여 보증을 서고 거래를 하면 됐다.

워프 게이트를 통한 대무역 시대가 열렸다. 사람들의 삶은 오히려 이전보다 더 풍족해졌다. 단, 능력 있는 슬레이어에 관한 한 말이다.

세상은 조금씩 풍요로워지기 시작했지만 그 안에도 어두운 그림자는 있었다.

비 슬레이어들 혹은 능력이 없는 슬레이어들은 할 수 있는 게 없었다. 그렇다 보니 사람들 사이에 보이지 않는 계급이 생겨나기 시작했다.

서울 시내의 한 맥주 집.

"아오, 씨팔. 귀찮게 진짜."

이제 기존의 돈인 한화는 별로 그 가치를 인정받지 못했다. 그건 달러 역시 마찬가지였다. 기존의 세계는 이제 없다고 봐도 과언이 아니었다. 한국의 입장에서 불과 4년 만에 완전히 달라진 세계가 펼쳐졌다.

한 젊은 남자가 인벤토리에서 토끼 고기를 꺼내 땅에 던졌다.

머리가 반쯤 벗겨진, 약 50대 정도로 보이는 남자의 이름은 이민식이었다. 이민식은 그 토끼 고기를 인벤토리에 넣고서 감사하다며 계속 고개를 조아렸다.

"감사합니다. 정말 감사합니다."

"됐으니까 꺼져, 이 거지 새끼야. 재수가 없으려니 원."

"정말 감사합니다. 즐거운 시간 방해해서 정말 죄송합니다."

빈익빈 부익부 현상이 엄청나게 심해졌다.

상대적으로 젊은 나이층의 슬레이어들은 먹고 살 만했다. 그러나 50대 이상, 특히 비 슬레이어 혹은 슬레이어로서의 능력이 약하면서 가정을 이루고 있는 남자들의 삶은 거의 처참하다시피 했다.

스스로 슬레잉을 할 수 있는 능력은 굉장히 뒤떨어진다.

이민식은 비록 땅에 떨어진 거긴 하지만 토끼 고기를 얻을 수 있음에 감사했다.

'이걸로… 하루 정도는 버틸 수 있겠어.'

집에는 어린 자식들이 있다. 아이를 늦게 가졌고 지금은 아직 초등학생의 나이다.

'아빠가 갈게. 조금만 기다려.'

그에게는 아내와 자식들을 먹여 살려야만 하는 의무가 있었고, 오늘 같은 수모 같은 건 백 번도 더 당할 각오가 되어 있었다.

자신의 자존심 같은 것보다는 아이들이 배곯지 않는 게 더 중요했다. 아이들이 맛있다며 웃을 수만 있으면 자존심 따위는 하나도 중요하지 않았다.

하루의 시간을 벌었다. 그 하루 동안은 약한 몬스터를 잡으면서 실력을 키우면 된다.

'아빠가 더 강해질게. 그래서 우리 딸들 배 안 고프게 해줄게.'

하루에도 수십 번씩 다짐하지만 현실의 벽은 높았다.

강한 슬레이어는 점점 더 강해지고, 약한 슬레이어는 하루 살기를 힘들어하는 현상이 가속화됐다. 현석이 예전에 본격적인 슬레잉에 나서기 전 우려했던 사태가 실제로 벌어지게 된 거다.

한국, 미국, 일본, 중국이 주축이 되어 새로운 국제기구를 건립하기로 했다. 기존의 UN과 같은 역할을 하는 국제기구. 그 국제기구의 이름은 '아리랑'이라 정해졌다. 국제기구 아리랑은 '세계 평화'와 '무역'이라는 두 가지 모토를 가지게 될 것이라고 발표가 됐다.

성형이 말했다.

"아리랑의 출범은 적어도 3개월 이상은 걸릴 듯해."

"그렇겠죠. 모여서 '이거 만듭시다' 하면 바로 만들어지는 건 아니니까요."

성형은 갑자기 킥킥대고 웃었다.

"그나저나 플래티넘 슬레이어가 아리랑을 원한다고 하니까 그냥 직빵이던데?"

"그랬어요?"

"어, 엄청 고무적인 일이지. 미국식 이름이 아닌 한국식 이름이니까."

"나름대로 중요한 의미를 갖겠네요."

일단 표면적으로는 한, 미, 일, 중의 연합이지만 그중 대표국은 암묵적으로 한국으로 인정된 셈이다.

현석이 물었다.

"우리 쪽 문제는 어때요?"

현석도 상황을 안다. 슬레이어의 '강익강 약익약' 현상이 심해지고 있다.

"내일부터 상위 급 슬레이어들 지원자를 받아서 쩔을 받도록 할 생각이야. 적어도 자립할 수 있는 수준까지는 키워주는 게 맞다고 보거든."

"저도 찬성이요."

사람들의 처참한 삶을 목격해 봤다. 블랙 나이트 왕국에서 말이다. 현석은 그런 게 싫다. 스스로 세상을 바꿀 수 있는 위대한 영웅이라고 생각은 안하지만 그래도 할 수 있는 게 있으면 하고 싶다는 생각이 들었다.

이른바 높은 자리에는 그 만큼의 책임이 따른다는 것. 그리고 그 책임의 무게가 결코 가볍지만은 않다는 것을 지난 7년간 몸으로 배웠다.

"불만은 없을까요?"

"네가 적극적으로 지지하는 정책이라고 해도 될까? 그러면 상위 급 슬레이어들도 불만 없을 거야. 아니, 있어도 불만을 표출하지 못하겠지."

사실상 상위 급 슬레이어들에게는 득될 것이 없다. 고수에게 있어서 쩔이라는 건 귀찮은 일, 그 이상도 이하도 아니었으니까.

하지만 플래티넘 슬레이어가 적극적으로 지지한다면 얘기가 달라진다. 싫든 좋든 상위 급 슬레이어들은 반드시 움직여야만 할 거다.

현석이 피식 웃었다.

"적극적으로 지지한다고 발표해 주세요."

거기에 한마디를 덧붙였다.

"열정적인 모습을 보여준 상위 길드 몇 팀을 골라서 제가 직접 쩔을 시켜준다는 조건을 걸면 좋겠네요. 키클롭스킹이나 오우거킹은 위험할 수 있으니까… 쩔 내용은 싸이클롭스킹 정도면 될 것 같네요."

상위 급 슬레이어들 전체가 벌 떼처럼 일어났다. 플래티넘 슬레이어가 쩔을 약속했다. 그 쩔 받으면 혼자서 몇 년 노력한 것보다 훨씬 큰 보상이 주어질 가능성이 높았다.

"상위 급 슬레이어들이 자발적으로 쩔을 해주고 있다네요. 유니온에 얼른 신청을 넣어야 겠어요."

"플래티넘 슬레이어가 보상을 약속한 덕분이지."

이민식 역시 그 소문을 들었다. 하위급 슬레이어들이 유니온에 계속해서 심사를 넣었다. 슬하에 두 딸을 둔 이민식 역시 마찬가지였다. 그에게 있어서는 천금 같은 기회였다.

곧 합격자 발표가 있는 날이다. 이민식은 두 손을 모아 결과 발표를 기다렸다. 이 쩔은 무조건 받아야만 했다. 많은 건 바라지 않았다. 그저 아내와 두 딸의 배만 채워줄 수 있으면 그걸로 족했다. 적어도 배는 고프지 않게 키우고 싶었다. 어디 아프면 아프지 않도록 해주고 싶었다. 딱 그 정도면 됐다.

워낙에 지원자들이 몰리는 탓에 플래티넘 슬레이어 전담팀 이은솔마저도 실무에 투입됐다. 그리고 신경질을 냈다.

"뭐야, 이 길드는 인간적으로… 쩔을 받는 쪽이 아니라 쩔을 해주는 쪽이 되어야지."

하위급 슬레이어들 말고, 중간급 슬레이어들 마저도 쩔을 받겠다고 신청하고 있는 판국이다. 심사를 하면서 느낀 건데 정말로 생계가 어려운 슬레이어들도 있지만 생계가 가능하면서 욕심 때문에 서류를 밀어 넣는 슬레이어들도 많았다.

심지어 유니온의 실무자들에게 뒷돈—아이템—을 찔러주는 경우도 심심찮게 발견됐다. 물론 그렇게 뒷 공작을 벌일 수 있는 사람들은 어느 정도 여유가 있는 사람들이었고 말이다.

이은솔은 서류 하나를 집어 들며 만족한 듯 고개를 끄덕였다.

"그래, 이런 사람들이 되어야지."

나이 57세, 이름 이민식, 아내와 딸 두 명을 가진 가장, 레벨 9, 가족은 모두 비 슬레이어.

그런데 그때 노크 소리가 들려왔다.

"네, 들어오세요."

"은솔 씨, 무슨 혼잣말을 그렇게 해요?"

현석이었다.

"아, 그게 그러니까……."

'도대체 저 인간은 귀가 얼마나 좋은 거야?' 하고 은솔은 욕 아닌 욕을 했다. 사실 욕이라기보다는 감탄에 가까웠지만.

현석이 서류를 한 번 훑어봤다. 현석은 이런 실무를 하지는 않는다. 서류를 직접 보는 건 오늘이 처음이었다.

'이민식'이라는 이름이 눈에 보였다. 현석이 말했다.

"레벨이 9면… 진짜 힘들겠네요."

*　　　　*　　　　*

이민식은 조금 황당했다. 보통은 쩔을 해준다고 한다면 길드 단위로 무리를 이루어 쩔을 해주는 게 보통이다. 그런데 이상하게 이 사람은 혼자서 쩔을 진행시켜 준단다. 쩔을 원하는 지원자가 엄청나게 몰린다고 하더니, 아무래도 이렇게 된 것 같았다.

'역시… 나같이 힘없고 백 없는 하급 슬레이어는 좋은 기회를 잡을 수는 없는 건가……'

조금 서글퍼졌다. 그래도 레드 스카이가 도래하기 전, 그는 제법 잘나가는 중소기업의 CEO였다. 그때까지만 해도 큰 어려움 없이 정말 잘 살았다.

'이건… 거의 모양 흉내 내기 식인 것 같은데.'

민식에게 있어서 유니온이 발표한 '쩔 정책'은 한 줄기 희망이나 다름없었다. 그러나 역시 현실과 희망은 다른 것 같았다.

"안녕하세요? 앞으로 1주일간 이민식 씨의 쩔을 도와줄 슬레이어, 유현석이라고 합니다."

"예, 안녕하세요."

민식은 최대한 태연을 가장하고는 있었으나 현석은 민식이 실망했음을 눈치챘다.

이해는 했다. 저 사람에게는 이 쩔 자체가 삶의 유일한 구원줄이었을 텐데, 구색 맞추기 용도로 한 명만 나온 거니 말이다.

그래서 현석은 한 마디를 덧붙였다. 자기 입으로 이런 말하기 민망하긴 한데, 그래도 설명을 안 해줄 이유는 없지 않은가.

"플래티넘 슬레이어입니다."

"……"

이민식은 멀뚱멀뚱 현석을 쳐다봤다.

그렇게 약 5초가 지났다.

"뭐라구요······?"

현석이 차분하게 설명해줬다.

"유니온 내 등급 제도에 의하면 플래티넘 등급을 가지고 있습니다."

'뭐야. 지금 설마 플래티넘 슬레이어라고 한 건가. 내가 지금 잘못 들은 게 아니고 정말 제대로 들은 거 맞나.'

이민식은 다리에 힘이 풀려 주저앉을 뻔했다. 플래티넘 슬레이어가 이 정책을 적극 지지하고 있다는 건 알고 있었다. 하지만 그 플래티넘 슬레이어가 직접 일선에서 쩔을 도와줄 거라고는 전혀 상상하지도 못했다.

일반인들에게 있어서 플래티넘 슬레이어는 거의 신의 영역에 가까운 사람이다. 오죽하면 구원자라고 불릴까.

"말도 안··· 돼······."

숨만 쉬면 몬스터가 죽는다던 그 말이 절대 과장이 아니었다. 잘은 모르겠는데 플래티넘 슬레이어가 손짓 몇 번 하면 거의 웨이브 단위의 몬스터 무리가 추풍낙엽처럼 쓸려 나갔다.

심지어 싸이클롭스씩이나 되는 강한 개체마저도 그랬다. 덕분에 민식은 알림음을 계속해서 들을 수 있었다.

[레벨이 증가했습니다.]

[레벨이 증가했습니다.]

보통 레벨 70쯤 되면 중산층이라고 표현한다. 그러나 중산층이 되는 것도 결코 쉬운 일은 아니었다. 레드 돔에 덮여지기 전 레벨 70이면 초고수의 반열에 들었었다.

레드 스카이가 도래했던 그 시기의 하종원 레벨이 약 80이 조금 안 됐었다. 그만큼 레벨 70은 달성하기 어려운 일이기도 했다. 쩔이 없다면 말이다.

레벨 70이 중산층이라면 레벨 50부터는 서민층은 된다. 사냥을 통해 그럭저럭 먹고 살 수는 있다. 그런데 불과 하루 만에 레벨 30까지 올랐다.

'아무리 30까지는 레벨 업이 쉽다지만… 이건 말도 안 돼.'

현석이 말했다.

"음… 이 정도면 혹시라도 한 대 얻어맞아도 안 죽……."

사실 빠른 레벨 업을 위해선 하디스트 상시 던전에 들어가는 게 가장 좋다. 그곳에는 싸이클롭스 몰이 사냥 지역도 있다. 레벨 업을 위해선 최고의 지역이다.

"아니다."

현석은 핸드폰을 들었다. 현석이 핸드폰을 들자 전 세계 최정상급 디펜더 연수가 소환됐다. 이제 혹시 모를 위험으로부터도 보호가 된다. 민식은 그렇게 세상에서 가장 달콤한 꿀을 섭취하게 됐다.

3일이 지났다. 아침 동안 휴식을 취한 민식은 오늘도 쩔을 위해 하디스트 던전 앞에서 대기했다. 목소리가 들려왔다.

"아 저 거지새끼… 또 구걸하러 왔나?"

처음에는 잘 몰랐는데 그 말은 민식 자신에게 하는 말이었다. 누군지 잘 기억은 안 났다. 쩔을 받기 전에 워낙에 구걸을 많이 하고 다녔기 때문에 일일이 기억하지도 못한다.

하지만 상대는 민식을 알았다. 저번에 술 먹는데 하도 귀찮게 들러붙어서 토끼 고기를 집어 던져준 적이 있다. 그걸 또 좋다고 받아 드는 꼴은 영락없는 거지였다.

저런 거지가 하디스트 던전 앞에서 얼쩡거리고 있을 이유는 딱 하나였다. 상위 급 슬레이어―이곳은 하디스트 던전치고는 난이도가 낮은 편이어서 중상급 슬레이어들이 많이 찾는다―들에게 어떻게든 빌붙어서 뭐라도 얻어내려는 심산이겠지.

"어이, 이거나 먹고 얼른 꺼져. 재수가 없으려니."

20대 중반 정도로 보이는 그 남자가 이번엔 사슴 고기를 툭 던져줬다. 사슴 고기가 땅바닥에 굴렀다. 비록 지금은 쩔 덕분에 폭풍 레벨 업을 하고는 있지만 그 사슴 고기마저도 귀하다 여긴 민식은 그걸 인벤토리에 고이 챙겨 넣었다. 이미 자존심 같은 건 버린 지 오래였으니까.

남자는 킥킥대고 웃었다.

"또 좋댄다. 거지새끼. 이번에는 감사하다고 안 하냐?"

목소리가 들려왔다.

"어린놈의 새끼가!"

그때 거대한 덩치의 남자가 나타났다.

민식도 익히 아는 얼굴이었다. 평소에 순하다고만 생각했던 디펜더 김연수였다. 인하 길드 내에서나 순하지, 일단 겉으로 보이는 모양새는 조폭 저리가라다.

거의 2미터에 가까운, 적어도 외견상으로는 근육 덩어리인 욱현에게도 밀리지 않는 포스의 소유자 김연수는 간만에 정의감에 불타올랐다.

현석은 피식 웃었다. 연수는 다 좋은데 뭔가 하나에 꽂히면 앞뒤 안 가리고 달려든다. 예전부터 그랬다. 가끔 정의감에 불탈 때도 있었다. 그래서 예전에도 현석에게 몬스터스톤을 돌려줘야 한다고 투쟁을 벌이지 않았던가.

김연수가 버럭 소리를 질렀다.

"이 십새끼야! 너는 부모님이 그렇게 가르쳤냐?"

"뭐야? 형씨는 뭔데 갑자기 끼어들어?"

남자는 혼자가 아니었다. 연수의 덩치에 잠깐 위축되기는 했으나 숫자를 믿는 듯했다.

거기에 현석이 합세했다. 패싸움으로 번질 뻔했다. 말 그대로 '뻔'만 했다. 10초 만에 상황은 정리됐다.

"죄송합니다."

"다시는 절대로 이러지 않겠습니다."

현석은 별다른 걸 하지 않았다. 가볍게 손가락으로 이마를 툭툭 건드려 줬을 뿐이다. 그 가벼운 동작에 남자 7명은 지옥을 맛봤다. 현석이 물리 모드를 가동시켰기 때문이다. 진짜 죽을까 봐 정말 살살 쳤다.

남자 7명은 무릎을 꿇고 손을 들었다. 나이를 물어보니 21살들이란다. 17세에 슬레이어로 각성했고 그간 운이 좋아 승승장구했던 케이스였다.

연수가 때리는 시늉을 했다.

"너희들 그렇게 살면 나중에 벌 받아."

"정말 죄송합니다!"

현석이 말했다.

"됐어, 이제 그만 던전이나 깨자."

민식을 데리고 던전 클리어에 나섰다. 얼마 뒤, 민식에게 알림음이 들려왔다.

[결코 불가능한 업적으로 인정됩니다.]

플래티넘 슬레이어는 서민조차도 3일 만에 중산층으로 만들어줄 수 있는 엄청난 능력을 소유하고 있었다.

한편, 또다시 무릎을 꿇고 손을 들게 된 21세 청년 이종석은 핸드폰을 들었다. 너무 창피해서 이건 도저히 참을 수가 없었다.

강남 스타일의 딜러 중 한 명인 황태영에게 연락을 해 자기한테 불리한 말은 다 빼고 일러바쳤다.

"저희 진짜 맞아 죽을 뻔했어요. 아무리 상위 급 슬레이어라지만 너무한 거 아닌가요?"

이 정도면 충분하다고 생각했다. 하지만 얼마 후 연락이 다시 와서 된통 깨졌다.

―이 미친놈아.

"네……?"

―너 나 죽이려고 그러냐? 이 개새끼, 그렇게 안 봤는데 진짜 악질적인 새끼네. 청부 살인하려는 것도 아니고. 이 개새끼가 진짜.

그 당시 까지만 해도 이종석은 이유를 알 수 없었다.

*   *   *

박성형이 말했다.

"문제가 조금 발생했어. 조금… 심각해."

"무슨 문제요?"

지금은 워프 게이트가 정상적으로 가동되고 있다.

"유럽 쪽 상황은 알고 있지?"

영국의 범성과 한국의 당왕성 역시도 이어져 있다. 그 워프 게이트를 통해 앱서버들이 한국으로 유입된 것 같았다. 박성형이 사진 몇 장을 내밀었다.

"이건……."

마치 Possesion Ghost에 의해 당한 것처럼, 시체가 말라비틀어져 있었다.

"너도 알고 있지? 앱서버. 아직 공인된 명칭은 아니지만 아리랑이 정식 출범하게 되면… 앱서버라고 부르게 될 거야."

"네, 알죠."

블랙 나이트보다 더 악질적인 블랙 나이트, 슬레이어의 힘을 단순 카피하는 것이 아니라 슬레이어를 빨아먹는 계열의 클래스, 임시로 앱서버라 불리는 그들을 현석도 알고 있다.

"한국에 들어오게 된 것 같아. 아직 숫자가 많지는 않지만 꾸준히 피해가 발생하고 있어."

"카피에… 흡수까지 한다면……."

"꼼꼼히 걸러낸다고 걸러냈는데… 몇 명 정도가 유입된 것 같아."

미국에도 그 정보가 들어갔다. 미국 유니온장 에디는 고개를 절레절레 저었다.

"만약 내가 앱서버였다면… 한국은 건드리지 않았을 텐데."

"유럽은 한국, 아니, 플래티넘 슬레이어를 거의 전설처럼 여기고 있으니까요."

"20년의 시간은 충분히 그럴 만도 해. 시간은 모든 걸 잊게 만드니까."

한국이 아리랑의 정식 출범을 좀 더 서둘렀다. 결국 한국, 미국, 일본, 중국이 주체가 되어 국제 슬레이어 연합 기구인 아리랑이 출범했다.

아리랑이 출범하면서 가장 먼저 내세운 것은 바로 '블랙 나이트' 혹은 '앱서버'를 공적으로 하여 앱서버 소탕 작전을 벌이겠다는 것이었다.

그리고 플래티넘 슬레이어 역시 적극 지지한다는 소식도 전해졌다.

〈플래티넘 슬레이어. 앱서버 소탕에 적극적으로 나서.〉
〈한국 유니온 공식 발표. 앱서버 발견 즉시 사살.〉

중국은 앱서버 발견 즉시 사살 정책에 적극적으로 찬성했고 미국과 일본은 약간 회의적인 입장이었으나 완전히 반대하지는 않았다.

그들 역시 앱서버의 위험성은 확실하게 인지하고 있었으니까.

박성형이 의자에 앉았다.

"문제는… 현장에서 덮치지 않는 이상 앱서버를 구별할 수 있는 방법이 없다는 건데……."

시간이 조금 흘렀다. 앱서버는 철저하게 음지에서만 활동했기에 색출 작전이 쉽지만은 않았다.

그때 명훈이 현석을 찾았다.

"현석아, 방법을… 찾은 거 같다."

CHAPTER 7

한국 슬레이어들의 성장세는 엄청나게 빨랐다. 다른 나라들과 비교하면 정말 엄청난 속도다. 유럽의 경우, 20년을 레드 돔 안에서 보냈음에도 불구하고 겨우 4년 정도의 기간을 지낸 한국 슬레이어들을 압도하지 못하는 것만 봐도 그렇다.

미국 유니온장 에디가 말했다.

"그런데 아직까지 각국 슬레이어들 간 무력 지표나 그런 게 없는 건 사실이지."

"그렇습니다. 하지만 곧 정확한 자료를 얻을 수 있을 것 같습니다."

"무슨 뜻이야?"

"레드 돔 이전의 세계는 각국의 난이도가 달랐습니다. 그러나 레드 돔 이후, 각국 몬스터들의 난이도가 대부분 비슷한 것으로 파악되고 있습니다. 아직까지는 그렇습니다."

레드 돔 이전과 세계가 확실히 달라졌다. 레드 돔 이전에는 한국에 나타나는 몬스터가 가장 강했다. 그런데 그게 달라졌단다. 이제 세계에 나타나는 몬스터들의 난이도는 대동소이하단다.

"그러면… 몬스터를 처리하는 역량을 살펴보면 각국의 슬레잉 수준을 정확하게 파악할 수 있겠군."

"그렇습니다."

같은 시각. 한국. 인하 길드 하우스.

인하 길드는 그 성장이 빠르다는 한국 슬레이어들 중에서도 성장세가 가히 톱급에 들어가는 길드다. 현석과 함께 슬레잉을 다니면 그럴 수밖에 없다. 그리고 그중에서도 이번에 가장 큰 수혜를 본 것은 이명훈과 하종원이었다.

둘 모두 레벨 100을 넘겨서 전직을 했다. 명훈의 경우는 '패스 파인더'라는 직업을 갖게 됐다.

이명훈이 말했다.

"패스파인더 특수 스킬 중에… '진실의 눈'이라는 게 있어."

"진실의 눈?"

"나보다 레벨이 낮은 슬레이어에 한해서 클래스를 확인할 수 있어."

명훈이 진실의 눈을 사용했다. 명훈의 눈이 붉게 물들었다.

"네 클래스는 확인이 안 돼. 나보다 레벨이 높다는 뜻이겠지. 괴물 같은 놈. 나는 7년 동안 레벨 업했고 너는 겨우 4년 동안 레벨 업 했는데 벌써 나를 추월하다니."

명훈은 고개를 절레절레 저었다. 얘랑 같이 있으면 왠지 매일 사기당하는 기분이다.

명훈의 머릿속에선 사기꾼인 현석이 말했다.

"그러니까 너랑 같이 있으면 너보다 레벨이 낮은 블랙 나이트나 앱서버는 확인이 가능하겠네."

"그렇지. 이참에 걔네들 클래스 명이 앱서버가 맞는지도 확인할 수 있을 거야."

아리랑이 블랙 나이트(혹은 앱서버) 무한 척살을 공표하면서 이제 아리랑 쪽 세력과 유럽 앱서버 세력은 언젠가 필연적으로 부딪칠 수밖에 없는 상황이 됐다.

앱서버 세력은 그들만의 방송을 통해 아리랑을 세계기구로 인정하지 않겠다고 발표했으며 아리랑의 압력에 결코 굴하지 않겠다는 뜻을 밝혔다.

사실상 아리랑은 한, 중, 미, 일이 주도하여 만든 세계기구다.

이들의 내건 기치는 제법 괜찮았지만 그렇다고 해서 이들이 절대적인 정의라는 뜻은 아니었다. 물론 앱서버 척살에 대한 명분은 아리랑에 있기는 했지만 말이다.

—우리는 아리랑을 인정하지 않는다. 악의 축은 바로 너희들이다.

그들은 나름대로의 대의명분을 가지고 아리랑을 비판했다.

—세계는 점점 승자 독식 구조로 변해가고 있다. 아리랑은 인간 사회의 최대 포식자이자 수혜자이며 일반 사람들을 쥐어

짜 풍족한 삶을 누리고 있다. 우리야말로 그들을 모두 죽이겠다.

반쯤은 맞는 말이다. 다른 건 몰라도 '승자 독식 구조'는 맞다. 레드 돔 이전의 세계도 분명히 그랬지만 지금은 훨씬 더 심해졌다.

—우리는 가난한 이들의 피를 빨아 제 배를 불리는 한국, 중국, 미국, 일본 슬레이어들을 모두 처단할 것이며, 평등한 세계를 만들기 위하여 노력할 것이다.

앱서버는 말로만 경고하지 않았다. 실제로 그들은 각국에 몰래 침투하여 상위 급 슬레이어들을 습격하고 죽였다. 그들은 그들 나름대로의 행동 방침을 제대로 정한 모양이다.

레드 스카이가 도래했을 당시 대구에서 서울로 상경했던 열혈 청년 곽기현은 다시 대구로 내려왔다. 요즘은 하급 슬레이어로서 열심히 살고 있는 중이다. 그런데 이상한 소문을 들었다.

"그 송창수… 앱서버들이 죽였대."

"잘 죽었다. 그 개새끼."

송창수는 대구 근방에서 악질적인 상위 급 슬레이어로 악명 높은 자였다. 세상이 다시 좋아지고 있다고는 하나, 그건 어디까지나 상위 급 슬레이어에 국한된 얘기였다.

기본적인 치안 역시도 과거와 비할 바가 못 됐다. 범죄가 비일비재하게 일어났고 강간, 살인과 같은 무서운 범죄도 자주 일어났다. 송창수는 강한 힘을 악용하여 여자들을 강간하는 데 취미를 가진, 대구 근방에서는 꽤 유명한 슬레이어였다.

"앱서버들이 진짜로 악질적인 놈들만 골라 죽인다는 거 같은데."

그건 한국 유니온도 못하는 일이다. 중간 이하의 어떤 슬레이어들은 앱서버의 행보에 열광하기도 했다.

"차라리 앱서버가 되면… 이렇게 힘든 삶은 살지 않아도 되잖아."

"그런 말도 안 되는 소리하지 마. 그러다 척살당해."

"그 척살을 누가 하는데? 아리랑이 하는 거잖아. 솔직히 앱서버들 말도 일리가 있는 게, 상위 급 슬레이어들이 우리한테 뭘 해줬어? 앱서버라는 것 자체가, 자기들한테 불리하게 작용할 수 있는 위험한 존재들이라 공적이라고 공표했을 수도 있지."

"블랙 나이트들이 설치던 그때를 설마 잊었어?"

"아니, 그건 아니지만… 블랙 나이트랑 앱서버는 다를 수도 있다는 거지."

그리고 또 어떤 사람들은 한국 유니온이 한국 정부 대행 역할을 하고 있는 것에 의문을 가지기도 했다.

레드 스카이가 도래했을 때야 모르겠지만 이제는 다시 국민의 힘으로 국민이 원하는 정부를 다시 만들어야 하지 않겠냐는 주장이 슬금슬금 고개를 들기 시작했다.

"따지고 보면 한국 유니온 역시 쿠데타를 일으킨 거잖아. 군대를 무력으로 흡수했고."

그런데 놀라운 사실이 밝혀졌다. 실종이라 알려졌던 김근회

대통령이 아직 생존해 있다는 사실이었다.

　―저는 블랙 나이트와 과거 일부 정치인들의 술수에 휘말려 죽음의 위협에 처해 있었으며 한국 유니온의 도움 덕분에 지금까지 살아 있을 수 있었습니다.

　사실은 조금 다르다. 국방부 장관 구성찬 등 군 핵심 세력에 의해, 생명의 위협을 느꼈던 김근회가 미리 탈출하여 한국 유니온에 투항했고 한국 유니온에서 김근회를 계속 보호해 왔던 거다.

　―블랙 나이트와 앱서버는 동일 계열의 클래스로 지금은 의적 홍길동의 흉내를 내고 있지만……

　중간급 이하의 슬레이어들은 당장은 힘이 없다. 그러나 가히 '대중'이라 부르기에 손색이 없을 정도의 숫자다.
　대중의 마음은 곧 민심이다. 이때를 대비한 건 아니지만, 전 대통령 김근회의 발언은 민심을 동요하게 만들기에는 충분했다.
　"그래, 내가 뭐랬어. 블랙 나이트나 앱서버나 거기서 거기인 놈들이라니까. 한국 유니온이 한국을 진짜로 집어 삼키려면 옛날에 그렇게 했지. 김근회도 죽이고."
　어쨌든 앱서버는 곳곳에서 테러를 일으켰다. 악명 높은 슬레이어들을 죽이고 있으니 그들이 사실은 좋은 세력이 아니냐는 의구심을 품는 사람들도 생겨났다.

명훈이 말했다.

"유럽으로 갈 거야?"

"그래야겠지. 저쪽에서 게릴라를 한다면, 이쪽에서는 본진털이를 하면 되는 문제잖아."

현석은 앱서버는 사라져야 하는 클래스라고 생각하고 있다. 솔직한 말로 그게 정의라고 생각한다.

자신에게 감히 정의를 실천할 권리가 있냐고 묻는다면 대답하기는 꺼려지지만, 그래도 그는 앱서버를 모두 죽일 생각이다. 비단 현석만 그런 생각을 한 건 아니었다.

아리랑은 유럽의 정령사 계열 연합, '킹덤'과도 연계하여 앱서버와의 전쟁을 치를 계획을 짰다.

전 세계가 긴장하기 시작했다. 앱서버와 아리랑의 전면전이 펼쳐질 거라는 말들이 많이 떠돌았다. 그러나 그 전쟁은 조금 늦춰지게 됐다. 전 세계의 레드 돔이 깨진 이후로 첫 웨이브가 시작되었기 때문이다.

전 세계 동시에, 지금까지 와는 차원이 다른 규모로 말이다.

*　　　　　*　　　　　*

전 세계에서 공통적으로 일어난 이 웨이브의 이름은 '슈퍼 웨이브'라고 칭해졌다. 과거의 웨이브와는 확연히 다른 양상을 보이는 웨이브였다.

명훈이 말했다.

"이야… 몬스터들이 진을 짜고 조금씩 머리를 쓴다 싶었더니 이제 제법이네."

아직 거리가 약 5㎞가량 떨어져 있다. 그래서 명훈은 여유로웠다. 패스 파인더로 전직하게 되면서 이글 아이의 수준이 더욱 높아졌고 이제 물체를 투영하는 수준까지 이르렀단다.

뼈를 보거나 그런 건 아니지만, 앞에 장애물이 있어도 몬스터 혹은 던전을 느끼고 볼 수 있게 됐다.

어쨌든 이 슈퍼 웨이브에는 두 가지 두드러진 특이점이 있었다. 하나는 바로 슈퍼 웨이브가 발발한 곳이었다.

전 세계라고 해서, 모든 나라에 다 슈퍼 웨이브가 일어난 건 아니었다. 한, 중, 미, 일을 비롯하여 약 30여 개국에서만 웨이브가 발생했다. 그리고 모두 각국의 수도에서 약 50㎞가량 떨어진 곳에서 발생하였으면 각국의 수도를 향해 대규모 부대를 이루고 쳐들어왔다. 숫자는 약 2만가량.

명훈의 목소리가 조금 줄어들었다.

"못 보던 몬스터들도 있는데. 마치 확장팩을 접한 기분이야."

이제 한 4㎞ 남았다. 슬슬 연수의 뒤로 숨어들 기미를 보이기 시작했다. 종원이 고개를 갸웃했다.

"새로운 몬스터?"

"어. 나도 가까이서 봐야 알겠지만 아무래도 각 종류별로 모아놓은 것 같네."

슈퍼 웨이브의 또 다른 특이점은 바로 몬스터의 구성이었다.

"맨 앞에는 오크와 트롤로 이루어진 돌격 부대. 중간 중간 웨어울프들이 끼어 있네. 부대를 이루고 있는 모양인데, 각 부대의 대장은 싸이클롭스인 것 같고."

몬스터들 주제에 별 지랄을 다하는구만, 하고 욱현이 중얼거렸다.

"그리고 후방 부대는 자이언트 터틀과 키클롭스 조합이네. 저번에 현석이가 오우거킹 잡을 때도 비슷했었는데. 그땐 공격형 자이언트 터틀과 방어형 자이언트 터틀이 나뉘어져 공격을 했었지만… 아무래도 이번에는 자이언트 터틀이 방어를 하고 키클롭스가 붉은 광선을 난사할 모양인 것 같은데."

종원이 감탄했다.

"와~ 뭐 아무것도 안 보이는데 넌 어떻게 그렇게 속속들이 다 아냐? 가만 보면 너도 진짜 사기라니까? 현석이한테 가려져서 사기 아닌 척하지만 말이야."

"내가 뭐 무늬만 트랩퍼인 줄 아냐?"

"근데 왜 자꾸 연수 뒤에 숨냐?"

명훈은 '그런 거 아니거든' 하고 종원의 정강이를 냅다 후려차고서 자기가 아프다며 발을 잡고 동동 뛰었다. 종원이 혀를 쯧쯧, 찼다.

"그러게. 물리 모드 강제 활성화된 거 잊지 말라니까."

전직을 마친 종원과 명훈은 이제 물리 모드에 접어들었다.

명훈의 경우는 아직 덜 익숙해진 것 같았다.

명훈이 절뚝거리면서 걸었다. 다리는 절지언정 입은 쉬지 않았다.

"그리고 못 보던 몬스터들도 포함되어 있어. 로브를 뒤집어쓰고 지팡이를 들고 있는 몬스터들이랑 시커먼 피부를 가졌고… 또 여자랑 비슷하게 생긴 몬스터네. 그리고 로브 쓴 애들 걔네는 얼굴이 안 보여요. 마치 로브 안이 텅텅 비기라도 한 것처럼."

명훈의 설명이 계속해서 이어졌고 인하 길드는 슈퍼 웨이브 발생 지점에 점점 더 가까워졌다. 이제 남은 거리는 약 1㎞. 명훈은 이제 대놓고 연수 뒤에 숨었다.

한국 슬레이어들과의 합류 지점이 가까워졌다. 미리 대기하고 있던 강남 스타일의 길드장 김상호는 저만치 멀리 걸어오는 플래티넘 슬레이어를 알아봤다.

슈퍼 웨이브에 대적하기 위해 한국 슬레이어 3천 명이 뭉쳤다. 전투 인원만 3천 명이고 힐러와 헬퍼를 합치면 7천 명이 넘는 대인원이었다.

'일단 모이라고 해서 모이기는 했는데……'

김상호는 사실 이렇게 모이는 것에 대하여 회의적인 입장이었다. 그는 플래티넘 슬레이어와 인하 길드의 능력에 대해 비교적 정확하게 파악하고 있었다.

'그래도 역시 백짓장도 맞들면 낫다는 건가.'

사실 최상위 급 슬레이어들은 나름대로 각오를 다지고 왔다.

여태까지 유래 없는 규모의 웨이브다. 오죽하면 이름도 슈퍼 웨이브일까. 슈퍼 웨이브가 지나오는 길은 완전히 죽음의 땅으로 변해 버리고 있단다. 지하 대피소에 숨어든 이들이 벌벌 떨면서 재앙이 지나가길 기다리고 있다고 했다.

"저 사람이… 플래티넘 슬레이어야?"

최상위 급 슬레이어들이라고 해서 현석의 얼굴을 전부 다 알고 있는 건 아니었다. 현석을 처음 보는 슬레이어들도 제법 많았다.

현석이 입을 열었다.

"구체적인 작전은 이곳에서 전달받으라고 들으셨을 겁니다."

모두가 조용해졌다.

이제 정말 슈퍼 웨이브가 코앞으로 다가왔다. 진을 짜고 이쪽으로 전진해 오고 있는 몬스터들. 여기서 자신들이 저걸 못 막으면 서울은 완전히 초토화될 거다. 한국은 서울을 완전히 포기해야 하는 상황이 되는 거다. 나름대로의 전의와 각오를 다졌다.

현석의 목소리가 쩌렁쩌렁 울려 퍼졌다. 이 대인원 전체가 들으려면 크게 말하는 수밖에 없었다.

"진을 1진과 2진으로 나누어 슈퍼 웨이브를 공략합니다."

슬레이어들도 수긍했다. 보통 1진과 2진으로 나누어 시간차를 두고 돌아가면서 공격하는 게 보편적인 룰이긴 했으니까.

"1진은 저와 인하 길드가 맡습니다."

그런데 이게 좀 이상했다. 강남 스타일의 길드장 김상호, 날으는 코끼리의 길드장 공만식, 프리미엄 길드의 엄소현 등은 고개를 끄덕였으나 다른 길드장들은 두 눈을 꿈뻑거리면서 자기가 들은 게 맞는지 서로에게 확인했다.

"내가 잘 들은 게 맞지?"

확인된 몬스터의 숫자만 무려 2만에 이른다. 말이 쉬워 2만이지, 2만쯤 되면 일일이 세기도 힘들만큼 엄청난 규모라고 할 수 있다. 그간의 웨이브가 보통 100마리 이내였다는 것을 생각하면 이번 웨이브는 정말 역대급이다.

플래티넘 슬레이어와 인하 길드가 상상을 초월할 정도로 강한 건 이미 알고 있지만, 이건 상황이 달라도 너무 다르지 않은가.

"설마 10명도 안 되는 인원으로 2만 마리를 상대한다는 건 아니겠지……?"

"에이, 끝까지 들어 봐야지. 무슨 수가 더 있을 거야."

10명이 채 안 되는 인원으로 2만 마리를 상대한다는 작전은 상식적으로 너무 말이 안 되지 않는가. 10명이 아니고 100명, 아니, 1,000명이어도 모자를 판에 말이다.

김상호가 엄소현에게 속삭였다.

"역시 우리 예상이 맞았습니다. 일단 플래티넘 슬레이어가 먼저 처리하고… 놓치는 잔챙이들을 인하 길드가 거르고……."

"거기에 또 놓치게 되는 피라미들을 우리 3천 명이 잡는 거죠."

엄소현이 배시시 웃었다.

"전 별로 기분 나쁘지 않네요. 오히려 다행인 일 아니겠어요?"

뒤를 힐끗 쳐다봤다. 사실상 플래티넘 슬레이어가 강하다는 건 다들 알고 있으나 그 엄청난 강함을 직접 눈앞에서 본 슬레이어들은 그렇게 많지 않다. 소문으로만 들었을 뿐이니까.

엄소현이 말했다.

"어쩌면… 일부러 최상위 급 슬레이어들을 끌어모은 걸 수도 있겠어요."

"예?"

"플래티넘 슬레이어가 어느 정도로 강한지 직접 보여주려는 거 아닐까요? 곧 앱서버와의 전쟁도 있을 테고. 실체 없는 강함보다, 눈에 보이는 강함이 훨씬 피부에 와 닿을 테니까요. 플래티넘 슬레이어의 강함을 실제로 접한 사람은 그렇게 많지 않잖아요."

계속해서 진동이 느껴졌다. 무려 2만의 슈퍼 웨이브가 이쪽을 향해 밀려들고 있었다. 슬레이어들이 조금씩 동요하기 시작했다.

"뭐야? 1진 구성원이 진짜로 인하 길드랑 플래티넘 슬레이어, 이렇게만 움직인다고? 뭔가 다른 거 없이 그냥 그게 끝이야? 서, 설마……."

현석이 목을 돌렸다. 우드득 소리가 났다. 어느새 거의 고등학생, 혹은 성인이라 해도 믿을 정도로 커진 활이 주먹을 불끈 쥐었다.

"주인님, 전체 힘 개방하실 건가요?"

현석이 대답했다.

"그래."

*　　　　*　　　　*

'2만'이라는 숫자가 주는 위압감은 엄청났다. '붉은'이라는 타이틀은 떨어져 나갔지만 그래도 세계적으로 처음 발생한 무려 '슈퍼 웨이브'다.

"아니… 아무리 플래티넘 슬레이어라지만……."

대부분의 슬레이어들은 걱정했다. 그럴 수밖에 없다.

그들은 플래티넘 슬레이어의 강함을 눈으로 본 것이 아니라 소문으로 접한 게 대부분이기 때문이다.

하종원이 중얼거렸다.

"와… 진짜 많네. 진짜 떼거지다, 떼거지."

많은 수의 슬레이어가 초조해하고 있는 가운데, 강남 스타일의 길드장 김상호는 다른 의미로 초조해했다.

'어떤 스킬을 사용할 것인가… 역시 예상대로라면 폭풍이겠지?'

김상호는 폭풍을 한 번 본적이 있다. 실제로 본 건 아니고 예전에 영상으로 봤었다.

폭풍의 위력은 정말 어마어마했다. 말 그대로 폭풍, 자연재해에 가까운 그 거대한 규모의 에메랄드 폭풍은 인간이 만들어낸 스킬이라고는 믿을 수 없을 정도였다.

'폭풍으로 먼저 한 차례 휩쓸고 나면……'

폭풍을 사용하고 나면 아마 슬레이어들의 저 걱정 어린 시선은 완전히 바뀌게 될 거다. 걱정 어린 시선이 아니라 동경 어린 시선으로 바라보겠지.

김상호의 예상은 맞아떨어졌다.

['대체 불가능한+1' 칭호를 확인합니다.]

[앱솔루트 필드의 반경을 확대할 수 있습니다.]

[스킬. 폭풍의 위력을 200퍼센트 상승시킵니다.]

이제 레드 돔은 없다. 과거 레드 돔 안에 갇혀 있을 때에는 폭풍의 위력을 100퍼센트까지 상승시킬 수 있었다. 그런데 이제 그 상향선이 무려 200퍼센트다. 단순히 강해진 게 아니다. 거기에 반경까지도 훨씬 넓어졌다. 2만이라는 엄청난 숫자를 모두 범위에 넣어버릴 만큼 말이다.

"폭풍."

종원이 어깨를 으쓱했다.

"너 굳이 스킬 명 육성으로 말할 필요 없잖아?"

스킬 명을 말하는 건 팀플레이의 기본 중 기본이다. 그러나 현석은 논외다.

스킬 명을 말하는 건 어디까지나 '팀플레이'의 기본 중 기본이니까. 참고로 현석이 하는 건 팀플레이가 아니고 쩔이다.

에메랄드빛 폭풍이 일기 시작했다. 현석을 중심으로 커지기 시작한 그 것은 이내 주변 하늘과 세상을 전부 에메랄드빛으로 덮어버렸다.

[소멸시킬 적을 설정합니다.]

타깃팅 역시 완료했다. 일부러 물리 모드는 가동하지 않았다. 이 넓은 지역에 물리 모드를 사용하면 이 주변이 완전히 초토화될 거다.

슈퍼 웨이브를 막겠다고 자연재해를 일으킬 수는 없지 않은가.

슬레이어들은 입을 쩍 벌렸다. 소문으로 듣기만 들었지 정말로 이 정도일 줄은 몰랐다.

굳이 비유해 보자면, 소문과 사진으로만 그랜드 캐니언의 웅장함을 접했던 사람들이 그 장엄한 광경을 처음 볼 때의 감정보다 훨씬 더 충격적이라고 할 수 있겠다.

소문으로 접했을 때엔 그런가 보다, 역시 플래티넘 슬레이어는 정말 강하구나, 대단하다, 혹은 그런 사람은 한국에 있어서 정말 다행이다, 정도의 감상이었다.

"세… 세상에……."

그런데 폭풍을 직접 눈으로 보고 나니 '그 정도'를 훨씬 뛰어넘는 무언가가 있었다. 소문은 보통 과장되게 마련이다. 다들 어느 정도는 그렇게 생각했다. 그런데 이번엔 달랐다. 소문이 과장된 게 아니라 오히려 축소되어 있었다.

세상이 전부 에메랄드빛으로 물들었다.

"이게 도대체 반경이 얼마나 넓은 거야? 끝이 안 보여."

"최소 몇 ㎞는 될 것 같은데……."

"저, 저기 봐!"

"이, 이럴 수가……."

가장 앞서 쳐들어오던 오크와 트롤들의 돌격 부대는 현석이 일으킨 폭풍에 닿자마자 그대로 실드 게이지가 박살 나고 H/P가 0이 되어 사라져 버렸다.

정확하게 보이지는 않지만 그린스톤이라 짐작되는 스톤들이 사방에서 번쩍거렸다. 오크, 트롤, 웨어울프 등을 순식간에 죽이는 건 이해가 된다. 그럴 수 있다.

"자이언트 터틀이… 5초도 못 버티고 죽었어."

방어력만 놓고 보자면 오우거보다도 강할지도 모른다는 자이언트 터틀이 겨우 5초도 못 버티고 장렬하게 산화했다.

슬레이어들은 저 전투에 도저히 참여할 엄두를 내지 못했다. 레드 돔을 깨고 나온, 역전의 용사들이라 자부했었는데 그 자부심이 산산조각 나는 느낌이 들었다.

"저, 저건 홍세영 아냐?"

홍세영은 기본적으로 빠른 몸놀림을 구사한다. 보통 민첩형 슬레이어의 경우, 화려하고 빠르긴 하지만 실속이 없다는 말도 자주 듣는다. 공격력이 약하니까 말이다.

대인전에는 강해도 방어력이 높은 몬스터와 싸울 때엔 별로 효용성이 없다는 것이 일반론이었다.

그러나 홍세영은 달랐다. 홍세영은 몬스터 사이를 빠르게 누비면서 키클롭스만을 찾아 죽이거나 행동불능 상태로 만들었다. 눈을 찌르는데 일말의 망설임도 없었다.

명훈이 연수 뒤에 숨어서 세영을 응원했다.

"오케이. 우리 세영이 잘한다, 잘해!"

키클롭스의 경우는 붉은 광선을 사용한다. 키클롭스킹처럼 만약 난사 혹은 자폭을 한다면 일대가 초토화될 수도 있다. 그걸 막기 위해 홍세영이 폭풍의 영향권 내에서 키클롭스만 골라 공격하고 있는 중이다.

폭풍이 조금씩 옅어지기 시작했다. 현석이 윈드 커터를 수천 발씩 쏘아내기 시작했다. 플래티넘 슬레이어의 전매특허, 엄청난 위력을 가진 윈드 커터가 하늘을 수놓았다.

그리고 몬스터들의 진 한쪽에서는 콰과광! 거대한 폭발음이 일었다. 하종원이었다. 하종원은 전격의 워리어에서 스페셜 워리어로 전직했다.

"스페셜 라이트닝!"

거대한 해머를 땅에 내려쳤다. 마치 커다란 충격을 받은 자동차의 유리처럼, 바닥이 쩍 갈라졌다. 그 반경이 무려 30미터에

다다랐다. 반경 30미터. 직경 60미터의 거대한 구덩이에서 노란색 스파크가 지직거리며 타올랐다.

고압 전류장에 갇힌 것처럼, 몬스터들이 일시에 스턴 상태에 빠져들었다. 스턴 상태에 빠져든 몬스터의 숫자는 약 40여 마리.

"헬파이어."

거기에 욱현의 광범위 마법 헬파이어가 더해졌다.

민서의 보조 마법까지 더해져 욱현의 헬파이어의 위력이 훨씬 강해졌다. 뇌전이 번쩍이고 불길이 타올랐다.

슬레이어들은 똑똑히 느낄 수 있었다. 비록 플래티넘 슬레이어의 이름에 묻혀 있기는 하지만 인하 길드는 명실공히 한국 내 최강의 길드였다.

"무슨… 수십 미터 반경은 기본으로 깔고 들어가……?"

"그럴 수밖에 없지… 플래티넘 슬레이어랑 항상 함께 슬레잉을 해왔으니까."

최근 아주 유명해진 사건이 하나 있다.

하급 슬레이어의 '로또 사건'이었다. 원래 레벨 9의 허접한 슬레이어였는데 플래티넘 슬레이어의 도움을 받아 순식간에 중간 이상급의, 다시 말하자면 제 구실을 능히 할 수 있는 슬레이어로 도약한 사람이 한 명 있었다. 정확한 신원은 밝혀지지 않았지만 약 50대의 어떤 남성이라는 소문이었다.

"겨우 며칠 만에 사람을 그렇게 키워내는데… 인하 길드라면 두말 할 필요도 없지."

인하 길드의 실력은 단연코 발군이었다. 한국 내 최고 길드. 그러니까 인하 길드를 제외하고 최고 길드라는 강남 스타일과는 비교도 되지 않을 만큼 강했다.

"1위 길드랑 2위 길드랑 전력 차이가 너무 많이 나는 거 아니냐?"

"솔직히 강남 스타일이랑 인하 길드랑 어느 정도 비슷할 수도 있다고 막연하게 생각했었는데……."

강남 스타일의 길드장 김상호는 확실히 느꼈다.

'일부러 슬레이어들에게 압도적인 강함을 표출하고 있다.'

프리미엄 길드장 엄소현 역시 그와 비슷한 생각을 했다.

'슬레이어들을 굳이 이렇게 불러 모으고… 또 압도적인 무력을 선보임으로써 입지와 위상을 확실히 차지하려는 걸까?'

시간이 조금 흘렀다. 김상호가 말했다.

"중간중간, 플래티넘 슬레이어와 인하 길드가 놓치는 몬스터들이 있습니다. 잔챙이이긴 하지만 놓치면 안 될 겁니다. 사방으로 흩어져 슬레잉합니다."

슬레이어들은 그제야 정신을 차렸다.

플래티넘 슬레이어와 인하 길드의 압도적인 무력 앞에서 잠시 정신을 놨었다. 나름대로 한국 내 엘리트들인데도 그랬다. 그만큼 플래티넘 슬레이어와 인하 길드의 능력은 엄청났다. 감히 쳐다보지도 못할 만큼 말이다.

슬레이어들 역시 슈퍼 웨이브 디펜스에 나서기 시작했다. 그리고 그들은 전부 느꼈다.

"피, 피해! 힐러! 힐!"

"힐!"

"왼쪽 조심해! 이놈 생각보다 움직임이 빨라!"

슈퍼 웨이브에 나타난 몬스터들. '붉은'의 타이틀은 없어졌지만 결코 만만하지가 않다.

"씨팔! 일반 몬스터가 아니잖아!"

슈퍼 웨이브에 나타난 몬스터는 결코 일반 몬스터가 아니었다. 붉은 몬스터와 비교했을 때, 강하면 강했지 절대 약한 몬스터들이 아니었다. 일반 몬스터라 생각하고 덤볐는데 막상 부딪쳐 보니 아니었다.

"일반 트롤이 아니라 붉은 트롤 정도라 생각하고 싸워야 돼!"

슬레이어들은 긴장하기 시작했다.

인하 길드와 플래티넘 슬레이어의 대공세 속에서 겨우 살아나온 잔챙이들을 상대하는 데도 그랬다.

새로운 몬스터라 할 수 있는, 로브를 입은 몬스터와 예쁘장한 여자형 몬스터는 어느새 관심 밖이 되어 버렸다. 슈퍼 웨이브 디펜스가 계속해서 진행됐다.

*   *   *

미국은 전투기를 동원했다. 다행히 슈퍼 웨이브에는 드레이크가 발견되지 않았다. 드레이크만 발견되지 않는다면 전투기를 동원하여 공격해도 괜찮을 터였다.

과학기술과 슬레이어의 능력을 적절히 조합하여 슈퍼 웨이브 디펜스에 나섰다.

"사망자 숫자 현재까지 약 320명으로 추산됩니다!"

"젠장."

보고에 따르면 슈퍼 웨이브에 나타난 몬스터들은 일반 몬스터와는 달랐다. 이상했다. 레드 돔 안에서의 몬스터보다 더 강했다. '붉은'의 이름이 없어졌는데도 그랬다. 초기 피해가 컸다.

'갑자기 왜 난이도가 높아진 느낌이 드는 거지?'

뭐랄까. 정확하게 표현하기는 힘들어도 갑자기 난이도 자체가 상향 평준화된 것 같은 느낌이다. 과거에 레벨 10짜리 트롤이었다면 지금은 레벨 30짜리 트롤이 나타나는 것 같다.

'어떻게 레드 돔 안에서의 몬스터보다 더 강한 거냐!'

미국뿐만 아니라 다른 나라들 역시 고전을 면치 못했다. 시간이 지나면 지날수록 슬레이어들이 점점 더 승기를 잡아가기는 했으나 손실도 꽤 컸다.

한 나라에서 적어도 수십 명 이상의 피해가 났다. 말이 좋아 수십 명이지, 그 수십 명은 각 나라를 대표하는 엘리트급 슬레이어다. 이 세상에서는 엘리트급 슬레이어가 곧 국력과도 직결된다.

에디는 생각했다.

'그나마 다행인 건… 다른 나라들 역시 피해가 크다는 거겠지.'

미국만 약해지면 문제가 된다. 가장 문제는 바로 유럽이었다.

슈퍼 웨이브를 막음과 동시에 유럽 쪽 상황도 항상 신경 썼다. 앱서버들은 어쩌면 이틈을 타 유니온을 습격할 수도 있기 때문에 그쪽의 동태도 항시 살펴야 했다.

"유럽 쪽은 피해가 그렇게 크지 않은 것 같습니다. 앱서버들의 활약이 대단한 것 같습니다."

앱서버들은 행동 노선을 약간 바꾸었다. 대중들의 지지를 얻기 위함인지는 몰라도 그들은 슈퍼 웨이브 디펜스에 적극적으로 나서는 듯했다.

'확실히 앱서버들은 곤란한 문제가 되겠어.'

빠른 시일 내에 앱서버 세력을 뿌리 뽑아야겠다고 생각했다.

'그렇다면 한국은⋯⋯?'

새로운 보고가 올라왔다.

"한국 슈퍼 웨이브, 클리어되었답니다."

"뭐라고!"

슈퍼 웨이브가 발생한 지 겨우 4시간밖에 안 지났다. 그런데 클리어를 했단다.

이번 슈퍼 웨이브는 일반 웨이브와는 차원을 달리하는 강력한 웨이브였다. 그런데 그 웨이브를 겨우 4시간 만에 막아냈다는 말인가.

'붉은 몬스터들보다 더 강한 몬스터들이었는데 어떻게⋯⋯!'

역시 이번에도 플래티넘 슬레이어인가. 아니, 아무리 플래티넘 슬레이어라해도 수만 마리가 넘는 몬스터들을 어떻게 4시간 만에 모두 죽일 수 있다는 거야. 우리 측 정보가 또 잘못됐다.

미국은 항상 플래티넘 슬레이어에 대한 정보를 모은다. 무력 정보도 항상 업데이트한다. 레드 돔 때문에 일정 기간 불가능하긴 했지만 그래도 과거의 기록들을 토대로 하고 또 성장치를 최대치로 잡아 '이 정도의 무력'을 갖고 있을 거란 데이터를 뽑아낸다. 그 데이터를 토대로 한다면 슈퍼 웨이브를 막으려면 적어도 3일 이상의 시간이 걸릴 거라고 생각했다.

실제로 미국은 이제 겨우 300여 마리를 처치했다. 아직도 갈 길이 멀다.

'어떻게 벌써 클리어가 됐단 말이냐!'

말도 안 되는 일이다. 어떻게 이 정도 난이도의 슈퍼 웨이브가 벌써 클리어됐는지 모르겠다. 어쩌면 한국의 난이도가 오히려 쉬워졌을지도 모른다. 그게 아니고서는 설명이 안 된다.

에디가 말했다.

"일단 중요한 겐 그게 아니지. 크리스!"

문제는 그게 아니었다. 크리스가 바로 대답했다.

"제가 바로 워프 게이트를 통해 한국으로 가겠습니다."

이제 타이밍 싸움이 됐다. 한국의 몬스터가 약한 건지 어떤 건지는 몰라도 일단 중요한 건 플래티넘 슬레이어를 모셔 와야 한다는 거다. 다른 나라들 역시 정보를 접할 때가 됐다.

'상황이 반복되는군.'

상황이 반복됐다. 예전에는 쩔을 위해 플래티넘 슬레이어를 포섭하려 했다. 각국 정상들이 전부 그랬다.

이번에는 쩔이 아니라 슈퍼 웨이브 디펜스를 위해 그를 데려와야 했다. 크리스가 마지막으로 확인했다.

"보상의 범위 등……."

"모두 너한테 일임할게. 빨리 좀 튀어가라 친구야. 어떻게든 데려만 와!"

미국 내 2인자, 크리스가 워프 게이트를 탔다. 발바닥에 땀이 나도록 뛰었다. 그런데 예상치 못한 일이 벌어졌다.

　　　　*　　　　　*　　　　　*

　크리스는 놀랄 수밖에 없었다. 워프 게이트를 통해 한국의 당왕성으로 향하고 있는데, 그 중간에 플래티넘 슬레이어를 만났기 때문이다. 멀리서 봤을 때에는 긴가민가했다.

　'서, 설마 진짜 플래티넘 슬레이어인가?'

　사실 크리스의 눈으로 보기에 동양인은 다 거기서 거기인 것처럼 생겼다. 플래티넘 슬레이어의 경우 약간 훤칠하고 잘생기기는 했지만 서양인만큼 구별이 잘 되는 건 아니었다. 그래서 조금 헷갈렸다. 그 헷갈림은 이내 사라졌다.

　'진짜 플래티넘 슬레이어다!'

　가까이에서 보니 플래티넘 슬레이어가 맞았다. 하지만 어째서? 왜? 플래티넘 슬레이어가 워프 게이트에 있는 것인가를 생각해 보니 정답은 정해져 있었다.

　"본론부터 말할게요. 미국은 지금 제 도움을 원하는 게 맞죠?"

　"예, 맞습니다."

　"협상 권한도 위임받아 오셨을 테고요."

　"…예."

　레드 돔에 갇히기 전보다 유니온의 위상과 입지 그리고 능력은 훨씬 더 높아졌고 강력해졌다. 다시 말해 유니온의 권한이 굉장히 많이 커졌다는 소리다.

　"한시가 급할 테니까 짧게 말할게요. 첫째, 쩔 정책을 활성화시킬 것. 둘째, 아이템 강화 관련 슬레이어들을 한국에 대거 파견할 것. 셋째, 슈퍼 웨이브에서 드롭되는 아이템은 모두 제 소유입니다."

아이템이라고? 당신은 아이템 드롭을 시킬 수 없잖아. 아이템이라니 그게 무슨 소리지. 크리스는 순간 헷갈렸다.

'설마 미국 슬레이어들에 의해 드롭되니 아이템들마저도 꿀꺽하겠다는 건가······!'

플래티넘 슬레이어의 성향이 조금 바뀐 것 같은 기분이 들었다. 과거—크리스 기준으로 그게 벌써 10년 전이다—에 플래티넘 슬레이어는 과도한 욕심을 부리지 않았었다. 요구를 들어줄 때에도 최소한의 보상만 약속하면 대부분 해줬다.

그 최소한의 보상이 비록 다른 사람들이 보기엔 천문학적이고 어마어마한 보상인 건 맞았지만 플래티넘 슬레이어의 능력과 비추어 보았을 때에는 그렇게 큰 보상이라고 하기에는 힘들었었다.

'성향이··· 바뀐 것 같다.'

크리스는 그렇게 결론 내렸다. 그런데 충격적인 말을 하나 들었다.

"저도 이제 아이템 드롭시킬 수 있거든요. 페널티가 해제되어서요."

저 말이 사실이라면 정말 엄청난 거다. 슈퍼 웨이브의 규모는 정말 역대급이다. 무려 2만 마리가 넘는 몬스터들이 등장한다. 플래티넘 슬레이어는 그 슈퍼 웨이브를 순식간에 정리하고 워프 게이트로 왔다.

무슨 말이냐 하면, 그 짧은 시간 동안 2만 마리에게서 드롭되는 아이템을 얻을 수 있다는 소리다.

'아이템은 곧 힘이다. 플래티넘 슬레이어가 아이템에 욕심을 내는 것도 당연해.'

과거의 아이템과는 다르다.

과거의 아이템은 오로지 슬레이어의 슬레잉만을 위한 도구였다. 그러나 이젠 아니다. 당장 크리스가 사용하고 있는 핸드폰 역시 아이템이다. 생필품들 모두가 아이템으로 드롭된다.

"슈퍼 웨이브에서 드롭되는 아이템 전부… 말입니까?"

아무래도 그 조건은 들어주기가 힘들다. 이미 상당수의 아이템이 드롭되었다. 슬레이어들의 피해가 있었던 것만큼 몬스터들도 지금 죽어나가고 있으니까.

"아, 조건을 하나 더 달게요. 제가 도착한 이후에 드롭되는 아이템이요. 제가 도착하기 전에 드롭된 아이템까지 먹기에는 양심에 걸리네요."

아무리 그래도 들어주기 어렵다. 미국 슬레이어들의 반발을 생각하지 않을 수 없었다. 안 그래도 미국 슬레이어들의 권리는 꽤나 높은 편이다.

그들의 반발이 어마어마할 거다. 그들 역시 목숨을 걸고 슬레잉에 나섰는데 보상이 모두 플래티넘 슬레이어에게 돌아간다면 엄청나게 반발할 것이 뻔했다. 그러나 들어줄 수 없다고 말하기도 힘들었다.

"싫으면 어쩔 수 없고요. 그렇게 무리한 요구는 아니라고 생각했는데."

그때, 누군가가 헐레벌떡 달려왔다.

"저희는 그 모든 요구 사항을 당장에라도 들어줄 수 있습니다!"

현석이 고개를 돌려보니 중국 측 사람 같았다. 모르는 사람이었다. 그는 급하게 자신의 소개를 했다. 남자의 이름은 장한이었다. 레드 돔 안에 갇혀 있을 당시 크게 성장을 했고 덕분에 유니온 내에서도 서열 5번째 안에 들어가는 남자란다. 그는 한국어에도 제법 능통했다.

"중국은 슬레이어들이 드롭시킨 아이템마저도 모두 넘길 준비가 되어 있습니다!"

"그래요?"

크리스 역시 한국어를 알아듣는다. 현석과 얘기 할 때에는 영어가 편해서 영어를 사용한다지만 그래도 한국어를 꽤 하는 편이다. 일부러 틈틈이 공부했다. 그래서 똥줄이 탔다.

"저, 저희도 요구 사항을 들어드리겠습니다!"

어차피 이렇게 된 거 이판사판이다. 일단 플래티넘 슬레이어를 데려가서 슈퍼 웨이브를 막는 게 우선이다.

가만히 뒀다가는 슬레이어 피해는 물론이고 경제적 피해도 어마어마할 거다.

장한이 또 말했다.

"저희는 플래티넘 슬레이어께서 도와주시는 것에 대한 보답으로 그린스톤 10만 개를 드리겠습니다!"

크리스는 컥, 하고 신음 소리를 냈다. 황급히 표정을 수습했지만 확실히 놀랐다. 그린스톤 10만 개. 10만 개쯤 되는 수량을 도대체 어떻게 모았는지 궁금할 지경이다.

요즘에는 전기를 많이 쓰지 않는다. 전력 발전에 있어서의 그린스톤은 이제 별로 큰 의미가 없다고 해도 과언이 아니었다. 또한 그린스톤은 이제 의약품에도 많이 사용되지 않는다. 그러나 그린스톤의 수요는 과거보다 더 높아졌다. 그럴 수밖에 없다. 그린스톤은 곧 아이템 상점의 화폐로 사용되고 있으니까.

'미, 미친… 그린스톤 10만 개면……'

보통 그린스톤 1개가 있으면 4인 기준 가정 하나가 1주일 동안 생활할 수 있다고 보면 됐다. 과거 수억 원씩 하던 때보다 금전적 가치는 많이 줄어들었지만 그린스톤이 있으면 아이템 상점에서 생필품 구입이 가능해지기 때문에, 일단 생존권을 확보해 줄 수 있는 아이템이기도 했다.

참고로 모든 스톤 중에서도 그린스톤의 수요가 제일 높았다.

현재 슬레이어의 능력 상 분포도는 피라미드 형태를 그리고 있으며, 레벨 50 이하의 서민층 계층들에게 가장 필요한 건 상위급 스톤이 아니라 그린스톤 혹은 옐로우 스톤이었으니까.

현석은 잠시 생각에 빠졌다.

'그린스톤 10만 개라……'

현석도 놀랐다. 저 정도의 물량을 중국에서 비축하고 있을 줄이야. 중국에도 빈민층이 굉장히 많다고 알고 있는데, 그 와중에 10만개의 물량을 확보했다는 건 정말 엄청난 일이라고 할 수 있겠다. 만약 한국이었으면 빈민층에 의한 폭동이 일어났을지도 모를 일이다.

'금액'이 중요한 게 아니다. 그린스톤 1개만 있으면 4인 기준 가정이 1주일 동안 생활할 수 있다. 과거의 금액―개당 수억 원씩

하던—과 비교해 본다면 그렇게 큰 돈은 아닐지 모른다. 그러나 지금의 몬스터스톤은 단순히 금액, 그 이상의 가치를 갖는다. 몬스터스톤은 기본적인 생존권과 직결되니까 말이다.

그린스톤이 4개면 1가정이 무려 한 달을 살 수 있으며 약 50개면 1년을 살 수 있다. 1,000가정이면 5만 개다. 다시 말해, 그린스톤 10만 개가 있으면 2,000가정. 즉, 1만 명을 1년 동안 먹이고 입히고 재울 수 있는 커다란 재원이 된다는 소리다.

'한국 유니온에도 큰 도움이 되겠지.'

현석이 말했다.

"그거 좋네요."

크리스가 다급히 뭔가를 말하려고 했다. 이대로면 중국에게 선수를 빼앗기게 생겼다.

"저, 저희 역시 그린스톤 10만 개와 옐로우 스톤 1만 개를 추가로 드리도록 하겠습니다."

"그런 물량 없잖아요."

"일시불은 힘들어도 미국은 그 물량을 감당할 수 있습니다. 1년 내에 모두 드리도록 하겠습니다."

플래티넘 슬레이어가 슈퍼 웨이브를 끝내고 바로 미국으로 온다고 해도 몇 시간의 차이가 발생한다. 그 와중에 발생할 피해는 엄청날 거다.

그러자 장한이 또 말했다. '왜 또 끼어드냐! 플래티넘 슬레이어는 우리 거다!'라고 주장하는 듯했다.

"저희는 그린스톤 10만 개와 옐로우 스톤 3만 개를 일시불로 드리겠습니다!"

　　　　　＊　　　　　　＊　　　　　　＊

　일본 유니온장 야마모토는 끄웅, 한숨을 내쉬었다. 선수를 놓쳤다.

　'미국과 중국이 그렇게 빠르게 움직일 줄이야.'

　일단 첫 번째 기회는 놓쳤다. 그렇다면 두 번째 기회라도 잡아야 했다. 그러나 야마모토는 아찔함을 느껴야만 했다.

　"미, 미친… 그린스톤 10만 개와 옐로우 스톤 3만 개라고?"

　'하기야 그 정도 되니까 플래티넘 슬레이어가 자국의 슈퍼 웨이브를 클리어하고 바로 움직였겠지'라는 생각이 들었다.

　아무리 플래티넘 슬레이어라고 해도 2만의 대병력을 상대하고 나면 힘들 거다. 그 피곤한 몸을 이끌고 중국으로 바로 달려간 걸 보면 그린스톤 10만 개, 옐로우 스톤 3만 개는 확실히 구미가 당기는 제안인 것 같았다.

　'제기랄. 딴 놈들도 비슷한 조건을 내걸면 큰일인데.'

　일본은 그 정도의 여유를 갖고 있지 않았다. 일본은 과거만큼의 선진국이라 보기에는 힘들었다. 초기에 상위 급 슬레이어가 너무 많이 죽었다. 한국, 미국, 중국이 전 세계 톱 3라면 일본은 슬레잉 강국들─약 20여 개국─과 4위권 다툼을 하고 있는 중이라고 할 수 있겠다.

　그런데 일본에 누군가 찾아왔다. 야마모토도 익히 아는 얼굴들이었다.

　"당신들은……."

"안녕하세요? 오랜만이네요."

확실히 아는 얼굴. 과거에도 봤었다. 예전보다 더 예뻐진 것 같다. 플래티넘 슬레이어의 하나뿐인 동생, 버퍼—테이머인 유민서였다. 대표는 유민서 그리고 디펜더인 김연수와 힐러인 강평화가 함께하고 있었다.

"오빠가 가라고 해서 왔어요."

야마모토는 뭐라고 대답해야 할 지 갈피를 잡지 못했다.

'이 조합은 도대체 뭐지? 일본에는 왜……?'

인하 길드는 미국으로 향했다고 들었다. 그런데 그게 다가 아닌 모양이다. 인하 길드원들 중 일부. 그러니까 디펜더, 힐러, 헬퍼로 이루어진 이 보조 계열 조합은 일본으로 왔다. 이해할 수가 없었다.

"음. 그러니까 뭐라더라. 일본이 제시할 수 있는 조건을 말해 보라고 했어요."

민서가 종이와 펜을 들었다. 그제야 야마모토는 이해했다.

'아… 전투에 직접적인 필요가 없는 인원들을 추려서 각국의 조건들을 미리 알아놓으려고 하는 거구나. 그래서 중국 클리어가 끝나면 우선순위를 주려는 거야.'

한편, 일본 유니온의 2인자이자 유니온의 머리 역할을 맡고 있는 신페이는 조금 이상함을 느꼈다.

'뭐랄까. 이 유닛 조합이 뭔가 다른 걸 보여줄 수 있을 것 같은데…….'

대화를 들어보면 그랬다. 아무래도 유니온장은 이 사람들을 단순히 '정보 취득용'으로 생각하고 있을지 모르겠지만 신페이가 듣기엔 아니었다. 신페이가 물었다.

"여러분들은… 정말로 단순 거래 조건 취득을 위해 이 자리에 온 것입니까?"

"아뇨. 오빠가 그랬는데, 여기 적혀 있는 조건들 중에서 3가지만 부합되면 피해를 막아주라고 했어요."

민서가 노트 하나를 꺼내 들었다.

"저희가 확인 가능할까요?"

그러자 연수가 고개를 절레절레 저었다.

"플래티넘 슬레이어는 일본 측에서 조건을 제시하기 원합니다."

그러자 신페이는 식은땀을 흘렸다. 플래티넘 슬레이어가 아무래도 일본의 성의를 시험하려는 것 같다. 플래티넘 슬레이어가 원하는 기준점이 있는데, 일본이 그 기준점을 맞추지 못하면 가차없이 버려질 것 같았다.

야마모토와 신페이가 잠시 이야기를 나눴다. 인하 길드원들을 오래 기다리게 할 수 없었던 둘은 얘기를 금방 끝마쳤다.

야마모토가 입을 열었다.

"저, 저희는……."

*　　　　　*　　　　　*

사실 민서의 노트에는 아무것도 적혀 있지 않았다. 다만 최대한 좋은 조건을 받기 위해, 현석이 마련한 일종의 속임수라고 할 수 있겠다.

세세한 조건을 짜기에는 시간이 너무 부족했다. 보상을 받는 것도 좋지만 이 슈퍼 웨이브를 막는 것도 중요했다.

실시간으로 사람들이 죽어나간다. 블랙 나이트 왕국을 경험했던 현석은 쓸데없는 희생은 최대한 막아주고 싶었다. 그래서 가능하면 빨리 슈퍼 웨이브를 깨주기 위해 다른 나라들로 향했던 거다.

그냥 힘 조금만 더 쓰면 수십, 수백, 더 나아가 수천, 수만 명의 사람들을 구할 수 있는데 그것조차 안하기에는 그가 가진 능력의 의무와 책임이 너무 컸다.

어쨌든 민서를 비롯한 인하 길드원들은 일본 내 슈퍼 웨이브가 진행되고 있는 곳으로 향했다.

최전방에서 슈퍼 웨이브에 맞서 싸우던 슬레이어 유우는 순간 당황했다. 유우는 옛날부터 일본 내 최고의 슬레이어로 인정받았던 사람이다.

현석에게 쩔을 자청하면서 무릎을 꿇기까지 하지 않았던가. 이곳에 오게 된 인하 길드원들 역시 알고 있었다.

'이들이 어째서……'

이들은 보조 계열의 슬레이어들이 아닌가.

'게다가 플래티넘 슬레이어는 유민서를 굉장히 아끼는데… 왜 이런 위험한 곳에 달랑 세 명만 보낸 거지?'

이해할 수가 없었다. 간단하게 인사를 마친 유민서가 입을 열었다.

"저희가 시간을 벌어드릴게요. 피해가 최소화되도록."

평화가 걱정스런 눈으로 민서를 쳐다봤다.

"민서야, 너무 무리하지는 마."

"난 언니 믿어. 언니 힐이랑 M/P 차징이면 오래 버틸 수 있을 거야. 게다가 연수 아저씨도 있고."

유우는 이들의 대화를 이해할 수 없었다.

'도대체 무슨 소리를 하는 거야? 유민서는 분명 헬퍼인데…….'

유우 역시 전선에서 오랫동안 빠져 있을 수는 없었다. 유우가 빠지자 유우가 빠진 부근에서 피해가 계속해서 발생했다.

그리고 유민서가 앞으로 나섰다. 일본 슬레이어들은 그동안 단 한 번도 보지 못했던 엄청난 상황에 입을 쩍 벌려야만 했다.

"도, 도대체 이게 무슨 일이야……?"

CHAPTER 8

민서가 앞으로 나섰다. 그때까지만 해도 일본 슬레이어들은 민서가 어떤 것을 보여줄지 몰랐다. 아니, 상상조차 할 수 없었다.

　"왕언니!"

　그러자 공간이 일렁거리기 시작했다. 크기 100미터에 달하는, 엄청난 위압감을 내뿜는 거대한 몬스터가 나타났다. 일본 슬레이어들은 크게 놀랐다.

　"저, 저게 뭐야?"

　"모, 몬스터다!"

　그러나 이 몬스터는 뭔가 특이했다. 일본 슬레이어들 중 일부가 너무 깜짝 놀라 이 몬스터를 공격했으나 몬스터의 실드에는 흠집조차 나지 않았다. 그 거대한 몬스터는 마치 어린아이를 쳐다보듯 가소로운 눈길로 조그마한 인간들을 힐끗 쳐다봤다.

"저, 저런 몬스터 본 적도 없어."

"저런 엄청난 크기라니……."

일본도 레드 돔에 덮였었다. 분명 자이언트 터틀킹도 봤었다. 그런데 저런 어마어마한 규모의 자이언트 터틀킹은 처음 본다. 아니, 자이언트 터틀이 아니라도 저렇게 엄청난 덩치를 가진 몬스터는 본 적도 전혀 없다.

민서가 외쳤다.

"왕언니. 공격!"

그으으으으―!

왕언니가 입을 크게 벌렸다. 왕언니 수준에서 입을 크게 벌리면 정말 엄청나게 거대한 거다.

길이만 100미터에 이르는 괴물이 입을 크게 벌린 거니까. 입속에서 초록색 액체가 부글부글 끓어올랐다. 워낙에 덩치가 크다 보니, 그 액체가 부글부글 끓는 소리까지도 다 들렸다.

"거북일! 거북이! 거북삼! 거북사!"

그리고 민서는 차례차례 자이언트 터틀을 소환하기 시작했다.

왕언니에 비해서는 굉장히 작은 자이언트 터틀들이 나타났다. 그러나 왕언니에 비해서 작은 거지, 그 덩치가 결코 작지는 않았다.

일본 슬레이어들이 평소 거대하다고 생각하는 덩치의 몬스터, 자이언트 터틀이 무려 수십 마리가 나타났다.

"서, 설마… 테이밍된 몬스터들?"

100미터의 몬스터 왕언니를 중심으로 양 옆으로 10마리씩 일렬로 늘어선 자이언트 터틀들은 한발자국씩 전진하면서 산성독을 일시에 쏟아냈다.

"M/P 차징! M/P 차징! M/P 차징!"

평화는 빠른 속도로 M/P 차징을 사용하면서 민서의 M/P를 늘려주었다. 민서가 소환한 몬스터의 숫자는 무려 20마리가 넘는다. 그것도 하나같이 엄청나게 커다란 몬스터들이다.

마치 자이언트 터틀로 만들어진 거대한 성벽이 앞으로 전진하는 것 같았다. 민서가 이 소환을 유지하려면 평화의 M/P 차징이 필수였다.

그리고 유니온으로부터 지시를 받은 일본의 헬퍼들도 민서에게 M/P차징을 사용하기 시작했다. 수십 명의 헬퍼들이 돕기 시작하자 민서도 제법 여유가 생겼다.

"거북 삼십! 거북 삼십일!"

민서의 M/P가 순식간에 줄어들고 다시 차고를 반복했다.

"이게 도대체 무슨……."

"말도 안 돼!"

일본 슬레이어의 상식이 파괴됐다. 보통 테이머는 기껏해야 한두 마리의 몬스터를 테이밍한다. 그런데 앞에 보이는 이 괴현상은 도대체 뭐란 말인가. 한두 마리는커녕, 수십 마리쯤 되어 보였다.

일본 내 최고의 슬레이어인 유우는 순간 넋을 놓을 뻔했다.

'자이언트 터틀이 무려 50마리라…….'

그냥 일렬로 앞세워서 걷게만 시켜도 어지간한 나라는 찜 쪄먹을 것 같은 거대군단이 아닌가.

크기는 제각각이지만 가장 작은 놈을 기준으로 해도 너비가 4미터는 넘어 보인다. 그냥 일렬로 세워놓기만 해도 무려 200미터의 자이언트 터틀 벽이 세워진다. 심지어 가운데에 있는 한 마리는 너비가 4미터도 아니고 60미터는 되어 보였다.

유우는 침을 꿀꺽 삼켰다.

'인하 길드는 레드 돔 안에서 도대체 무슨 일이 있었던 거냐……'

*　　　　*　　　　*

인하 길드는 미국으로 향했다. 크리스는 마음이 무거웠다. 인하 길드원들이 강한 건 물론 알고 있다. 그러나 플래티넘 슬레이어와 감히 비교할 수는 없는 노릇이다. 인하 길드원들의 숫자가 많다면 또 모르겠는데 그래봤자 세영, 종원, 욱현. 이렇게 세 명뿐이다.

'상대해야 하는 몬스터의 숫자가 무려 2만 마리인데……'

2만 마리와 싸워야 한다. 그런데 겨우 세 명이 지원을 왔다. 한국 슬레이어들이 더 지원을 와줬으면 좋겠는데 아직 움직일 기미를 보이지는 않고 있었다.

유니온장 에디 역시 조금 실망할 수밖에 없었다.

'플래티넘 슬레이어가 직접 와도… 2만 마리는 상대하기 힘들 텐데……'

한국 지원군이 도착했다는 소식이 전선에도 알려졌다. 그러나 그들은 실망할 수밖에 없었다. 지원을 온 사람이 겨우 3명밖에 없었기 때문이다.

일선 지휘관 중 한 명인 스티브는 버럭 소리를 질렀다.

"3명이 무슨 지원이야!"

"세계 최강의 길드인 인하 길드에서 지원을 왔습니다. 분명 큰 도움이 될 겁니다."

스티브는 화가 났다. 그럴 수밖에 없다. 파격적인 지원을 기대했고 희망을 가졌는데 겨우 3명 왔단다. 이건 미국을 우롱하는 행위로밖에 볼 수 없었다.

"제길, 안내해."

그러나 기분 나쁜 걸 표현할 수는 없다. 생색내기 용이든, 우롱하기 용이든, 어쨌거나 지원을 와준 것은 틀림없는 사실이니까.

하종원과 홍세영. 그리고 김욱현이 스티브와 인사를 나눴다. 시간이 그리 많지는 않았다. 바로 투입 됐다.

미국 슬레이어들은 한국 슬레이어의 지원을 기다렸다.

"그들은 도대체 언제 오는 거야?"

비관적인 소식이 전해졌다. 한국에서 지원을 오기는 왔는데 겨우 3명 왔단다. 다들 실망했다. 어쩔 수 없다. 미국의 힘만으로 이 웨이브를 저지해야 했다.

그때, 하종원이 높이 뛰어올랐다.

"메가 라이트닝 크러쉬!"

메가 라이트닝 크러쉬. 하종원이 가진 광역 기술 중 가장 강력하며 화려한 광범위 공격이다. 전격 속성의 스페셜 워리어로 전직하게 되면서 얻은 스킬이기도 했다. 슬레이어들이 진을 갖추어 공격하는 와중인지라 하종원은 굉장히 눈에 띄었다.

"미, 미친놈! 쟨 뭐야!"

누가 봐도 자살행위로 보였다. 몬스터들 한가운데에 뛰어들다니.

"하종원이야! 하종원이라고!"

하종원의 해머가 노란빛으로 물들었다. 스파크가 튀었다.

"으랏차!"

높이 뛰어올랐던 하종원은 몬스터 무리 가운데에서 해머를 크게 휘둘렀다.

쿠과과과광!

거대한 폭발음과 함께 반경 약 50미터, 직경 100미터에 달하는 거대한 범위위로 노란색과 푸른색이 뒤범벅된 전격 스파크가 마구 튀어 올랐다.

콰지직—! 콰지지직—!

그리고 그 범위 내의 몬스터들 대부분이 스턴 상태에 빠져들었다.

거기에.

"헬파이어!"

미리부터 준비하고 있던 욱현의 헬파이어가 몬스터들을 휩쓸었다.

현석처럼 원샷원킬이 가능한 건 아니지만 욱현의 활약은 대단했다. 더더군다나 물리력을 행사하는 메이지다. 불길에 휩싸인 몬스터들은 화상을 입어 괴로워했다.

한 방의 공격으로 몬스터들을 싹쓸이하지는 못했지만 몬스터들은 전투 불능 상태에 빠져들었다.

일선 지휘관 스티브는 멍한 눈으로 앞을 쳐다봤다. 그의 눈은 헬파이어를 향하고 있지 않았다. 대부분 슬레이어들의 시선이 헬파이어로 향하고 있을 때, 그는 홍세영을 쳐다봤다.

'이럴 수가……'

지상 최강의 몬스터인 오우거를 한 방에 죽여 버리고 있었다. 이건 말도 안 된다. 그나마 플래티넘 슬레이어라면 이해라도 된다.

플래티넘 슬레이어야 워낙에 진작부터 사기라고 인정받았던 슬레이어니까. 그런데 홍세영은 아니다. 강하기는 강했으나 오우거를 한 칼에 썰어버릴 정도는 분명 아니었다.

오우거의 목이 땅에 떨어지고 키클롭스가 눈을 잃고 괴로워했다.

'우리에게 치명적일 수 있는 몬스터들만 골라서 처리하고 있어. 그것도 가공할 속도로.'

홍세영의 움직임은 빛살처럼 빨랐다. 그녀가 처리한 오우거의 숫자가 벌써 10마리가 넘고 키클롭스의 숫자 역시 10마리가 넘었다. 슬레이어들의 사기가 높아지기 시작했다. 정말 강한 몬스터들은 홍세영이 빠르게 처리해 주고 하종원이 가공할 만한 공격으로 사기를 드높여 줬다.

스티브는 패닉에 빠져들었다.

'한국 슬레이어들에게… 도대체 무슨 일이 벌어진 거야?'

겨우 4년 만에 클리어했다고 하지 않았는가. 그렇다는 말은 4년 동안 저렇게 강해졌다는 소리인데 그가 경험한 레드 돔에 의하면 4년 만에 저렇게 강해질 수는 없는 노릇이었다.

하종원의 목소리가 또 들려왔다.

"메가 라이트닝 크러쉬!"

미국인들은 알아들을 수 없는 한국어로 신나게 외쳤다. 물 만난 고기 같았다.

"레드 돔 때 몬스터보다 허접들이구만!"

쉬웠다. 레드 돔 때보다 훨씬 더 쉬웠다. 살판났다.

*　　　　*　　　　*

중국에는 플래티넘 슬레이어가 직접 지원을 갔다. 중국 슬레이어들의 반응 역시 다른 나라들과 크게 다르지는 않았다. 어쩔 수 없다. 2만의 대군을 상대하는데 겨우 1명이 왔다. 이건 도와주는 게 아니라 거의 우롱하는 것처럼 느껴진다. 더더군다나 그들은 목숨을 걸고 싸우고 있다. 그러한 가운데 놀림을 받는 것처럼 느껴지는 것도 무리는 아니었다.

"미친⋯ 레드 돔 안에서보다 훨씬 강한 몬스터들 수만 마리가 몰려들고 있다고."

"겨우 1명 지원이라니. 이게 말이나 돼?"

중국 측 피해는 심각했다. 정확하게 말하자면, '숫자'의 피해가 컸다. 중국은 워낙에 슬레이어 숫자가 많다. 그렇다 보니 물량전이 가능한 나라이기도 했다.

물량전을 펼친 덕분에 재산상 피해는 크지 않았지만 슬레이어들이 많이 죽었다. 미국이 약 300명가량 죽은 것에 비해 중국은 벌써 1,600명이 넘게 죽었다. 그런 상황이다 보니 1명 지원은 웃기지도 않는 상황처럼 느껴졌다.

중국 슬레이어들이 어떻게 생각하든 현석은 여유로웠다.

'이번에는 그 새로운 몬스터들에 대한 정보를 조금 얻도록 해야겠어.'

한국에서는 일부러 빨리 끝냈다. 더 이상 몸을 수그리고 조용하게 살기는 글러 먹었다. 이왕 이렇게 된 거, 최상위 급 슬레이어들을 불러 모으고 압도적인 무력을 직접 보여주기 위해서 일부러 힘을 많이 썼다.

물론 여기서도 그럴 거다. 압도적인 강함을 보여주기는 할 거다. 그러나 지금 당장은 아니었다. 새로운 몬스터들이 나타났다. 그 몬스터들에 대한 정보를 얻는 것도 나쁘지는 않을 터.

중국. 슈퍼 웨이브 전선.

현석이 말했다.

"제가 몬스터들의 중심으로 들어가서 교란시키겠습니다."

통역의 말을 들은 일선 지휘관 중 한 명으로 보이는 남자가 기겁했다.

"호, 혼자서 말입니까?"

"네."

현석이 고개를 가볍게 끄덕였다. 남자는 그 말에 고개를 끄덕여야 할지 말아야 할지 순간 고민했다. 아무리 플래티넘 슬레이어라지만 너무 위험한 일이 아닌가. 아무리 무식하게 물량전을 펼치는 중국이라고 해도 후방에 혼자 침투시키지는 않는다.

"너무 무모하지 않습니까?"

그러나 현석의 모습은 이미 없었다. 누군가 높이 뛰었다.

"저길 봐!"

도약력이 엄청났다. 거의 하늘을 나는 수준이었다.

"저, 저런 미친 놈!"

누가 봐도 저건 자살하러 뛰어든 거다.

수만 마리의 몬스터들 사이, 그것도 경계가 삼엄한 후방 쪽으로 뛰어들다니. 저쪽에는 돌격 부대인 오크, 트롤과는 차원이 다른 몬스터들이 있지 않은가. 오우거, 키클롭스 같은 강력한 개체 말이다.

현석은 유유히 걸었다. 현석의 입장에서 유유히 걸은 거고, 걸으면서 중간중간 주먹을 내질러 줬다. 현석의 입장에선 산책인데 몬스터 입장에선 학살이다.

콰과광!

현석의 주먹이 닿는 곳에선 어김없이 거대한 폭발이 일어났다. 힘을 크게 쓰지 않는 대신 발경을 썼다. 효율을 극대화시켰다.

"이봐. 도대체 무슨 일이 벌어지고 있는 건가?"

일선 지휘관 중 한 명이 망원경을 사용했다. 몬스터들의 후방 일부분에 교란이 일고 있었다.

"오, 오우거가 죽었습니다."

그건 그렇게 놀라운 일은 아니다. 무려 레드 돔 내의 몬스터들보다 강한 몬스터들임에는 틀림없지만 중국 슬레이어들도 힘을 합치면 오우거도 잡을 수 있다. 많은 피해는 있겠지만 어쨌든 가능은 하다. 그런데 놀라운 건,

"혼자서 단 한 방의 공격으로… 오우거들을 도륙하고 있습니다."

오우거뿐만이 아니었다. 현석의 손길을 마주한 키클롭스 역시 단 한방에 저세상 행. 현석은 분명히 느꼈다.

'확실히… 레드 돔 내에서의 몬스터들보다는 약하네.'

중국 슬레이어들은 경악했다.

"어떻게 레드 돔 내의 몬스터들보다 훨씬 강한 몬스터를… 그것도 오우거를 솔로잉하고 있는 거지?"

아무리 플래티넘 슬레이어가 사기라지만 이건 너무한 사기 아닌가 싶다. 현석은 계속해서 걸음을 옮겼다. 첫번째 목표, 피부가 보랏빛인 예쁘장한 여자형 몬스터를 봤다. 정보를 얻을 때다.

그때, 현석이 불렀을 때 혹은 현석이 위험할 때가 아니면 어지간하면 모습을 드러내지 않는 리나가 모습을 드러냈다.

"리나?"

리나의 몸에서 아지랑이가 피어오르고 있었다. 현석은 의아했다.

'어째서 갑자기 리나가 튀어나온 거지? 튀어나올 이유가 없을 텐데……'

*   *   *

리나가 나타났다. 현석은 그 이유를 금방 알 수 있었다.

"교태 부리지 마라. 하급 미물."

그리고 현석은 직감했다. 리나가 지금 많이 화가 났다. 리나는 한동안 회복기를 가졌어야만 했다. 그때, 어린아이의 모습으로 변했었는데 그 모습은 굉장히 귀여웠다. 다른 사람들에겐 공포의 대상일지 몰라도 현석에겐 분명히 귀여웠다.

그 리나가 이제 원래의 모습으로 나타나 보랏빛 피부를 가진 여성형 몬스터들을 도륙했다.

"저기, 리나……?"

덕분에 현석은 잠시 멈췄다. 아무래도 리나를 좀 진정시켜야겠다.

"그대. 그대도 일정 부분 잘못이 있다."

리나는 그녀답지 않게 숨이 약간 거칠었다. 아무리 격렬하게 움직여도 숨결 하나 흐트러지지 않는 리나인데 오늘따라 그랬다.

"그대는 어찌하여 그리도 강렬한 수컷의 향기를 풍긴단 말인가. 그대는 너무나 매혹적이다. 그것이 그대의 유일한 단점이다. 그 단점 때문에 저리 하찮은 계집들마저 그대에게 미묘한 눈길을 보내고 있지 않은가!"

'아니, 내가 언제? 난 그런 적 없는 것 같은데.'

현석은 고개를 갸웃했다. 별로 그런 느낌 못 받았다. 이건 그냥 리나가 질투하는 것 같은 느낌이다.

'아니. 그러니까 이런 말을 그렇게 진지한 표정으로 하지 말아줘.'

중국 슬레이어들은 생각했다.

"한국에는 저런 괴물들이 득실거리고 있는 건가……."

이제야 겨우 2명—원래는 한 명인 줄 알았다—이 지원을 온 까닭은 좀 알 것 같다. 겨우 2명이 합류했을 뿐인데 슈퍼 웨이브의 전진 속도가 굉장히 느려졌으며 몬스터들 사이에서 교란이 일었다.

현석은 몇 가지 정보를 더 취득할 수 있었다.

첫째, 슈퍼 웨이브에 등장한 몬스터들은 한국 내 레드 돔의 몬스터보다 약했다.

둘째, 보랏빛 피부를 가진 여성형 몬스터의 이름은 '다크 엘프'이며 정신 계열 보조형과 육체 계열 전투형, 두 가지 타입이 있었다.

셋째, 로브를 뒤집어 쓴, 얼굴이 보이지 않는 몬스터의 이름은 '리치'였으며 몇 가지 마법들을 구사하는데 쿨 타임이 긴 대신 대미지 자체는 제법 강력했다. 다만 방어 능력이 굉장히 취약하여 슬레잉하기에 크게 어렵지는 않았다.

'다크 엘프와 리치를 가장 먼저 처리하는 게 장기전에 훨씬 유리하겠어.'

특히 걸리적거리는 건 정신 계열 보조형 '다크 엘프'와 광범위 공격이 가능한 '리치'였다. 더 정확히 말하자면 돌격 부대와 자이언트 터틀, 오우거 등으로부터 보호를 받는 다크 엘프와 리치, 둘의 조합은 슬레이어들을 상태 이상으로 빠져들게 하거나 강력한 한 방 대미지를 통해 진을 흐트러뜨려 놓곤 했다.

'그나마 다행인 건, 리치들의 쿨 타임이 길다는 것과 숫자가 그렇게 많지 않다는 것 정도인가.'

사실상 일반 슬레이어에게는 해당되지 않는 사항이다. 홍세영이나 유현석쯤 되는 슬레이어 아니면 몬스터들 중앙 부근에, 몬스터들로부터 보호받고 있는 다크 엘프와 메이지를 공격할 수 있을 리 없다.

결국 일반 슬레이어들은 오크와 트롤 등으로 구성된 돌격 부대를 먼저 상대해야 했다.

'특히… 중국 같은 경우는 정신계열의 슬레이어가 많은 대신 강력한 메이지나 원거리 계열 공격 슬레이어는 별로 없지.'

정신 계열의 슬레이어는 그 효용성이 굉장히 다양하다. 그러나 이렇게 대규모 집단전. 특히, 지성이 높지 않은 근접형 몬스터들을 상대할 때에는 큰 효과를 발휘하기 어렵다.

정신 계열의 마법들은 오히려 몬스터보다 인간에게 더 효과적이란 말까지 있을 정도였으니까.

그런데 현석, 아니, 슈퍼 웨이브 디펜스에 참여한 모든 슬레이어에게 동일한 알림음이 들려왔다. 이 알림음은 조금 묘했다. 마치, 전체 공지로 동시에 알려주는 듯한 그런 느낌이 들었다. 물론 육안으로 보인다는 소리는 아니었다. 그렇게 느껴진다는 소리다.

[몬스터 웨이브 발발 후 8시간이 지났습니다.]
[몬스터 웨이브 2단계에 진입합니다.]
[스페셜 몬스터: 리치킹이 필드에 등장합니다.]

*　　　　*　　　　*

슈퍼 웨이브에는 하나의 룰이 적용되었다. 전 세계 공통으로 이루어진 현상이었다.

미국. 슈퍼 웨이브 디펜스 전선.

"저, 저게 뭐야?"

리치킹이 나타났다는 건 들었다. 그런데 좀 황당한 일이 벌어졌다. 알림음에 의해 알게 된 '리치킹'이라는 그 몬스터는 나타나자마자 홍세영의 천절검에 순식간에 두 동강 났다.

[스페셜 보스 몬스터 리치킹이 슬레잉되었습니다.]
[몬스터들의 사기가 저하됩니다.]

하종원은 해머를 휘두르다 말고 인상을 찡그렸다.

"쟤는 무슨, 스페셜 몬스터를 그냥 순삭해?"

적어도 단일 개체와의 싸움에 있어서 홍세영은 독보적인 위치였다. 현석을 제외한다면 말이다.

"진짜 사기라니까. 어휴. 순 사기꾼 같은 가시나. 어휴 개사기."

하종원이 해머를 크게 휘둘렀다.

"메가 라이트닝 크러쉬!"

직경 100미터 반경에 거미줄이 새겨졌다. 그 거대한 범위에 전격이 피어올랐다. 하종원을 쳐다보며 미국 슬레이어들은 중얼거렸다.

"정말… 사기급 스킬이네."

리치킹을 순식간에 죽인 홍세영보다도 오히려 하종원에게 시선이 쏠렸다. 홍세영에 비해 하종원의 스킬은 강렬하고 화려했으며 효과 역시 뛰어났기 때문이다. 물론 홍세영이 너무 쉽게 리치킹을 죽여서 별 감흥이 없었다는 것도 한몫했다.

"하종원이야말로 진짜 사기 클래스 아닐까."

시스템 알림음과 함께 몬스터들의 사기는 땅으로 떨어졌고 슬레이어들의 사기는 하늘 높은 줄 모르고 치솟았다.

*　　　　*　　　　*

중국.

현석은 아주 잠시 동안, 멍하니 하늘을 쳐다봤다. 하늘에서 운석 하나가 떨어져 내리고 있었다. 굉장히 컸다. 적어도 직경이 수십 미터는 되는 것 같았다.

현석이 생각하기에 저 운석은 아무래도 대단위 광범위 공격인 것 같았다. 저 정도 크기라면 최소 수십 명 이상이 순식간에 증발할 거라고 생각했다.

현석은 마음이 급해졌다. 여태까지와는 다르다. 여태까지는 새로운 몬스터들과 슈퍼 웨이브의 특성에 대해서 좀 알아보느라고 느긋하게 슬레잉했다. 그것만으로도 일반 슬레이어들은 경악했지만 어쨌거나 현석은 천천히 여유롭게 상대했었다.

"폭풍."

마음이 급해진 이유는 별다른 게 아니었다.

'민서한테 얼른 뛰어가야겠어.'

한국에서 슈퍼 웨이브를 워낙에 쉽게 클리어했기 때문에 이런 고난이도(?)의 상황이 펼쳐질 줄은 예상 못 했다. 아무래도 시간이 지나면 스페셜 보스 몬스터라는 것이 필드에 등장하는 모양이었다.

현석의 폭풍이 불어닥쳤다.

"이럴 수가……."

중국 슬레이어들은 플래티넘 슬레이어의 능력에 상당히 놀랐다.

단순히 놀란 정도가 아니라 경악했다. 아무래도 플래티넘 슬레이어가 진짜 힘을 발현한 것 같았다.

쏴아아아―!

파공성과 함께 에메랄드빛 폭풍이 불어닥쳤다.

마음이 급해진 현석은 회오리까지 동시에 사용했다. 동시에 마법을 사용하면 체력 소모가 배로 들지만 그래도 마음이 너무 급했다.

에메랄드빛 폭풍 가운데 검은색 돌풍이 치솟아 올랐다. 약 1초가 지났다.

[스페셜 보스 몬스터 리치킹이 슬레잉되었습니다.]
[몬스터들의 사기가 저하됩니다.]

스페셜 보스 몬스터 리치킹이 죽었다. 겨우 1초 만에 말이다. 이 1초 동안 엄청난 일이 벌어졌다. 현석 주변 일대, 약 수백미터 반경의 몬스터들이 시체도 남기지 않고 사라져 버렸다.

말 그대로 증발했다. 에메랄드 폭풍에 갇혔던 몬스터들은 순식간에 사라졌다.

'설마… 이게 진짜 플래티넘 슬레이어의 힘?'

이제는 경악 수준이 아니라 경외 수준에 이르렀다. 슈퍼 웨이브를 막고 있는 와중에도 머릿속이 복잡해졌다. 어떻게 인간이 이런 일을 할 수 있는지 모르겠다.

주변이 에메랄드빛으로 물들었는데 몬스터 수백, 아니, 어쩌면 수천 마리가 순식간에 증발했다.

일선 지휘관 중 한 명은 확신했다.

'여태까지 일부러 시간을 끌었다. 아무래도 이런 광범위 마법을 사용하려면 상당히 힘을 모아야 하는 모양이야.'

물론 착각이다.

현석의 입장에선 느긋하게 슬레잉했던 건데, 그의 입장에선 아니다. 원래 세상은 아는 만큼 보이는 거다. 플래티넘 슬레이어가 강하긴 하지만 그렇다고 이 많은 몬스터 무리들 사이에서 여유롭게 그것도 일부러 천천히 슬레잉을 하고 있었을 거라고는 생각하지 못했다.

그는 주위를 둘러봤다.

'정말 엄청난 위력이군.'

그런데 플래티넘 슬레이어가 사라져 있었다.

'뭐, 뭐지? 이 마법이 육체에 상당한 무리를 주는 건가?'

그렇지 않고서야 갑자기 사라졌을 리 없다. 이상했다. 아까 그 엄청난 능력을 선보이던 여자도 보이지 않았다.

'한 번에 수천 마리를 없애 버리다니……'

그는 몰랐다. 현석이 달려가면서 윈드 커터와 회오리를 조합하고 다시 한 번 폭풍을 또 사용해서 몬스터 수천 마리를 순식간에 지워 버렸다는 걸 말이다.

워낙에 타이밍이 절묘해서 폭풍을 딱 한 번 쓴 것처럼 느껴진 건데 그는 알 수 없었다. 그의 기억 속에서 플래티넘 슬레이어의 폭풍 스킬은 한 30분은 기를 모아야 쓸 수 있는 엄청난 마법처럼 느껴졌다.

'도, 도대체 어디로 사라진 거야?'

그래도 전세는 훨씬 유리해졌다. 만 단위도 아니고, 이제 수천 단위만 상대하면 될 것 같다. 게다가 걸리적거리는 상대—리치, 다크 엘프 등—도 없어졌고 몬스터들의 사기가 떨어지면서 움직임도 굼떠졌다.

그가 목청껏 외쳤다.

"우리는 자랑스러운 중국의 슬레이어들이다! 할 수 있다!"

*　　　　*　　　　*

일본.

민서는 하늘을 올려다봤다. 운석은 정확하게 자신을 향하고 있었다. 연수가 앞으로 나섰다. 이럴 때를 대비하라고 현석이 자신을 보낸 것 아니던가.

"디펜시브 필드."

"오빠, 아니, 아저씨. 디펜시브 필드는 차라리 끄는 게 낫겠어요."

아니. 오빠라고 불렀다가 굳이 아저씨라고 정정할 필요는 없잖아. 연수는 말하고 싶었다. 디펜시브 필드는 필드가 펼쳐진 모든 공간에 대한 대미지를 혼자서 감수한다.

이런 광범위 공격의 경우에는 필요 없는 대미지까지 많이 먹는다. 운석이 떨어지는 걸 보아하니 피하기는 글렀다. 어떻게든 폭발 반경에 들어갈 것 같다. 그럴 바에야 차라리.

"터틀 써클!"

왕언니를 필두로 방어 진형을 짰다. 왕언니는 굉장히 크다. 왕언니의 밑에 수백 명의 슬레이어가 들어왔다. 그리고 그 주위를 작은 자이언트 터틀들—어디까지나 왕언니에 비해 작은—이 감싸기 시작했다.

자이언트 터틀들의 몸이 약간 푸른빛으로 빛나기 시작했다. 실드 비슷한 무언가, 무형의 기운이 서로와 서로를 묶었다.

"성자의 가호, 성자의 강화, 성자의 증폭."

성자의 가호는 성자의 갑옷+7에 붙은 특수 스킬이며 유지 시간 30분의 광역 보호막이었고 성자의 강화는 부츠에 붙어 있는 특수 스킬이며, 성자의 가호 내에 들어온 모든 인원의 방어력을 100퍼센트 증가시키는 특수 버프였다. 그리고 성자의 증폭은 건틀렛에 포함된 특수 스킬로 착용자의 방어력을 1분간 300퍼센트 증가시키는 방어력 전용 버프였다. 1일 1회 한정이지만.

다들 처음 보는 마법에 굉장히 긴장했다. 그나마 다행인 건 이렇게 방어 진형을 짜는 정도의 시간은 벌 수 있었다는 것 정도. 말로는 길었어도 방어 진형을 짜는데 겨우 3초도 정도밖에 안 걸렸다.

이제 시야는 완전히 가려졌다.

터틀 써클로 인해 바깥 상황은 모른다. 그러나 평화와 민서는 긴장했다. 평화는 민서의 M/P에 항시 신경을 써야 했다.

잘못하여 대미지가 너무 크기라도 한다면 자이언트 터틀들은 역소환될 거고 그러면 민서에게 상당한 충격이 전해진다. 민서는 전에 기절까지 했었다.

이 역소환이 슬레이어의 몸에 어떤 영향을 끼치는지에 대한 건 아직 알려지지 않았지만 몸에 좋지 않을 거라는 건 확실했다.

일본 슬레이어들은 두려움에 떨었다. 그들도 알림음을 들었다. 스페셜 보스 몬스터란다. 그들은 분명히 안다.

'레드 돔 내의 몬스터들보다도 훨씬 강한 몬스터들이야.'

이들의 체감 난이도는 정말 어마어마했다. 레드 돔 내에서의 몬스터보다 더 강한데 심지어 숫자가 무려 2만에 이르니까.

'새로운 몬스터에, 스페셜 보스 몬스터라고?'

레드 돔 내에서도 '보스 몬스터' 즉, '킹'이라고 하는 몬스터들은 대단히 강했다. 슬레이어들도 최소 80팟 이상을 이루어 차륜전을 펼치면서 겨우 잡아냈던 몬스터들이 바로 '킹' 몬스터들이었다.

연수도 긴장했다. 어느 정도의 대미지가 들어올지 모르겠다. 민서는 모르고 있겠지만 그는 디펜시브 필드를 끄지 않았다. 혹시라도 민서에게 큰 대미지가 들어갈 수도 있으니까.

자신이 더 피해보는 한이 있더라도 민서에게는 대미지가 들어가지 않도록 하겠다는 마음가짐이었다.

약 2초의 시간이 흘렀다.

*　　　　*　　　　*

리치킹의 광범위 마법이 떨어져 내렸다. 리치킹은 민서 혹은 왕언니를 가장 큰 적으로 인식한 것 같았다. 하늘에서 거대한 운석이 떨어져 내렸다. 왕언니의 등껍질과 운석이 부딪쳤다.

콰과과광!

무언가가 폭발하는 듯한 소리가 들렸다. 왕언니의 아래로 대피한 슬레이어들이 귀를 틀어막았다.

강평화가 외쳤다.

"민서야!"

충격이 상당했는지 민서가 쓰러졌다. 사실상 민서는 여태까지 많이 무리하긴 했다. 강평화를 비롯한 수십 명의 헬퍼 혹은 힐러들이 붙어서 M/P 차징을 사용해 줬고 덕분에 민서는 이렇게 많은 자이언트 터틀을 계속해서 부릴 수 있었다.

이렇게 M/P가 바닥나고 다시 차오르고를 반복하면 슬레이어에게는 당연히 무리가 간다. 단순한 M/P 수치 이외의, 슬레이어들의 말로 체력 혹은 정신력이 고갈된다.

왕언니가 가장 먼저 역소환됐고 폭발의 여파를 버티지 못한 다른 자이언트 터틀들도 사라졌다. 민서가 쓰러짐과 동시에 '터틀 써클'을 구성하던 자이언트 터틀들 모두가 사라졌다.

연수 역시 민서가 걱정되기는 했지만 지금 당장은 민서를 부축할 겨를이 없었다.

왕언니가 대미지를 많이 흡수해 주기는 했지만 그래도 연수는 민서와 평화를 지킬 의무가 있었다. 연수가 성자의 방패를 들어 올렸다. 오른발을 뒤로 뻗어 땅에 고정시켰다.

연수의 몸집보다 아직도 수백 배는 더 큰 운석을 쳐다봤다.

지금 사용된 스킬의 수는 총 4가지. 성자의 가호, 성자의 증폭, 성자의 강화, 디펜시브 필드. 여기에 하나 더 사용했다.

"엘라스틱 디펜스."

물체를 튕겨내는 스킬. 예전 균형자와 싸울 때는 물론이고 욱현과의 연계시에 굉장히 효율적으로 사용하는 스킬이기도 했으며 연수에게는 익숙한 스킬이기도 했다. 하지만 이렇게 거대한 운석을 상대로 하는 건 처음이다.

'어차피 저 운석은 진짜 운석이 아냐.'

정말로 우주에서 떨어진, 저 정도 크기의 운석이라면 답 없다. 아무리 연수 자신이라도 막을 수 없을 거라고 생각은 한다.

실제 운석이라면, 적어도 현석 정도 되는 슬레이어가 있어야 저걸 막을 수 있을 거다. 하지만 저건 진짜 운석이 아니다. 비록 진짜 운석처럼 보인다고는 해도, 정말 운석만큼의 파괴력은 가지고 있지 않을 거다. 게다가 왕언니가 일단 한 번 대미지를 걸러 줬다. 연수는 자신 있었다.

그러나 슬레이어들은 절망했다. 적어도 폭발 반경 내에 접어든 슬레이어들은 그랬다. 몸을 웅크렸다. 주위에 뭔가 숨을 것이 있나 찾아봤지만 없었다.

연수가 혼자 일어서서 운석을 막아냈다.

콰과광!

다시 한 번 폭발음이 터져 나왔다.

"큭."

엄청난 충격이 느껴졌다.

연수는 아직 전직을 하지 못했다. 그럼에도 불구하고 이렇게 물리력이 느껴진다는 건, 이 마법은 적어도 하디스트 규격을 뛰어넘는 마법이라는 소리다.

아무래도 하디스트 이상 규격에서는 물리력이 강제로 적용되는 것 같았으니까.

연수의 뒷발이 조금씩 밀렸다. 어깨가 빠질 것 같은 고통이 밀려들었다. 하지만 이를 악물고 버텼다. 연수의 이마와 목에 핏줄이 튀어 올랐다. 그나마 정신을 차린 헬퍼와 힐러들이 연수에게 각종 버프와 힐을 쏟아부었다.

약 5초가 지났다.

"…막았다!"

연수는 풀썩 쓰러졌다. 일단 1차적으로 마법은 막아낸 것 같다. 어깨가 탈골된 것 같았다.

그러나 아직 문제는 남아 있다. 단순히 마법을 한 번 막았을 뿐이다. 아직도 스페셜 보스 몬스터 리치킹은 건재했다. 그나마 다행이라면 리치킹의 이 마법은 딜레이가 상당한지 아직 재공격을 할 기미를 보이지 않고 있다는 것이었다.

일선 지휘관 중 누군가가 소리쳤다.

"언제까지 엎드려 있을 거야!"

일본 슬레이어들은 정신을 차렸다.

이유야 어찌 됐든 일단 살았다. 슈퍼 웨이브 전선에서 이탈하여 도망간 슬레이어들도 생겼다.

그들에게 있어서 이 슈퍼 웨이브는 재앙이었다. 어떻게 된 몬스터들이 '붉은 몬스터'일 때보다도 더 강했다.

연수는 어깨 뼈를 맞춘 뒤 평화에게 힐을 부탁했다. 회복을 마친 연수는 인상을 찡그렸다.

'물리력이 강제로 발동되면⋯ 디펜더한테 너무 불리하겠는데.'

H/P 감소만 있다면, H/P가 있다는 전제하에 얼마든지 디펜스를 할 수 있다. 그러나 물리력이 발동하게 되어 어디 뼈 하나가 부러지면 제대로 디펜스를 할 수가 없다. 물리력이 발동된다는 건, 디펜더에게 상당히 치명적인 약점이 될 수 있었다.

'차라리 이 자리에 세영이가 있었다면 훨씬 좋았을 텐데.'

쓰러진 민서를 보며 가슴이 아팠다. 자신이 정말로 강했다면, 유현석처럼 강하거나 홍세영처럼 강한 공격을—물론 그 능력이 천절검 덕분이라고는 해도—가지고 있었다면 민서가 저렇게 쓰러지지 않아도 되었을 텐데, 라는 자책감이 밀려들었다.

일본 슬레이어들도 다시 공격을 시작했다. 겨우 마법 한 번 막아냈을 뿐이다. 슈퍼 웨이브를 끝내려면 아직도 멀었다.

시간이 흘렀다. 민서가 정신을 차렸다.

"민서야, 괜찮아?"

"평화 언니. 연수 오빠는 어때? 나 때문에 괜히 디펜시브 필드 켜서 무리한 거 아니지? 괜찮은 거 맞지?"

연수가 말했다.

"나 여기 있어. 괜찮아."

민서가 일어섰다. 체력이나 정신력과는 상관없이 M/P는 가득 찬 상태였다. 민서가 쓰러진 이후로 강평화와 김연수는 일선에서는 약간 물러선 상태다. 그런데 문제가 또 발생했다. 민서가 정신을 차린 것까지는 좋은데.

스페셜 몬스터 리치킹이 또다시 마법을 쏘아낼 준비를 하고 있는 것 같았다. 리치킹의 지팡이가 황금빛으로 번쩍이고 있었다. 그 모습을 보고 일본 슬레이어들 중 상당히 많은 숫자가 전선에서 이탈하여 도망치기 시작했다.

지휘관들 중에서도 도망치는 사람이 나타났을 정도니 말 다 했다.

어쩔 수 없다. 레드 돔을 깨고 나오면서 이들은 그래도 자신들의 어깨에 짊어지게 된 의무와 책임을 알게 되기는 했으나 그 의무와 책임이 목숨값보다 중요하다고 하기에는 힘들었다.

"이 상황에서 도망치면 어떡하자는 말이야! 돌아왓!"

그러나 전선은 거의 붕괴되다시피 했다. 리치킹의 마법은 상당히 범위가 넓었다. 주위에 슬레이어들이 깔려 있는 상태다. 운 나쁘게 자신의 머리 위에 마법이 떨어지면 즉사할 거다. 그 강하다는 인하 길드원들도 겨우 막아내지 않았던가.

'여기서 죽으면 개죽음이지.'

'일단 튀는 게 좋겠어.'

한두 명이 도망치기 시작하자 걷잡을 수 없었다. 연수는 직감했다. 리치킹은 또 민서를 노리고 있었다.

연수가 일어섰다. 지금 당장 몬스터들의 호위를 받고 있는 리치킹을 없앨 수 있는 방법은 없었다. 하지만 그래도 민서를 지켜줄 수는 있다고 생각했다. 민서는 소환에 계속해서 실패했다. 아무래도 역소환의 여파가 꽤 큰 것 같았다.

'이럴 바에는… 우리도 일단 도망치는 게 좋겠어.'

인하 길드의 명성이나 명예 같은 건 아무래도 좋다고 생각했다. 일단 되는대로 민서와 평화를 양쪽 어깨에 짐처럼 짊어졌다.

"아저씨!"

"여, 연수 오빠!"

연수의 돌발 행동에 평화와 민서는 깜짝 놀랐다. 연수는 냅다 달리기 시작했다.

'비겁자라고 욕먹어도 좋아.'

리치킹의 마법을 혼자서도 막아낼 자신이 있다면 모를까, 확률은 반반이라고 생각했다. 나중에 욕을 먹더라도 일단 도망치는 게 낫다는 판단이 들었다.

혼자라면 절대 도망치지 않았을 거다. 그러나 여기엔 평화와 민서가 있다. 자신은 몰라도 이 둘을 여기서 죽게 할 수는 없었다.

"이, 인하 길드원들이 도망치기 시작했어."

"제기랄! 인하 길드원들이 튀었다는 건 가망이 없다는 거잖아!"

일본 슬레이어들은 사기가 완전히 꺾였다. 슬레이어들이 너나 할 것 없이 후퇴하기 시작했다. 지휘관들도 이제 어쩔 수 없었다. 일단은 흩어지는 게 우선이었다. 괜히 몰려 있다가 떼죽음 당할 수도 있으니까.

"후퇴, 후퇴한다!"

연수는 달리다가 멈췄다. 다리에 힘이 풀릴 뻔했다. 누군가를 발견했다. 그 누군가가 말했다.

"고생했다, 연수야."

＊　　　＊　　　＊

현석은 순식간에 상황을 파악할 수 있었다. 그 스스로는 리치킹의 마법과 제대로 부딪친 적이 없었지만 대미지 자체는 굉장히 강한 마법인 것 같았다. 범위도 넓었고 말이다.

'미국 쪽은 세영이가 있으니까 괜찮을 거야.'

리치킹은 공격은 강하나 방어가 취약했다. 그래서 몬스터들이 겹겹이 둘러싸고 보호한다. 그러나 세영이라면 그 보호를 뚫고 들어가 리치킹을 죽였을 거다. 리치킹을 죽이면 마법도 무효화된다. 그러니까 그쪽은 걱정 없다.

'연수는 평화와 민서에게 위험이 닥쳤음을 감지하고 도망쳤겠지.'

이해가 됐다. 연수는 그러고도 남을 녀석이다. 혼자라면 도망치지 않았겠지만 다른 사람이 옆에 있다면 얘기가 달라진다. 연수에게 칭찬해 주고 싶었다. 만약 자신이 이곳에 오지 않았다면, 연수의 선택은 백번 옳은 선택이었다.

현석이 말했다.

"고생했다, 연수야."

현석은 일본 슬레이어들과 부딪쳤다. 일본 슬레이어들의 진행 방향과 현석의 진행 방향이 완전히 반대였기 때문이다. 현석은 슈퍼 웨이브를 향해 걸었고, 일본 슬레이어들은 슈퍼 웨이브 반대편으로 도망치고 있었으니까.

"리나."

"……"

어느새 갈색 머리카락을 가진 리나가 현석 뒤에서 모습을 드러냈다.

"애네들 지켜줄 수 있겠어?"

리나는 진지한 얼굴로 조건을 내걸었다.

"조건이 있다."

그래도 조건을 내건 게 어딘가 싶다. 원래대로라면 현석과 관련되지 않은 일에는 나서지 않는 게 과거의 규칙이었으니까.

"조건?"

"저 하찮은 보라빛 계집에게는 눈길도 주지 않기로 나와 약속해 주어야 한다. 그 약속만 해준다면 나는 이들을 최선을 다해 보호하겠다."

생각지도 못했던 조건에 현석은 헛웃음을 짓고 말았다. 애초에 다크 엘프는 여성형이긴 하지만 몬스터 아니던가.

'그렇게 따지면 리나 역시 몬스터이긴 몬스터인가.'

몬스터치고 지나치게 아름답다는 게 문제라면 문제였지만 어쨌든 리나 역시 몬스터인 것에는 틀림없었다. 그래서인지 여성형 몬스터인 다크 엘프를 더 경계하는 것 같았다. 평화가 두 눈을 꿈뻑거렸다.

'설마… 지금 다크 엘프를 질투하고 있는 거야? 리나 씨가?'

저 근엄한 얼굴로 질투라니. 평화는 조금 황당해졌다. 그러거나 말거나 현석은 앞으로 향했다.

"비켜! 비키라고!"

"걸리적거리지 말고 꺼져!"

일본 슬레이어들은 현석과 부딪치자 신경질을 내며 앞으로 달렸다. 현석도 이들을 탓할 생각은 없었다. 이들은 살기 위해서 도망치는 거니까. 현석은 하늘로 도약했다. 저만치 멀리, 마법을 준비하고 있는 리치킹이 보였다.

현석의 입장에서는 도약인데, 다른 사람이 보기에는 하늘을 나는 것처럼 보인다. 여고생의 모습을 한, 반쯤 실체를 가진 활이 현석의 등에 매달려서 외쳤다.

"주인님! 보여주세요!"

그러다가 실수로 현석의 몸에서 떨어졌다. 꺄악! 비명을 지르면서 불덩어리 하나가 떨어져 내렸다.

"주, 주인님! 활이는 신경 쓰지 마세요! 활이는 죽어도 여한이 없답니다!"

현석은 아래를 힐끗 봤다. 괜찮다. 어차피 활은 몬스터에게 공격당하지 않는다. 실체를 가진 게 아니라서 그렇다. 당연히 떨어진다고 해서 죽거나 하지도 않는다.

"폭풍."

에메랄드빛 폭풍이 슈퍼 웨이브를 덮었다.

고오오오—!

현석을 중심으로 폭풍이 몰아쳤다. 마치 거대한 에메랄드빛 해일로 이루어진 바람이 이 땅을 덮친 것 같았다.

도망치던 슬레이어들 중 누군가가 뒤를 처다봤다.

"뭐야… 저게……?"

엄청난 일이 벌어졌다. 레드 돔 안에서보다도 더 강한 몬스터들. 그것도 한두 마리가 아닌 수만 마리가 모여 있는 이곳에서 기적이 벌어지고 있었다. 에메랄드 바람이 세상을 덮자 몬스터들이 증발했다. 말 그대로 증발이었다. 바람과 닿는 트롤이며 오크며 순식간에 바람이 되어 사라져 버리고 있었다.

악을 쓰며 도망치던 슬레이어들이 멈추기 시작했다. 다들 뒤를 돌아봤다. 그들은 하늘에 떠 있는 누군가를 발견했다. 정확하게 말하자면 하늘에 떠 있다기보다는 하늘에서 땅으로 떨어져 내리고 있는 누군가였다.

"지금 이게… 저 슬레이어의 마법이라고?"

이럴 수는 없다. 이곳에 모인 수천 명의 상위 급 슬레이어들을 궁지에 몰아넣었던 슈퍼 웨이브가 아니던가. 세계에서 최고라는 인하 길드마저도 고전을 면치 못하지 않았던가.

이건 정말 말도 안 되는 일이다. 곳곳에 회오리 바람이 일었다. 에메랄드빛 폭풍이 몬스터들을 휩쓸고 오우거와 같은 강한 개체들은 회오리바람이 집어삼켰다. 그리고 동시에 셀 수도 없이 많은 윈드 커터가 하늘을 수놓았다.

말 그대로 이건 기적이었다. 그리고 이런 말도 안 되는 일을 펼칠 수 있는 사람이 세계에 딱 한 명 있었다.

그들은 누군가를 떠올렸다.

"설마… 플래티넘 슬레이어인가?"

일선 지휘관 중 한 명인 아사리는 충격에 빠졌다.

'플래티넘 슬레이어는 지금 중국으로 향했다고 들은 것 같은데……'

설마 플래티넘 슬레이어가 아니고 새로운 강자의 출현인가. 그럴 가능성도 충분히 있었다.

중국에 있는 플래티넘 슬레이어가 어떻게 이렇게 빨리 온단 말인가. 그곳의 슈퍼 웨이브도 한창 진행 중일 텐데 말이다.

아사리는 작은 희망을 가져봤다. 일본에도 새로운 영웅이 나타난 게 아닐까, 하는 생각이 들었다.

일본 슬레이어들은 경악했다.

"리, 리치킹이 죽었어."

그 누군가가 리치킹을 죽였다. 그렇게 어렵게 죽이지도 않았다. 몬스터들 사이에 홀로 침투해서 가볍게 주먹을 날렸고 일본 슬레이어들을 공포에 몰아넣었던 리치킹은 그렇게 생을 마감했다. 너무나 어이없이 말이다.

한편, 목숨을 걸고 취재에 나선 기자도 있었다. 과거처럼 전파 통신이 활성화되지는 않았지만 그래도 최근에는 복구되어 가고 있는 중이다.

기자의 이름은 마사요시. 따라나서겠다는 카메라맨이 없어 스스로 카메라를 들었다. 어차피 중계는 못 하니 일단 동영상만이라도 찍고 봤다.

갑자기 나타난 의문의 한 남자. 에메랄드빛 폭풍.

지금 일본에서 벌어지고 있는 이 충격적인 기적의 현장이, 카메라에 고스란히 담기기 시작했다.

『올 스탯 슬레이어』 10권에 계속…

이제부터 전자책은

이젠북

www.ezenbook.co.kr

 새로운 세계가 열린다!

김재한 『성운을 먹는 자』   철백 『대무사』
니콜로 『마왕의 게임』   가프 『궁극의 쉐프』
이경영 『그라니트:용들의 땅』   문용신 『절대호위』
탁목조 『일곱 번째 달의 무르무르』   천지무천 『변혁 1990』
강성곤 『메이저리거』   SOKIN 『코더 이용호』

이름만 들어도 황홀할 정도의 별들의 향연!
이들의 "유료연재"가 시작됩니다!

검색창에 **이젠북**을 쳐보세요! ▼

초대형 24시 만화방

신간 100%, 샤워실, 흡연실, 수면실(침대석), 커플석, 세탁기 완비

■ 강북 노원역점 ■

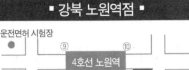

서울 노원구 상계동 340-6 노원역 1번 출구 앞 3층
02) 951-8324 (화용빌딩 3층)

■ 일산 정발산역점 ■

경찰서●	정발산역●
제2 공영주차장●	롯데백화점●

24시 만화방

E	C	A
	라페스타	
F	D	B

라페스타 E동 건너편 먹자골목 내 객잔건물 5층
031) 914-1957

■ 일산 화정역점 ■

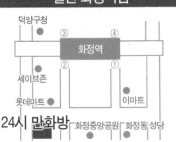

경기도 고양시 덕양구 화정동 984번지 서일빌딩 7층
031) 979-4874 (서일사우나 건물 7층)

■ 부천 역곡역점 ■

역곡역(가톨릭대)

●CGV

역곡남부역 사거리

24시 만화방   ●홈플러스

●삼성 디지털프라자

역곡남부역 기업은행 건물 3층
032) 665-5525

■ 부평역점 ■

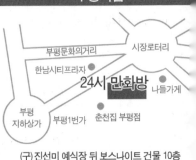

(구) 진선미 예식장 뒤 보스나이트 건물 10층
032) 522-2871

만상조 新무협 판타지 소설

FANTASTIC ORIENTAL HEROES

천하제일이란 이름은 불변(不變)하지 않는다!

『광풍제월』

시천마(始天魔) 혁무원(赫撫源)에 의한 천마일통(天魔一統)!
그의 무시무시한 무공 앞에 구대문파는 멸문했고,
무림은 일통되었다.

"그는 너무나도 강했지.
그래서 우리는 패배했고, 이곳에 갇혔다."

천하제일이란 그림자에 가려져 있던 수많은 이인자들.

"만약……."
"이인자들의 무공을 한데로 모은다면 어떨까?"
"시천마, 그놈을 엿 먹일 수도 있을 거야."

이들의 뜻을 이어받은 소년, 소하.
그의 무림 진출기가 시작된다.

Book Publishing CHUNGEORAM

유행이 아닌 자유추구 -
WWW. chungeoram.com

내일을 향해 쏴라

김형석 장편 소설

FUSION FANTASTIC STORY

1만 시간의 법칙!
'성공은 1만 시간의 노력이 만든다' 는 뜻이다.

그러나…
사회복지학과 복학생 수.
전공 실습으로 나간 호스피스 병동에서
미지와 조우하다.

1만 시간의 법칙?
아니, 1분의 법칙!

전무후무한 능력이 수에게 강림하다!
맨주먹 하나로 시작한 수의
인생역전이 시작된다!

Book Publishing CHUNGEORAM

유행이 아닌 자유추구 -
WWW. chungeoram.com

글샘 장편 소설
FUSION FANTASTIC STORY

세상을
다가져라

[세상을 다 가져라]

문피아 선호작 베스트 작품 전격 출간!
현대판타지, 그 상상력의 한계를 넘어서다!

권고사직을 당한 지 2년째의 백수 권혁준.

우연히 타게 된 괴상한 발명품으로 인해
과거로 회귀한다!

그런데
과거로 온 혁준의 손에 들려 있는 것은 바로
최신형 스마트폰!

"까짓 세상, 죄다 가져 버리겠다 이거야!"

백수였던 혁준의 짜릿한 인생 역전이 시작된다!

Book Publishing CHUNGEORAM

유행이 아닌 자유추구 -
WWW.chungeoram.com

네르가시아 장편소설

FUSION FANTASTIC STORY

도시 무왕 연대기

글로벌 기업의 후계자 감태하.
탄탄대로를 걷던 그에게 거대한 음모가 덮쳐 온다!

『도시 무왕 연대기』

가장 믿고 있었던 친척의 배신,
그가 탄 비행기는 추락하고 만다.

혹한의 땅에서 기적같이 살아나
기연을 만나게 되는데……

**모든 것을 잃은 남자,
감태하의 화끈한 복수극이 시작된다!**

Book Publishing CHUNGEORAM

유행이아닌 자유추구 -
WWW. chungeoram.com

十字星

십자성

허담 新무협 판타지 소설
FANTASTIC ORIENTAL HEROES

전왕의 검

신력을 타고났으나 그것은 축복이 아닌 저주였다.

『십자성 - 전왕의 검』

남과 다르기에 계속된 도망자의 삶.
거듭된 도망의 끝은 북방 이민족의 땅이었다.
야만자의 땅에서 적풍은 마침내 검을 드는데……!

"다시는 숨어 살지 않겠다!"

쫓기지 않고 군림하리라!
절대마지 십자성을 거느린
적풍의 압도적인 무림행이 시작된다!

Book Publishing CHUNGEORAM

유행이 아닌 자유추구 -
WWW.chungeoram.com

이계진입 리로디드

임경배 퓨전 판타지 소설
FUSION FANTASTIC STORY

『권왕전생』 임경배의 2015년 신작!

『이계진입 리로디드』

**왕의 심장이 불타 사라질 때,
현세의 운명을 초월한 존재가 이 땅에 강림하리라!**

폭군으로부터 이세계를 구원한 지구인 소년 성시한.
부와 명예, 아름다운 연인…
해피엔딩으로 이야기는 끝인 줄 알았건만
그 대가는 지구로의 무참한 추방이었다.
그리고 10년 후……

"내가 돌아왔다! 이 개자식들아!"

한 번 세상을 구한 영웅의 이계 '재'진입 이야기!

Book Publishing CHUNGEORAM

유행이 아닌 자유추구 -

WWW.chungeoram.com

paráclito
빠라끌리또
FUSION FANTASTIC STORY
가프 장편소설
막장 비리 검사가
최고의 검사로 거듭나기까지!
그에겐 비밀스러운 친구가 있었다.
『빠라끌리또』
운명의 동반자가 된 '빠라끌리또'가 던진 한마디.
-밍글라바(안녕하세요)!
그 한마디는 막장 비리 검사, 송승우의
모든 것을 통째로 리뉴얼시켜 버렸다.
빠라끌리또=Helper, 협력자, 성령.
Book Publishing CHUNGEORAM
유행이 아닌 자유추구 -
WWW.chungeoram.com

철백 新무협 판타지 소설
FANTASTIC ORIENTAL HEROES

大武

대
무
사

피와 비명으로 얼룩진 정마대전의 종결.
그리고…

"오늘부로 혈영대는 해산한다."

혈영대주 이신.
혈영사신(血影死神)이라고 불리는 그가
장장 십오 년 만에 귀향길에 올랐다.

더 이상 전쟁의 영웅도, 사신도 아니다!

무사 중의 무사, 대무사 이신.
전 무림이 그의 행보를 주목한다!

Book Publishing CHUNGEORAM

유행이 아닌 자유추구
WWW.chungeoram.com